无果

wuguo

胡亮文论集

胡亮 著

四川文艺出版社

图书在版编目（CIP）数据

无果：胡亮文论集 / 胡亮著. — 成都：四川文艺出版社，2021.1

ISBN 978-7-5411-5924-4

Ⅰ. ①无… Ⅱ. ①胡… Ⅲ. ①中国文学—当代文学—作品综合集 Ⅳ. ①I217.2

中国版本图书馆CIP数据核字（2021）第001390号

巴金文学院签约作家书系

WU GUO: HULIANG WENLUNJI

无　果：胡亮文论集

胡　亮　著

出品人　张庆宁
责任编辑　王思鈜　燕啸波
特约编辑　李育樵
封面设计　魏晓舸
内文设计　史小燕
责任校对　段　敏
责任印制　崔　娜

出版发行　四川文艺出版社（成都市槐树街 2 号）
网　　址　www.scwys.com
电　　话　028-86259287（发行部）　028-86259303（编辑部）
传　　真　028-86259306

邮购地址　成都市槐树街 2 号四川文艺出版社邮购部　610031
排　　版　四川胜翔数码印务设计有限公司
印　　刷　四川机投印务有限公司
成品尺寸　145mm × 210mm　　开　　本　32 开
印　　张　9.75　　字　　数　200 千
版　　次　2021 年 3 月第一版　　印　　次　2021 年 3 月第一次印刷
书　　号　ISBN 978-7-5411-5924-4
定　　价　49.80 元

目录

白话诗的狐疑

1

趁这篇小文还没有正式落墨，先要来解释几个术语：古典诗，古体诗，近体诗，旧诗，旧体诗，白话诗和新诗。这七个术语，尤以前五个术语，有点缠夹，普通读者常常搞混淆。学术界通常如是区分：古典诗，就是晚清以前古人所作诗；古体诗，又叫古风，唐人以称律绝兴起以前的诗体（乐府和歌行）；近体诗，唐人以称律诗（包括五言律诗和七言律诗）和绝句（包括五言绝句和七言绝句）；旧诗，是对古典诗的贬称（迄今贬意渐淡）；旧体诗，则是民国以后今人所作古风和近体诗（有时候也称为旧诗或文言诗词）；而白话诗，也就是新诗的草创形态。到了今天，我们可以说：来读杜工部或苏东坡的“近体诗”，郁达夫或聂绀弩的“古体诗”；但是不能说：来读郁达夫或聂绀弩的“古典诗”，杜工部或苏东坡的“旧体诗”。

现在回到正题。

白话诗意在废黜旧诗，却并非定然像这样来到汉语世界：没有牵挂，无所顾忌，吃了秤砣铁了心，撞了南墙不回头。笔者认为，白话诗，虽是启蒙的产物，然在驰骋之际，内里从来就不缺少迟疑甚或狐疑。

旧诗废黜以前，已有自省；废黜以后，白话诗乃至新诗却如陷迷途。革命前后，连续两代，各有各的茫然。两种茫然，甚至还有秘道相通。故而，就文学论文学，哪里又有什么彻底的废黜？聂绀弩或郁达夫，以旧体诗名世，正好可以作为反证。而古典诗，仍然不断凯旋而返。真是绝望到让人想哭，深刻到让人无语，好玩到让人发笑。

2

那就还是先谈诗界革命。诗界革命先于白话诗，要说，白话诗才是革命派，诗界革命只能算是改良派。古典诗，历两三千年，到19世纪后期可谓气数已尽。章太炎讲国学，对曹聚仁说：“诗至清末，穷极矣。”[①]——不能说不是满腹心酸。夏曾佑、谭嗣同、黄遵宪、梁启超诸公，发起诗界革命，并非墙倒众人推，而是想要把余晖装点成朝霞。来读谭嗣同《听金陵说法》：“纲伦惨似喀私德，法会盛于巴力门。”“喀私德”（caste），印度种姓制度也；“巴力门”（parliament），英国议院称谓也。梁启超及其《饮冰室诗话》论时人诗，曾多次谈到此联，也就引起了陈子展的注意。陈子展，现在已经少有人知，撰有一部《中

① 章太炎讲演曹聚仁记录《国学概论》，巴蜀书社1987年版，第110页。

国近代文学之变迁》，从近代写到民国，也颇有些值得注意的观点，——要到数十年以后，王德威才能提出那个著名的论点，“没有晚清，何来五四”，并将民国文学的现代性追溯到晚清文学的被压抑的现代性。这就说得有点远，好在与本文并非毫无关系。陈子展认为诗界革命的贡献，比如谭嗣同，“在以新典故代替旧典故”[①]。而梁启超却认为诗界革命的贡献，比如黄遵宪，在于“镕铸新理想以入旧风格”[②]。就诗而言，谭嗣同不如黄遵宪，故而陈子展将梁启超的评价至少打了个五六折。

在诗界革命的亲友团里面，梁启超的看法，还是颇有代表性。比如黄遵宪的弟弟，黄遵楷，也声称乃兄制造了“古人未有之物，未辟之境”[③]。但是，后来的学者却并不买账。钱锺书的态度就较为典型：他的法眼，不见谭嗣同，似乎难以无视黄遵宪。《谈艺录》说：“近人论诗界维新，必推黄公度。”这里的“近人”，当是指梁启超及陈子展。《谈艺录》又说，《人境庐诗草》“差能说西洋制度名物，掎摭声光电化诸学，以为点缀，而于西人风雅之妙、性理之微，实少解会。故其诗有新事物，而无新理致”[④]。明矣，钱锺书转了弯，他不愿苟同梁启超，却转

---

① 陈子展《中国近代文学之变迁》，中华书局1931年版，第10页。

② 梁启超《饮冰室诗话》，人民文学出版社1959年版，第2页。下引梁启超，凡未注明，亦见此书。

③ 黄遵楷《辛亥初印本跋》，钱仲联笺注《人境庐诗草笺注》，上海古籍出版社1981年版，第1091页。

④ 钱锺书《谈艺录》，中华书局1984年版，第23—24页。下引钱锺书，凡未注明，亦见此书。

而附议了陈子展。在他看来，新典故，即便是借自《圣经》的新典故，恐怕也只是“眼前之金屑”，而远非“水中之盐味”。

梁启超当然也清楚，诗界革命诸公，鲜有能及黄遵宪，大多数作者的通病，恰好就是“挦撦新名词以自表异”。这样，诗界革命的通病，也就等同于同光体诗人的结习。同光体诗人，郑孝胥也，陈衍也，陈三立也，执掌同治光绪年间诗坛。他们以宋诗为宗，追慕江西雅集（以黄庭坚为中坚，诗法杜甫），又追慕西昆酬唱（以杨亿为首领，诗法李商隐），自以为抱住了大腿，哪晓得只剩下了小脚。张之洞的五古，《忆蜀游》，曾说黄庭坚的结习，难免就是“吐语无平直”。黄庭坚的结习，变本加厉，当然也就成了同光体诗人的结习。诗界革命诸公意在创新，同光体诗人意在复古，前者绕行，后者逆行，都有狐疑，故而两者不期而遇。由此，可见旧诗在方法上的途穷。最后呢，反而是郑孝胥出来反省，来读他的《海藏楼杂诗》：“何须填难字，苦作酸生活？”

3

但是诗界革命诸公，毕竟压过同光体诗人。何以故？诗界革命诸公虽然没有拆除旧诗的form（形状、仪式、体制），却有两大贡献，为同光体诗人所不及。其一，提出了一个概念，这个概念非同小可，就是“新诗”，见于梁启超《饮冰室诗话》。其二，提出了一个观念，这个观念也非同小可，就是“我手写我口”，见于黄遵宪《人境庐诗草》。来读黄遵宪二十多岁时所作的《杂感》：“我手写我口，古岂能拘牵？即今流俗语，我若登简编；五千年后人，惊为古斓斑。”

比《中国近代文学之变迁》更早，胡适撰有一部《五十年来中国之文学》。他认为黄遵宪“竟是主张用俗语作诗”，其《山歌》“全是白话的”[①]。而黄遵宪，确有惊世骇俗的表现。《山歌》而外，尚有《都踊歌》。后者描写日本民俗，以十九个“荷荷”，分插于诗行，摹拟嘉应州山歌“每一辞毕，辄间以无辞之声”。这样改造旧诗，“矢口而成”，远非同光体诗人所能梦见。黄遵宪趋近民谣，采用白话，却没有捅破最后那层窗户纸。胡适比黄遵宪小四十三岁，在黄遵宪以后，胡适以前，甚至还曾出现过白话报和白话丛书。虽然自朱自清以来，所有学者都承认，“民七的新诗运动”，所受的“最大的影响是外国的影响”[②]，但是黄遵宪为胡适提供了异域的参照和语言的备胎则属无疑。

胡适并不认为黄遵宪乃是白话之祖，他还撰有《白话文学史》，夸张地为白话追认了无数先驱。结果只完成了半部，只写到白居易，还没来得及写到黄遵宪。那时候，这是个风尚。又如刘大白，也将白话诗，溯源到元代管夫人的《我侬词》[③]。所以

---

① 《五十年来中国之文学》，姜义华主编《胡适学术文集·新文学运动》，中华书局1993年版，第118页。

② 朱自清《导言》，《中国新文学大系》第8集，良友图书公司1935年版，第1页。

③ 参读《管夫人我侬词》，刘大白《旧诗新话》，中国书店1983年版，第45—48页。

这些，都是为了巩固白话和白话诗的合法性。

但是，在胡适的阵营里面，也颇有重要人物小声嘀咕。与《中国近代文学之变迁》和《五十年来中国之文学》相类，周作人也撰有一部《中国新文学的源流》。周作人当然支持白话，却眨着眼睛，认为白话与文言，很多时候难以分别，有时候可以考虑兼用文言。比如“二桃杀三士”，章士钊非难说，这难以改为白话，周作人却调皮说，这本来就是白话。周作人又说，青龙偃月刀（文言）自然敌不过机关枪（白话），但是呢，也不妨偶或用用青龙偃月刀。由此可见，周作人，其实并非章士钊的对头，只不过他的态度更为圆融而已。正是因为如此，周作人的文章，也就比胡适更加隽永耐读。

周作人的狐疑也并非无因，今天来看看，当年章士钊、严复和林纾的担心早就变成了现实：文言所承载的古老文明已经流失泰半。林纾的信，《致蔡元培先生》，不免将再次送呈大家的面前[①]。

4

虽然胡适极力倡导白话文，九头牛都拉不转来，但是他也有较为漫长而复杂的旧体诗写作史。

胡适的《尝试集》，乃是中国首部白话诗集。这部诗集有

---

① 参读周作人《中国新文学的源流》，人文书店1932年版，第92—112页。

个附录，《去国集》，却是旧体诗集。《去国集》是作者“所为文言之诗词”的结集，始于1910年（清宣统二年），迄于1916年（民国五年）。胡适自言，喜欢古体诗，不喜欢近体诗。甚至连杜甫的《秋兴八首》，瑰奇而精湛如此，也被胡适傲慢地判断为“文法不通，只有一点空架子”[①]。如果今天有人这样说，那肯定是脑壳里塞满了乒乓球。可是彼时彼地，胡适那样说，则可以理解为他已经察觉到文言的捆缚。

然则，在1910年以前，胡适似乎以写近体诗为主。1907年，胡适给他的族叔胡近仁写信，附诗三首，其中五言律诗二首、五言古风一首。1908年，胡适又给他的族叔胡近仁写信，附诗五首，其中五言律诗一首、七言绝句四首[②]。1910年，胡适在《藏晖室日记》中曾有言及，上年“得五言律十二首，七律四首，七绝十余首”[③]。胡适后来强调，在《去国集》以前，他就好作古体诗，并举出《游万国赛珍会》，又举出《弃父行》为例。而从这几处抽样调查来看：这么多诗，只有一首是古体诗。

到1910年以后，胡适的喜好，“似乎”已由近体诗转向古体诗。《去国集》，除词外，所收多为骚体，或长篇歌行体。有几个特点，值得注意。其一，亦用新典故。来读《送梅觐庄往哈佛大学》：“但愿天生几牛敦，还乞千百客儿文，辅以无数

① 《〈尝试集〉自序》，胡适《尝试集》，人民文学出版社1984年版，第136页。下引胡适，凡未注明，亦见此书。

② 《胡适家书》，安徽人民出版社1996年版，第335—341页。

③ 《胡适的日记》，中华书局1985年版，第16页。

爱迭孙”，“居东何时游康可，为我一吊爱谋生，更吊霍桑与索虏”。牛敦（Isaac Newton），今通译作牛顿。客儿文（Lord Kelvin），今通译作开尔文。爱迭孙（Thomas Alva Edison），今通译作爱迪生。爱谋生（Ralph Waldo Emerson），今通译作爱默生。霍桑（Nathaniel Hawthorne）与今译同。索虏（Henry David Thoreau），今通译作梭罗。此外，这首诗还有提及倍根（Francis Bacon），今通译作培根。嵌入种种新典故，无非效仿诗界革命诸公。胡适生活中的朋友——文学上的敌人——任叔永读了此诗，写了一首戏谑诗送给他："牛敦爱迭孙，倍根客儿文，索虏与霍桑，'烟士披里纯'：鞭笞一车鬼，为君生琼英。文学今革命，作歌送胡生。"梅觐庄就是梅光迪，他的态度，同于任叔永。这且不提；却说胡适的写法，上承黄遵宪，乃至梁启超，下启郭沫若，乃至徐志摩。《送梅觐庄往哈佛大学》曾有提及的"烟士披里纯"（inspiration，灵感也，神思也），就来自梁启超，后来又惊现于徐志摩的新诗《草上的露珠儿》。其二，分节。《自杀篇》首节四行，次节亦四行，三节十六行，四节十八行，末节又四行，——不能不说这是一件大事情，开天辟地，而又惊天动地。我们也可以把《自京赴奉先咏怀五百字》分成三个相对独立的意义群，但是在天宝十四年（755），杜甫绝不会在"放歌破愁绝"和"惆怅难再述"之后两次提行，否则诗题就必须改成"自京赴奉先咏怀三首"。其三，以骚体译外国诗。比如，以骚体译裴伦（Byron，今通译作拜伦）之《哀希腊歌》（*The Isles of Greece*）。

笔者内心存有一个很大的疑问，《去国集》，是否刻意放弃了近体诗，而专门挑选了古体诗呢？如果答案是肯定的，胡适这样做，不过是想要告诉时人：即便写旧体诗，也要写古体诗，因为古体诗的相对自由，比近体诗更加接近白话诗的绝对自由。胡适将《去国集》收入《尝试集》，与其说，造成了“死文学”与“活文学”的对峙，不如说，他在两者之间搭建了一座小桥。胡适将《去国集》称为“死文学”，是为推进文学革命，实则他的内心，也许颇以能作旧体诗为骄傲。

5

是在1915年，关于“白话是否可为韵文之利器”，胡适与友人梅光迪和任叔永发生了严重的分歧。当他们的争论超出了友谊所规定的平和时，胡适干脆宣布不再作文言诗词，转而进行“新诗试验”。后来，当他甚至连诗也不作的时候，却一头扎进了对先秦哲学、禅宗、章回体小说和《水经注》的研究。这些事实可以反证：胡适与友人的赌气，似乎并不能理解为他与传统的赌气。只要稍有常识，谁又能与传统赌气呢？到了1917年9月，胡适的白话诗“已成一小册”。1918年正月，有史以来，白话诗首次发表，作者三人，诗九首，胡适共四首，刘半农和沈尹默共五首。这个事件，使得《新青年》四卷一号，在中国新诗史上占据了一个相当显赫的地位。1920年3月，《尝试集》正式出版，前有钱玄同序，胡适自序，正文分为三编。1922年10月，增订四版，遂成定本，学术界通常以此为准。

冯文炳（他更响亮的笔名是废名）曾如是断言《尝试集》的重要性："要讲新诗，自然要从光荣的《尝试集》讲起。"[①]然而，对于这句话，笔者却并非全然苟同。这是因为即便剔除《去国集》，《尝试集》也很难称为"新诗"，而只能称为"白话诗"。我们可以翻开《尝试集》，一首一首挨着来读：《蝴蝶》，算是宽松的五言律诗；《赠朱经农》，是七言歌行（六次变韵）；《中秋》，算是宽松的七言绝句；《江上》，算是宽松的五言绝句；《黄克强先生哀辞》，算是新乐府；《十二月五夜月》，算是五言绝句组诗；《沁园春》，是词；《病中得冬秀书》，算是五言组诗（两首绝句，一首古风）；《"赫贞旦"答叔永》，是五言歌行（三次变韵）；《生查子》，是词；《景不徙篇》，算是五言绝句组诗；《朋友篇》，是五言歌行；《文学篇》，是五言歌行（六次变韵）；《百字令》，是词；《鸽子》，算是词；这样就已经读了十五首，到第十六首《老鸦》，才勉强算是一首新诗（此诗颇有鲁迅风）。《尝试集》大体就是如此，仍旧用五七言的句法，"全是旧诗的音节"，"不容易打破旧诗词的圈套"。《尝试集》的绝大多数篇目，与其说是新诗，不如说是"白话旧体诗"。胡适竭力推举的《过印度洋》，"圆天盖着大海，黑水托着孤舟"云云，也是一半词一半曲。《过印度洋》作者周无，乃是吾蜀早期生物学家。这是闲话不

---

① 冯文炳《谈新诗》，人民文学出版社1984年版，第1页。下引冯文炳，凡未注明，亦见此书。

提。

对胡适及其追随者，刘西渭（也就是李健吾）曾说："他们要解放，寻不见形式，只好回到过去寻觅，于是曲，词，歌谣，甚至白乐天的诗，都成为他们眼前的典式。"①刘西渭是笔者极为倾慕的批评家，然而，他这个结论却过于草率。笔者认为，恰好相反，胡适们根本没有向"过去"求救，而是古老的"典式"以其惯性瞄准并命中了他们。典式好整以暇，胡适在劫难逃。

6

由上面的分析已经可以看得很清楚：胡适既不是一个本色的旧体诗作者（钱锺书所谓"旧学而强欲趋时"），也不是一个本色的白话诗作者（"新学而稍知存古"）。《去国集》旧得不安分，《尝试集》新得不彻底，两部诗集背靠背，当然可以合并为一部诗集，而并不让人感到严重缺乏相容性。《尝试集》最终呈现出不旧不新、半旧半新或亦旧亦新的美学纹理。

《尝试集》卷首诗，就是《蝴蝶》。诗云："两个黄蝴蝶，双双飞上天。/不知为什么，一个忽飞还。/剩下那一个，孤单怪可怜；/无心上天，天上太孤单。"作者自言，此诗是写"寂寞"；笔者却认为，与其说是写"寂寞"，不如说是写"狐疑"。

---

① 《〈鱼目集〉——卞之琳先生作》，刘西渭《咀华集》，花城出版社1984年版，第99页。下引刘西渭，凡未注明，亦见此文。

胡适及其《尝试集》，至少存有三重狐疑：作旧体诗而欲创新，作白话诗而欲守旧，以及作汉语诗而欲引入非汉语诗。1919年2月26日，胡适写出《关不住了》，发表于《新青年》六卷三号，并自诩为个人所作新诗的“纪元”。然而，这件作品却译自蒂丝黛尔（Sara Teasdale）的*Over the Roofs*。这位美国女诗人，只能算是二流人物，居然先为胡适所袭，后为闻一多所剽，成了新诗的祖母，这大概算得上是中国文化史上的一个魔幻故事。

从接受的角度来看，胡适的自诩，却错位于读者的筛选。因为恰好不是《关不住了》，而是《蝴蝶》《鸽子》《小诗》和《希望》（此诗因被谱曲而广为流传），已经越来越被固定为胡适的名篇（当然还不能指认为杰作）。而这四首诗，都不像《关不住了》那么全新，而是新得过于偏旧，旧得勉强出新。这是不是可以说明：作者的狐疑，甚至契合了读者的狐疑？

《蝴蝶》还隐约透露出一个信息：在“上天”与“飞还”之间，剩下来的那只蝴蝶，最终居然也无心“上天”。唯其如此，这首诗，也就呼应了胡适的另外半句话，“倘此新国尽是沙碛不毛之地，则我或终归老于文言诗国亦未可知”。此语出自《五年八月四日答任叔永书》，后来被胡适作了《尝试集》增订四版的代序。

7

后来的情况完全出乎胡适意料，不过四年，就如雷鸣谷应云流景行，在他麾下集结了一大批白话诗作者：刘半农、沈尹默、李大钊、陈独秀、沈兼士、唐俟（即后来的鲁迅）、刘大白、陈衡哲、徐玉诺、俞平伯、左舜生、傅斯年、周无、王志瑞、玄庐，被称为“初期白话诗派”。

然而，冯文炳后来却认为，黄遵宪和初期白话诗派，虽然都用白话写诗，前者写出的是尚可傲慢的“旧诗”，后者写出的却是不伦不类的“白话散文”。白话诗对旧诗的革命，其结果，最终呈现为诗对自身的革命。

就在这样的诗将不诗的关头，周作人似乎为白话诗带来了转机。1919年1月24日，周作人写出《小河》，发表于《新青年》六卷二号，胡适推为“新诗”的“第一首杰作”[①]。《小河》原有一个小序，自称所用诗体接近“法国波特莱尔[②]提倡起来的散文诗”。今天我们已经可以知道，当然不是周作人，而是乃兄鲁迅，得了波德莱尔真传，这有伟大的《野草》为证。

冯文炳是周作人爱徒，对新诗颇有妙悟，当他面对《小河》，却一口气说了很多糊涂话。他认为，“新诗可以是这样的新法”；又认为，关键不在“语体走上了欧化”，而在“其所表现的东西，完全在旧诗的范围以外了”。而周作人的夫子自道，虽未点名，实则有的放矢，逐条否定了冯文炳。其一，周作人认为《小河》之新，恰在形式。到了1944年9月，他说《小河》“或

---

① 《谈新诗——八年来的一件大事》，姜义华主编《胡适学术文集·新文学运动》，中华书局1993年版，第386页。

② Baudelaire，今通译作“波德莱尔”。

者在形式上可以说，摆脱了诗词歌赋的规律，完全用语体散文来写，这是一种新表现，夸奖的话只能说到这里为止”[1]。其二，周作人认为《小河》之旧，恰在内容。他接着说“至于内容那实在是很旧的，假如说明了的时候，简直可以说这是新诗人所大抵不屑为的，一句话就是那种古老的忧惧”。师徒俩的语意，玩味起来，就十分地有意思。面对同样一件作品，《小河》，冯文炳认为其“内容”新于“语体”，周作人则认为其“语体”新于“内容”。冯文炳曲为师辩，周作人反躬自省，两者共同搭建了一组狐疑：既有对“语体”的狐疑，亦有对“内容”的狐疑。

8

究其总体趋势而言，胡适是先作旧体诗，后作白话诗；而周作人，则是先作白话诗，后作旧体诗。

周作人的白话诗——或者说新诗——仅三十五篇，结集成《过去的生命》。这部诗集与《尝试集》，曾被彼时青年诗人视为经典。然而，周作人对所作白话诗的评价，愈是往后，愈是降低，最后甚至趋于全盘否定。1929年8月，周作人为《过去的生命》作序时说：“这里所收集的三十多篇东西，是我所写的诗的一切。我称他为诗，因为觉得这些的写法与我的普通的散文有点不同。”——他尚自得于“白话诗”之有异于“散文”。同时

---

① 周作人《〈苦茶庵打油诗〉的序和跋》，钟叔河编《知堂序跋》，岳麓书社1987年版，第188—189页。下引周作人，凡未注明，亦见此书。

又说："我不知道中国的新诗应该怎么样才是，我却知道我无论如何总不是个诗人，现在'诗'这个字不过是假借了来，当作我自己的一种市语罢了。"[①]——他已敏感到"白话诗"之有异于"诗"。1944年9月，他又说："我看自己的白话诗也不算是新诗，只是别一种形式的文章，表现了当时的情意，与普通散文没什么不同。" 1947年9月，他又说："说到自由，自然无过于白话诗了，但是没有了韵脚的限制，这便与散文很容易相混至少也总接近，结果是形式说是诗而效力仍等于散文。"——他已敏感到"白话诗"之无异于"散文"。

何谓"诗"？何谓"散文"？刘西渭曾有过精妙的分辨："诗的严肃大半来自它更高的期诣，用一个名词点定一个世界，用一个动词推动三位一体的时间，因而象征人类更高的可能，得到人类更高的推崇。散文没有那样的野心：它要求内外一致，而这里的一致，不是人生精湛的提炼，乃是人生全部的赤裸。"并得出了坚定的结论："所以一篇散文含有诗意会是美丽，而一首诗含有散文的成份，往往表示软弱。"[②]

以周作人之卓识，之覃思，自然不会不懂个中道理。但是，他非为做诗人而来，而是为做散文家或杂家而来。到了1921年，周作人养病于西山碧云寺，因学习日本俳句和欧洲俗歌，其白话诗创作达到了最后的高潮。最迟1923年，大约是在《饮酒》以

---

① 《序》，周作人《过去的生命》，岳麓书社1987年版，第1页。

② 《〈画廊集〉——李广田先生作》，刘西渭《咀华集》，花城出版社1984年版，第139页。

后，周作人终于洗手不干。《过去的生命》最末四篇，不再分行排列，已是本色当行的散文。这样的混杂编排，不知出于有意，还是无意，总之构成了一个隐喻：白话诗的火车，经周作人，最后难免停靠在散文的终点站。

9

那么，周作人如何看待所作旧体诗？

周作人早年所作旧体诗，数量极少，似乎也没有留存。他再次创作旧体诗，始于1930年（他在一枚无花果枯叶上写下了一首五绝：寄君一片叶，认取深秋色。留得到明年，唯恐不相识），盛于1944年至1947年，结集成《知堂杂诗抄》。所收旧体诗，就数量而言，十倍于《过去的生命》所收白话诗。这部诗抄辗转于海内外，直到1987年，才得以在大陆公开出版。周作人一生爱读《人境庐诗草》，从他的《往昔三十首》《丙戌丁亥杂诗三十首》或《儿童杂事诗七十二首》，可以很明显地看出黄遵宪的流风遗韵。

对所作旧体诗，周作人的评价，反倒略高于所作白话诗。1944年9月，他说："这些以诗论当然全不成，但里边的意思总是确实的，所以只取其述怀，当作文章看，亦未始不可，只是意少隐曲而已。"1947年9月，他又说："白话诗难作的地方，我无法去补救，回过来说旧诗，把它难作的地方给毁掉了，虽然有点近于削足适履，但是这还可以使用得，即是以前所谓打油诗，现今称为杂诗的这物事。”“反正这不是传统的正宗旧诗，不能再用旧标准来加以批评。”周作人把所作旧体诗戏称为“打油诗”或“杂诗”，并把这样的态度，一直保持到了晚年。从1960年到1962年，应曹聚仁约稿，周作人撰写《知堂回忆录》，忆及早年所作《二十三年一月十三日偶作牛山体》，又把所作旧体诗戏称为“牛山体”，——典出志明和尚《牛山四十屁》[①]。

周作人全盘否定所作白话诗，有保留地否定所作旧体诗，两头不买账，两头不讨好，令我们想到乃兄鲁迅。1924年10月3日，鲁迅作了一首《我的失恋——拟古的新打油诗》。这首诗的古怪的副标题，一般认为，包含着对“白话诗”和“旧体诗”的双重讽刺。与此相呼应，周氏兄弟都曾自申并非诗人。正是基于对“诗”的“更高的期诣”，周氏兄弟的狐疑——“诗”耶“非诗”耶——就比胡适显得更加深刻而绝望。

10

周作人认为《小河》的“内容”，就是“古老的忧惧”；同时认为《苦茶庵打油诗》的“意思”，“大约就只有忧与惧耳”。这也就说明，白话诗，旧体诗，文体虽殊，实则也并没有不可跨越的鸿沟。

来读《苦茶庵打油诗》第十五首：“野老生涯是种园，闲衔

---

① 参读《苦茶——周作人回忆录》，敦煌文艺出版社1995年版，第431页。

烟管立黄昏。豆花未落瓜生蔓，怅望山南大水云。”原注：“夏中南方赤云弥漫，主有水患，称曰大水云。”这首诗可以视为《小河》的文言版，在两者之间，可以厘出若干对搭配：野老—农夫；园—田；豆花、瓜—稻、桑树、草、蛤蟆；怅—皱眉、摇头、叹气；山—石堰；大水云—水。

为此，周作人大为感叹：“极新的与极旧的碰在一起了。”

11

从黄遵宪，到胡适，再到周作人，白话诗的狐疑，由对传统的依与违，最终演变为对格律的取与舍。

与《尝试集》相比，《小河》彻底废黜古典诗格律。但是，这个优势，很快就被视为遗憾。既要弥补这个遗憾，又要推进新诗成熟，此种两难，难于上青天。新月派借来若干英诗格律，算是夹缝里面求生存；而象征派，现代派，由外在格律，转而寻求内在节奏。但是寻求内在节奏，在某种意义上说，正是对格律的变相废黜。

最有意思的个案，就是戴望舒。他的写作，大致可以分为三个时期：《雨巷》时期，讲究节奏；《我的记忆》时期，放弃音乐；《我用残损的手掌》或《赠内》时期，重返格律——这是个肯定—否定—否定之否定的过程。否定，尚可理解，他也有过自释，“韵和整齐的字句会妨碍诗情，或使诗情成为畸形的”[①]；否定之否定，殊难理解，我们只好再次归因于无计可消除的狐疑——即便是戴望舒曾经征引过的弥尔顿（John Milton）的激言，“韵是野蛮人的创造”，也不能帮助诗人无情地清除这种钟摆般的狐疑。

正是因为如此，刘西渭就曾经说过，“新诗一直没有征服旧诗的传统，而且恐怕还有些人降了过去”。想想刘大白和鲁迅，想想沈尹默、郭沫若、朱自清、俞平伯或何其芳：他们要么不再作新诗，要么继续作新诗而不堪卒读；但是他们有个共同点——旧体诗造诣与日俱增，甚至臻于炉火纯青的地步，正应了胡适当年的谶语：“终归老于文言诗国。”只要稍微取读《大白遗诗》，《秋明集》，或《犹贤博弈斋诗抄》，自然就不难明白此点。即便是汪静之这样的诗人，从头新到脚，早在1932年，就转而潜心写作颇有规模的旧体诗组诗《六美缘》。

12

1916年，胡适曾经号称，“凡文言之所长，白话皆有之”[②]。

---

① 《论诗零札》，戴望舒《望舒草》，现代书局1933年版，第113页。“畸形”，或作“畸形”，参读《戴望舒文录》，三联书店香港分店1987年版，第27页。

② 《白话文言之优劣比较》，见姜义华主编《胡适学术文集·新文学运动》，中华书局1993年版，第6页。

1926年，周作人发出感叹，“传统之力是不可轻侮的”[①]。今天看起来，还是后者较为清醒。白话或已成长为现代汉语，白话诗或已成长为新诗，但是这两者，仍然不足以抗衡文言和古典诗的富丽精微。也许，非仅英语，连现代汉语，也要面对所谓“云山猜想”：“云山”，是“clouded mountain”，是“cloud like mountain”，还是“mountain in the clouds”呢？现代汉语词法和句法的拉丁化，最终沦为英语思维，并试图取消“云”和“山”的“未定关系”[②]。这种“未定关系”，恰是诗意所在。从文言到现代汉语，汉语的逻辑功能不断加强，但是诗意功能却大有损耗。

黄遵宪、胡适、周作人乃至戴望舒的狐疑，既是宿命，也是困局；当现代汉语和新诗今天一统天下，类似的狐疑，或将转而成为奇观和佳境。狐疑既除，偏见乃生。

现代汉语不必——也不能——回到文言，新诗可以与旧体诗并存，但是我们一定要知道：现代汉语和新诗都处于幼年，都要准备好迎接和忍耐那漫长的葳蕤之路。

对于选择白话和白话诗，胡适有个充满戏剧性的说法：“逼上梁山”。施耐庵在其《水浒传》，陈忱在其《水浒后传》，为英雄设计了这样的命运链：顺从—反叛—招安—再反叛—立国。

---

① 《扬鞭集序》，周作人《谈龙集》，开明书店1930年版，第67页。

② “云山猜想”，是笔者的杜撰，当然受到过叶维廉的启发。参读《中国古典诗中的传释活动》，叶维廉《中国诗学》，生活·读书·新知三联书店1992年版，第14–36页。

现代汉语，新诗，尚处于哪个阶段呢？也许，哪个阶段都没有什么意义，我们的指望在于：豹子头林冲可以自由往来并出入于白虎堂和聚义厅。

2020年2月1日改成

“他一度而永远就是俄尔甫斯”[①]

柏桦的回忆录，《左边》，是一部真正的性感之书。文学史（包括诗歌史）只能带给我们一个囫囵，或是某种被提取出来的东西；然而《左边》却能够带给我们被湮埋的湿漉漉的现场。比如，柏桦回忆到，1986年的春天，他收到一册《当代中国诗歌七十五首》，从中读到陈东东的作品，准确地说，是读到《独坐载酒亭。我们该怎样去读古诗》，在突然笼来的惊异中陷入了苦恼：中与西，古与今，邈如参与商，该如何打通那要命的关节啊？直到有一天，他来到西南师范大学，在卷发青年黄彦的宿舍里看到《中国佛教史》，这本书讲到古代那些“望气的人”。柏桦恍如大梦初醒，很快就写出《望气的人》（黄彦对此大为激动），后来又写出《在清朝》[②]。这个黄彦，正是吾邑现代诗的早行人，他后来供职于川北教育学院，与亦分配来的一个长发青年——阿野，因为谈及奥地利诗人里尔克，就像接上了头，几乎是在须臾之间就注定了漫长的友谊。那时候，他们常常骑在宿

---

① 本文为阿野诗集《只要它掠过》之代序。

② 参读柏桦《左边：毛泽东时代的抒情诗人》，江苏文艺出版社2009年版，第124–125页。

舍旁的树桠上，一边吃面，一边谈文学。《望气的人》和《在清朝》，唤起了他们不同的天性，于是发生了炽烈的争论[①]。

后来，大约是在1996年，阿野去了北京。北上北京城，弹指十五年，黄粱饭未熟，新斧柯已烂：他求得了成功；这种成功，世俗以为真实，阿野则视如虚妄。在对商人角色的扮演中，内在的诗人角色已濒哀告无门之境。写作的辍停似已无可挽回：有一次，他终于写出来一首，却是《应收账款之歌》。后来的事实却表明：都市的生活，公司的销售额，不但不能剔除，反而反方向地激发了他与生俱来的隐逸情怀和田园理想。2010年，阿野频频回到遂宁。为了迎接这位老朋友，黄彦多次选择山水与闾巷，操办无尘亦无机的小筵席。这种欢会的趣味不仅仅来自美酒、美食和美女，还来自无倦和无眠，来自两种看起来判若云泥的态度：阿野愿意从头再来，他说，写诗吧，写诗吧；而黄彦则说，喝酒哟，喝酒哟。阿野的态度缘于对才华的自信，黄彦当然不缺乏这种自信，他的怀疑指向另外一个庞然大物。作为自始至终的见证者，我乐意如此承认：老哥俩都同样尊重写作，只是他们对写作的命运怀有不同的预感。一个认为，写作无妨成为生活；而另一个也许认为，时代并非宜于写作。所以黄彦很快就成为一个隐身人。我曾见过这样的诗人：他们彻底放弃写作，热爱上汁液横流的颓废生活，最后甚至以这种“不和你们玩了”的决绝来坚守自己的立场。当然，在几乎无懈可击的颓废主义的暗夜里，偶尔会

① 阿野对此并无否认；后来黄彦却说是在他和张枣之间发生的争论。

闪现出解构主义和反讽主义的流星。问题在于：暗夜与流星，到底谁证明了谁的存在，谁又发现了谁的力量呢？

还是回到阿野。遂宁的温润、清净与葱茏，就像陶渊明的吟咏，归去来，归去来，归去来，果然很快就召回了阿野：他决定告别北京。就在我们的诗人将返未返之际，仍有劫波待渡，他几度入院就医，——在我看来，这就像个小小的仪式：他在告别北京的同时，也必将逐步告别某种红尘的宿疾，皈向一座古庙、半块断碑、冬田里的红萍以及野水边的苍苍蒹葭。眼看着，那唾手可得的，就是健康，就是爱情，就是诗篇。阿野嘀咕着，“先要把生活过起来”，于是决意与一个朋友在邑南梵云山重建宜园，再现清代大诗人张船山“三月十一日李驭之招游梵云山开善寺醉后有作刻寺东大竹上”的风雅传统。宜园落成，有竹影，有花气，有鱼池，有鸡舍，有船房，有明轩，有秋月，有冬阳，阿野每以主人自居，连续不断地组织雅集。野菜共野味杂陈，红酒与红颜相映，真所谓宜春，宜秋，宜风，宜月，“无乎宜而又无乎不宜者也”。可以这样说，阿野告别北京，却并没有告别黄珂：他带回了“黄门黄”，也把黄门流水宴开到宜园：宜园乃有望京之气象。传为佳话，自是不提。当然，宜园亦并非阿野最后的归隐，他还在寻觅自己的葫芦峪，想要建筑自己的“竹里馆”。现在大家可以猜一猜，在前述那两首引起争论的作品中，阿野更喜欢哪首？对了，黄彦更喜欢《望气的人》（他曾望我背影之气）；而阿野，则更喜欢《在清朝》。柏桦曾讲到，成都是当时古风最盛的城市，他借《在清朝》，“展现了成都内在的古典精华”。这内在的古典精华，也许就是“安闲”[1]，甚而就是柏桦后来更为乐道的“逸乐”[2]。当然，除了安闲而逸乐的生活，阿野每每在宾客退散灯火阑珊之际，独自迎来那轻手轻脚的小尤物：你猜的是什么？而我，说的是春韭，春韭般的灵感。是的，阿野重新启动了写作：就像一瓶窖藏多年的香槟酒，“嘭”的一声弹射出瓶塞。

阿野的写作可以分为两个阶段：1996年之前为早期，2010年之后为近期。似乎因了那个时代的抟塑，早期阿野亦曾“言必称希腊”，具有一种其来无门的悲观心，又具有一种与这种悲观心短兵相接的存在主义勇气。他颇读了一些叶芝、里尔克、埃利蒂斯和阿赫玛托娃，试图通过“去中国化”来获得新诗的胜出。值得注意的是，他喜欢的这几个诗人，都堪称现代主义的巨匠。然而，他们的现代主义，仍然带着刚刚蜕皮的血珠儿，并从这醒目的血珠儿里残射出浪漫主义的余晖。这个过渡性特征恰好契合了阿野的天性：他细细地斟酌着节令和风物，让眼前之景与内心之境相互生发，花朵，旋转的风，树，夕阳和星辰，终不过就是灵魂和心性的弥漫。从他的早年作品，到他的近期作品，我们都将见识到“我”与“物”的两不厌，以及总是在两者的亲近关系中展示出来的抒情性。不仅如此，阿野还教会我们如何驱动现代性（可能偏重经验），并最终对单纯清明的抒情性构成了奇妙的错镂。这就是传说中的金镶玉。是的，我们应当叹息着承认，长

① 《在清朝》，柏桦《往事》，河北教育出版社2002年版，第65页。
② 柏桦《逸乐也是一种文学观》，《星星》2008年第2期，第33—34页。

期的物质主义游戏也不曾啮蚀他的分毫：他如此轻易地保全了一颗浪漫主义的灵魂。近段时间以来，阿野忽而放松了对修辞的苛求，将注意力集中到对生命的谛听：诗与生命，愈趋同构化。当别人在写作中匿迹，阿野则更愿意在写作中现身。换言之，作品的质地不再取决于修辞（比如隐喻与象征），而取决于生命：是生命的淡泊而安宁让写作更加接近写作的本质。写作不再是生命的虚张，而是生命的实现和呈现。而修辞的繁华落尽必将促成口语的增量、节奏的提速和诗境的透明：这正是阿野的明显归趋。我们已经看到，当阿野睡到自然醒，披衣来到窗口，看到各处草木生长，那些暗藏的东西就会自动出现，他脱口就会吟得一首小诗。近来他已写出好多首这样的快诗。对于修辞控而言，如此作诗不免轻率；可是阿野决意罢黜所谓“有难度”的写作，他要让诗句一句跟一句流淌而出：简单，明白，朴素。写，泻也，写而如泻：“技而进乎道”。我们遭遇过许多具有文学史野心的写作，都是策略的，有针对性的，故意闹别扭的，“彼可取而代之”的写作，其主要目的，乃是旧美学的打破，与乎新美学的重建。一个诗人是否具有重要性，往往也从这个角度进行度量。但是阿野的写作，并无此种自觉，亦无此种功利，他似乎游离于当代诗的各种谱系之外，试图把握住某些恒久不变的事物、方式与思想。因此，他的写作绝无破坏性和颠覆性。“饮罢，口占一首”：诗歌作为日常，收笔便已发表。这恰恰就是中国古典诗的伟大传统：不是追印某种修辞理想或文学史理想，而往往来自宴集，送别，酬答，羁旅，登临，以及此中情感的波动。杜甫从洛阳返回华州，路遇卫八处士，悲欣交集，乃有“十觞亦不醉，感子故意长。明日隔山岳，世事两茫茫”之赋，动笔之初，收笔之后，何尝虑及陆侃如、冯沅君夫妇后来如何在一个大格局中来定位这一节小历史？阿野为诗，不求得名，不求占位，亦不过是故友来去，佳人离合，青春欢喜，深秋寂寞而已。他的写作态度和写作实践，在一定程度上接续和重现了中国古典诗的伟大传统。

阿野早年热爱的诗人，里尔克，曾经在著名的《献给俄尔甫斯的十四行诗》的第一组第五首中写道：“不树立任何纪念碑。且让玫瑰/每年为他开一回/因为这就是俄尔甫斯。他变形而为/这个和那个。我们不应为/别的名称而操心。他一度而永远/就是俄尔甫斯，如果他歌唱。”[①]奥维德的《变形记》恰好就讲到俄尔甫斯的馥郁的故事，阿野亦已经历自己的变形记，比如前文曾有叙及，他对商人角色的扮演而成为“那个”阿野，但他更是我们（巨大而虚弱的我们）心目中“一度而永远”的诗人阿野。当他像聪慧的俄尔甫斯（Orpheus）那样弹起了宝琴，我们可以如是相信：他的音乐的确可以创造出一座森林，并让鬼兽也露出和煦的微笑。

春天又到了。春天意味着什么？破冰的缱绻，含苞的热烈，从深海里翻起来的爱情？不管怎么样，这个时令，总是能牵住阿野的青眼，让他在山水、闾巷与觥筹之间，如此轻易地辨认出

---

① 转引自拉尔夫·弗里德曼《里尔克：一个诗人》，周晓阳、杨建国译，华东师范大学出版社2014年版，第626页。单就这个诗节而言，林克和张曙光译本皆不如这个译本来得洗练晓畅。

虚度之美。他已经“忘掉自己的姓与名”，让本我和无相水落石出，比如，他肯定愿意将自己与一株白玉兰的关系，理解为一株白玉兰与另一株白玉兰的关系，随缘住心，遇物而喜，再也无视那山野、水岸与缤纷花园的差异。更为奇妙的是，他的悲观心亦涣然冰释，在不知不觉中通往高迈的旷达和浑如的恍惚。就在这个春天，阿野又写出了若干诗篇，开落如花，青黄似草，无意于种种有意，真所谓物物而不物于物。暮春已往，初夏方来，我们就要登临一个节日——阿野长我十岁，即将喜度四十九岁生日，乃作此小文，为之庆，为之贺，鬈发而弃才的黄彦兄，诸兄，天龙八部，想必亦当欣然附议：且让玫瑰每年为他开一回，且让玫瑰每年为他开一回！

2014年4月28日

序言：

为向以鲜《唐诗弥撒曲》作

“如果没有陈子昂，”我学着宇文所安（Stephen Owen）的口吻说道，“很有可能就没有李白。”话音未落，诗人向以鲜马上附议，那油然的速度，像是我刚刚附议了他的某个观点。这个交谈的小花絮让我感到讶异而亲切。晚风送来阳台之爽，出春入夏之爽，当他再次约写文字，我发现我的拒绝犹豫不决：可能已经有某种力量在摇晃我的态度。早在1986年，向以鲜就以《割玻璃的人》《偶然》等诗名动江湖，他此次出示的《唐诗弥撒曲》共计三十二首，有八首关涉陈子昂，另有一首化引贾长江。陈子昂，前奏也，贾长江，变徵也，两者之间夹着一个胖乎乎的盛唐。这两位看似不相及的古代诗人，似乎仍旧行吟在涪江之畔：他们甚至已经邂逅，也许就在我恰好喝完酒的董家巷。而我终有文字的冲动，难道是因为向以鲜写及了我的这两位“乡贤”？我乃是这样一个读者：坚持由作者中心主义向文本中心主义缓慢过渡，在这个过程中，尽可能地剔除读者中心主义的误会和附会。这也许亦是批评应当恪守的道德。我亦深知，批评的失败，往往不是判断力出了问题，而是道德出了问题。我终有文字的冲动，当然还有更加重要更加本质的动因。也许，不是陈子昂，也不是贾长江，而是某种由内及外的风格，向以鲜的风格，唤起了我对当代诗某个方面的敏感和奢望?

回过头来看看，北岛也好，多多也好，那一代诗人的写作，确乎具有宿命的过渡性特征。他们虽然能够直面中国现实，却几乎彻底放弃中国修辞，尤其是西风东渐之前的古代修辞，至少在修辞层面丧失了自己的“身份”。通过他们的写作，在汉字内部层层包浆的诗意之穗，突然遭遇了他者（the other）之镰。在逻辑性句法和词法规定下的西方修辞，犹如急救性的血浆，固然带来了新的有机体，却严重忽视了汉字干细胞的自我复制能力（self-renewing）。所以，当代诗的发展，至少说在某个向度上的发展，必然将以对这个问题的深刻反省作为前提。当陈东东写出《独坐载酒亭。我们该怎样去读古诗》，柏桦写出《望气的人》，张枣写出《镜中》，陆忆敏写出《避暑山庄的红色建筑》，宋氏兄弟写出《家语》，钟鸣写出《羽林郎》和《枯鱼》，我们就已经看到，文字，趣味，氛围，怀抱，也许还有某些方面的怪癖，在亦新亦旧之间，甚至在亦西亦中之间，呈现出来多么“空翠”而“孤悬”的可能性。向以鲜曾与钟鸣、赵野、邓翔合编《象罔》。这本独到但难以见到的刊物，即由向以鲜命名。“象罔”出自庄子，就像“混沌”一样，既是虚拟人物的名字，亦是某种生命和思想状态的隐喻，宋人吕惠卿就曾如此解读：“象则非无，罔则非有，不皎不昧，玄珠之所以得也。”从向以鲜《晚霞》一诗的注文来看，他很可能倾向于如此认为：

象罔者，虚无也；玄珠者，心也，道也，诗也。那么，也许他会说：诗就是虚无主义的产物？向以鲜曾与诗人潘家柱、付维、孙文波合编另一份刊物《红旗》，就是这个孙文波，近来亦曾对我坦言，他愈来愈倾向于如此认为：诗就是虚无主义的产物！就在《象罔》陆续推出各期专辑前后，向以鲜与前述一拨诗人颇有过从：美学上的呼应、往返与交错，必然使得他们各各获得心灵之福和文字之缘。从美学代际特征来看，向以鲜亦同属“第三代”，只不过他并没有太早交出一把尖尖角，在风起云涌之际，求得作为一个“历史性”诗人的峥嵘。后来，向以鲜更是避居于传播学的郊区，在石刻与古籍的烟海里修持一颗虔敬之心。如果还真有研究当代诗的“学者”，他也已经被这些“学者”淡出了视野，如同他自己写到的：“细澜多么孤独啊。”三十年很快就过去了，时过境迁，风流云散，我们的诗人向以鲜积石如玉，忽而写成《唐诗弥撒曲》，就像是一次迟到而必然的酬答。

向以鲜系王达津教授高足，算是闻一多隔代弟子，对唐诗素有研究。组诗《唐诗弥撒曲》虽然主要在最近半年写成，但是其中《苏小小》一首却完成于三十年之前。《苏小小》乃是对李贺《苏小小墓》的今译。没有什么必要再去挑剔向以鲜对原作的亦步亦趋，我们应该惊叹的是他对李贺和李贺此诗的选择：似乎在写作之初，他就试图凿通古典性和现代性之间的花岗岩。多么奇妙地，向以鲜带来了（或者说发现了）双重的美学逆差：《苏小小》的古典性，以及《苏小小墓》的现代性。四年后，向以鲜又陆续写出三首，直到最近半年写成全部三十二首：在“泥”

与“隔”之间，诗人渐渐抹去针眼与线痕，一次起步于“今译”的尝试，终于蝶变为古今穿插意义上的成批量的“互文性”（intertextuality）写作。正如法国符号学家和女权主义批评家朱丽娅·克里斯蒂娃（Julia Kristeva）谈到的那样，此一本文终成为对其他本文的吸收和转化，像是一件“镶嵌品”。台湾旅加拿大诗人洛夫在耄耋之年完成的《唐诗解构》十一首，以及福建诗人林仕荣所作《溯诗》九十七首，都是此类写作。今年春天，我与苍耳、向卫国诸兄漫游到闽南漳州，得遇林仕荣，席间谈及《溯诗》，我曾说到，“此类写作，不可无人，不可无我，当如两镜互照”。让人欢喜无尽的是，向以鲜果然在注文里引出唐代释澄观《华严经疏钞玄谈》，“亦如两镜互照，重重涉入，传曜相写，造出无穷”。如果必欲曲尽幽微，我和向以鲜的观点，还可作更细更深的分辨。我的意思是，本文（此诗）与其他本文（比如“万能的唐诗”）当如两镜互照；向以鲜的意思是，上卷与下卷、正文与注文（均同属一个本文）当如两镜互照。如果归拢我们俩的意思，就可以这样讲，《唐诗弥撒曲》已然是三镜互照，光与色，重重交映，形成了若干个指向过去与当下的“影复现影”的诗意空间。换言之，向以鲜既陷入了唐诗的深渊，也陷入了己诗的深渊：他似乎已然剔净“影响的焦虑”（the anxiety of influence），在这几个深渊之间自如地转换，轻盈地往来。而“其他本文”的深渊也可肥可瘦，他左搂右抱，享受不尽，也可以念头一转，拔腿就走。由此亦可看出，《唐诗弥撒曲》重构唐诗的高尚之境，具有显著的“非个人化”（impersonality）倾向，但又较为成功地避免了非个人化写作有可能出现的恶果：“作者之死”，即再也没有原创性。这批作品，正所谓学人之诗也，亦所谓诗人之诗也。向以鲜与陈东东、柏桦、张枣、陆忆敏、宋氏兄弟等诗人同步展开自觉的写作，虽然拿出作品较晚，但是他们一起重现了汉风之美与乎乡愁之亟，不仅如此，他们还一起证明了中国古代文化对当代人的挽留和抟塑。意义是巨大的：他们的写作，清晰出示了汉语和汉文化的胎记，可以比较正式地中断北岛们开创的过渡性时代。

前文已经有所暗示，《唐诗弥撒曲》不仅是一组诗，而就是一部书：因为诗人为三十二首诗配置了一百一十条注文。诗加注，合成书：就像诗人与唐人之间的秘札，我曾建议此书就叫《云书》，惜乎没有得到各方面的认可。很多人都曾经谈到本雅明（Walter Benjamin）的奇怪的野心：“用引文构成一部伟大著作。”而向以鲜，几乎就是这样做的，他用注文（亦含有大量引文）构成此书。这些注文是调皮的，饶舌的，花心的，漫步的，就像由正文引发出来的学术性札记，庞杂，偏远，生冷，旁逸斜出，浮想联翩，几乎拼接成一部中国的（主要是唐代）民族史、风情史、语言史和文化史。诗之有限就这样被导向无垠：每一个词语都将是“万卷中的一个词语”。向以鲜把这些注文称之为“镜铨”，又可称之为“铨镜”，这个词来自南朝萧梁文人王筠的《为第六叔让重除吏部尚书表》，后来元稹和杜甫亦曾明用或暗用之。向以鲜的这种形式感既沿袭了中国古代的“疏”与“集注”之传统，又似乎受到过柏桦奇书《水绘仙侣 1642—1651：

冒辟疆与董小宛》的影响：后者吸收和转化冒辟疆的回忆录《影梅庵忆语》，为一首诗配置了九十九条注文。这种新的作法，“刚刚打开描金嵌银的画屏”，或可逐渐成为时尚与流风。就像我们已经看到的，新诗那羸弱而痉挛的肌腱，终于可望拉动文化和历史的集装箱。新诗始有大容量。另外，柏桦写到董小宛，而向以鲜则写到冯小青和苏小小，在我看来，董小宛亦不过就是冯小青，冯小青亦不过就是苏小小，这些风尘、诗书和爱情里的玉人，历来就是中国文人的“影恋”，就是我们难以释怀的“水仙花情结”。她们的夭亡，乃成千古恨，万古愁。陈寅恪先生以衰目膑足之年，而著《柳如是别传》，亦为感惜她们的“绝命从容”。此已是闲话；对于这篇小文而言，也许更重要的是，我们应当看到：柏桦之书充满了江南的柔逸之气，而向以鲜之书则充满了唐之呼吸——光英，秀拔，明快，爽朗。一阴一阳之谓道：两部书并观，可得中国古代文化之盈虚。

关于向以鲜，诗人柏桦曾回忆说，他的眼睛总是浸满泪水。这泪水之源，是激动，亦是哀痛。80年代以来，特别是90年代以来，“黄河冰合鱼龙死”，想来诗人激动日减，哀痛日增，虚无感已然浸入五脏六腑。风雅断绝，礼乐崩坏。故乡已如背影，诗人无非遗民。德国诗人诺瓦利斯（Novalis）曾经说过的那种“乡愁”，必将紧抓住我们当风凌乱的肉身。已经无路可逃。剩下来的是什么？对了，除了招魂术，就是弥撒曲。江南也罢，唐诗也罢，各取各的心仪之物。唐诗的朗照让诗人回到寂静、寥廓和明亮，就像回到故乡，但我们切不可轻于宽怀，因为“在才华散尽的修辞中”，向以鲜已经看清他自己，以及很多——如果不是所有——当代人的命运：“永失我心”……

2014年5月14日

谁能理解陆忆敏[1]

诗人向以鲜在参与编辑民刊《象罔》期间，积存了一些手稿，包括柏桦的《秋天》。他向我提供了这份手稿。此文完成于1990年，作者主要谈及他在1985年的秋天，读到一首《对了，吉特力治》，惊艳之余，叹为“秋天的奇迹”。通过比对，我们不难发现，这篇《秋天》后来被作者增删后装进其回忆录《左边》。在《秋天》里，柏桦称那首诗的作者陆忆敏为“我们诗人中唯一的女性”。虽然这个绝对之语后来不再出现于《左边》，但是根据笔者与柏桦的多次交流，我们完全可以相信，这有可能恰恰正是柏桦愿意继续保留的绝对：当然，在中国的语境里，这种绝对，往往只能迎来被刈除的命运。

也许如此说来不会引起太大争议：当代女性诗的确立与女权意识的确立密不可分，正是这种女权意识的力量，新立场的力量，而不是美和修辞的力量，让一些女诗人在很短的时间里声名大噪。但是，我认为，这也许并不全是诗的捷报。与这些女诗人比较而言，陆忆敏则似乎具有相对犹疑的女权意识，她借助忧伤

---

① 本文为《出梅入夏：陆忆敏诗集1981—2010》之编者序。

而高贵的弗吉尼亚·伍尔芙（Virginia Woolf），还有炫目的西尔维娅·普拉斯（Sylvia Plath），托出来一颗更为幽曲混茫的女性之心。前面已经有所暗示，陆忆敏的女权意识，乃是一种阴晴交织的女权意识，体现在作品里，她注定不会只在这个孤单的向度上获得孤单的亮度，而有名的《美国妇女杂志》，即便已有单方面毁约般的“洗手不干”的怒勇，也难以代表诗人的全部复杂性。因为我们的诗人陆忆敏，除了发出来一个设问：“谁能理解弗吉尼亚·伍尔芙？”还留下了一个反问：“为什么古代如此优越？”

我曾与一些诗人，比如赵野，还有向以鲜，讨论形成过这样的共识：北岛们的写作，过于依仗异域经验，在给我们带来一个他者（the other）引导下的异化时代的同时，很大程度上丢弃了似乎已经丧失外在新颖的中国身份，尤其是汉语身份。而陆忆敏的写作，正是对那个偏颇的异化时代展开反省的兆头。偏颇即风格。然而，风格是一回事，品格又是一回事：风格或未导致品格，品格必能导致风格。陆忆敏不欲一边倒，她试图在被割断的中国传统和不断带来兴奋点的西洋传统之间，通过个人机杼，在画龙点睛的有限的异化中保全那固执而优越的汉语之心。天才之作《避暑山庄的红色建筑》，还有更短的（就像小令或半阕词）《墨马》和《沙堡》，带给我们一个值得称庆的复活节：就像诗人自己写到的那样，此类作品让我们重沐了“古风”。也许每个诗人（包括北岛）都要面临这个巨大的两难，亦即“它尚无坟”和“我亦无死”之间的两难。然而在具体而微的实践中，诗人们要么勒死了传统，要么丢弃了个人，很难在艾略特（Thomas

Stearns Eliot）所谓“传统与个人才能”之间求得合金般的创造力。陆忆敏只通过少量作品，就在对异域经验表示友好的同时，清楚地出示了传统与个人的双重力量。所以，我愿意在这里重申一个观点：陆忆敏与陈东东、柏桦、张枣、钟鸣以及宋氏兄弟一起，可以比较正式地中断北岛们开创的过渡性时代。

陆忆敏的这种特质可能与她出生和居住在上海有很大的关系。近现代以来，这座摩登之城既是传统文化的匪区，又是西洋文化的黑市，两者的错综，抟捏出独特的海派文化，张爱玲即是其中很具有代表性的人物。让人诧异的是，好几个当代诗人，绝对不只钟鸣，都曾经如此谈道：“陆忆敏像张爱玲。”这个优雅而美妙的类比，除了籍贯、相貌、气质、才华和命运，当还基于两者所共有的海派文化背景。只不过，陆忆敏的海派文化，经过种种剔洗，已是残剩下来的淡远的背景。布罗茨基在论及曼德尔施塔姆时这样写道，“也许，在这个世纪，他比任何人都是一位文明的诗人：他对赋予他灵感的东西又做出了贡献”，这一点，在相当的程度上也适用于陆忆敏，所以崔卫平女士学着布罗茨基先生的口吻，毫不犹豫地把陆忆敏称为“文明的女儿”。

在《传奇》再版序中，张爱玲如此写道，“升华还是浮华，都要成为过去”，这种哀矜（请注意这个词）的口气，与陆忆敏何其相似：“生存还是死亡，这本不是一个问题。”当然，陆忆敏的这句话，并非响应张爱玲，而是对哈姆雷特的著名台词——“To be，or not to be，that’s a question.”——的一次反驳，并试图借此破解莎士比亚的千古之惑。与这种态度相呼应，陆忆敏的很多作品都在研究死亡。当然，与其说她在研究死亡：某种“球形糖果”，不如说她在研究面对死亡的风度：得享受它的“圆满而幸福”。这种淡然自处的宽怀让死亡几乎成为可以把玩、品尝而不必回避的事物：“可以死去就死去，一如/可以成功就成功。”同样是受到普拉斯的影响，这种风度，在其他个别女诗人那里，有可能成为姿态，而在陆忆敏这里，又似乎就是天性。所以陆忆敏在*Sylvia Plath*里写道：普拉斯的影子在慢慢靠近“我的”身体。而不是相反。

前文已经谈到，《美国妇女杂志》难以代表陆忆敏的全部复杂性。这是从修辞学的角度讲；如果从主题学的角度讲，则又未必。除了女权意识，死亡意识，《美国妇女杂志》还显示出自我分裂的主题学端倪。而此种自我分裂，几乎贯穿了陆忆敏的全部作品。“自我分裂”的说法来自九叶派的二号批评家唐湜，其文《搏求者穆旦》，把自我分裂简化成灵与肉的冲突，则又不免低估了穆旦的自觉精神。很显然，我们也不打算就这样来讨论陆忆敏。诗人有一首诗，《内观》，显示了陆忆敏，特别是后期陆忆敏向内收紧的态势：是的，她要小心拆卸的，恰是“心脏”这颗炸弹。从她的不同作品，特别是后期作品来看，她已经发现了种种自我（包括“你”和“他”），以及它们相互之间的拦截和拥抱，敌意和暖意。不同的自我，向不同的力量都作了交待。就像被切开的苹果，两瓣，或者四瓣，却分别指向了多个内核。这让她的作品很多时候都会获得某种病理学特征。其重要作品，组诗《室内的一九八八》，共包含十五首日记体短诗，据有的学者研究，这些短诗都来自与幽灵同住的经验，这个幽灵，也不妨就是从作者/生者身上提前分裂出去的死者。自我分裂主题与死亡主题终于在这里交融而难辨。在新诗历史上，穆旦也是这样一个自我分裂的诗人，他曾经写到，每一个平凡的人，里面都蕴藏着“无数的暗杀”和“无数的诞生”。不管陆忆敏当年是否读到过穆旦，在这个方面，她的确凭空得了他的衣钵。说到这里，我们也就会理解陆忆敏为什么更喜欢伍尔芙，因为伍尔芙的作品，尤其是小说《海浪》，亦有此种特征。《海浪》写到一个诗人，纳维尔，出名之后，老是在口袋里装上一张自己的名片，其目的，居然是作为自我之存在及身份的证明。即便女权意识并非陆忆敏的主要的徽记，我们仍然愿意在刚才谈及的相似度上，把她视为伍尔芙的后裔，并把她写出的第一批作品视为伍尔芙的最后一批作品，就象伍尔芙曾经谈到过的：莎士比亚的妹妹，借用了我们之间的一个肉体。

陆忆敏的主要作品，大都完成于1981年至1993年期间。在此期间，她仅仅写出四十多首诗，就已经翀临那隐秘而完美的孤峰，此后惊鸿敛翅，再也不现芳踪——拒不出版诗集，也不发表作品，更不参加活动——仿佛亟欲与这个世俗世界一刀两断。“创造或稍事休息，这都是正直和高尚的”，这是诗人的自释。我们也可以如此推论，诗人归于隐逸，恰是她深刻地洞察了个人与他人、写作与时代这两重关系的结果。1993年以后，诗人只剩有零星的写作，枯瘦，思辨化，总体水准已然明显下滑：就像由唐诗滑向宋诗。即便陆忆敏自己也不能超越自己，仍然不妨碍我们承认这样一个事实：自柏桦、钟鸣以降，在更年轻的诗人里，已经出现了越来越多的陆迷，比如寒烟，比如胡桑，后者甚至视之为“我的女神”。可见陆忆敏乃典型的被诗人反复阅读的诗人，有点像布宜诺斯艾利斯那位瞎了眼的图书馆长博尔赫斯。阿根廷的首都，布宜诺斯艾利斯，Buenos Aires，在西班牙语中是“好空气”的意思。好空气就让大家都来共享吧：为了让更多的素心人得睹陆忆敏之诗，笔者在柏桦、陆波、胡桑所做工作的基础上，参考老木、唐晓渡、王家新、徐敬亚、万夏、崔卫平、陈旭光、周伦佑、沙光、阎月君、洪子诚和程光炜等人主编的若干选本和刊物，剔除伪作，收集近作，汇校异文，辑录评论，耗时八个月，终于编成这部诗集。后来送经作者审核，遵其建议，又删去前期两首短诗——《理喻行踪》和《棕色的小酒罐》，以及后期若干“较随意的作品”（陆忆敏语），整部诗集就显得更为菁萃而洗练，——笔者幻想这部诗集能够用洋葱纸（onion paper）来印制，这种纸不易碎裂、永远皎洁，素为张爱玲所喜。检视诗集最后锁定的六十五件作品，有轻盈之诗，亦有尖锐之诗，有抑郁之诗，亦有莞尔之诗，有孤傲之诗，亦有柔娓之诗，有“催眠”之诗，亦有“低声胁迫”之诗，有独白之诗，亦有对话之诗，有重彩之诗，亦有白描之诗，对于当代诗，尤其是当代女性诗，仍然是一座清香扑鼻的圭臬，一部余音绕梁的启示录。

对美好事物的共同热爱，让这部诗集的编选出版得以成为可能。因此，除了前面已经叙及的诗人，我还要向潞潞先生的热肠和北岳文艺出版社续小强、刘文飞两位先生的雅怀表达谢意。这部诗集的编选出版，虽不至于如柏桦先生所言“名垂青史”，但将填补当代文学传播与研究的一个醒目的空白，当属毫无疑义之事。

2014年7月3日，恰逢红瘦绿肥

编后记：

为《元写作》第6卷作

如果要评最美地名，依我看来，“遂宁”当是一时之选。“遂我所愿，以兹自宁”：这是古乐府《满歌行》中的妙句，可以借来解释这个地名的美意。遂宁亦称遂州。永和三年（347年），桓温伐蜀，败李势，废德阳郡，置遂宁郡，就有了这个地名。所以《寰宇记》卷八六说遂州是“德阳旧垒”。晋人常璩作《华阳国志》，谈及德阳，特别增加了他那原本吝啬的笔墨：“士女贞孝，望山乐水，土地易为生事”——简直就是一个桃花源。连张飞战败张裔的地方，过军渡西岸的德阳陌，我们也觉得有一种爽快而舒畅的兵气。遂宁就是我生活和写作的地方：在这个小地方，我和我的朋友们长期动情于林野、湿地、河流和友谊。朋友们或从政，或经商，或习艺，或赋闲，不一定都爱诗，但是都能洞晓文学的意义。“《元写作》要坚持，”他们多次对我说，“这是一件正事，尤其在这样一个时代。”

本刊从本卷开始，新设卷首栏。此次卷首栏刊出诗人柏桦的两件作品：近作《致遂宁》一首，及其新著《诗鱼》一则。《诗鱼》是诗，是诗话，亦是稗官之博览与札记，可视为《一点墨》

之续篇，但篇幅数倍于后者，本卷选发第739则：柏桦借此提醒我们“观看”遂宁古代诗人吕大器。

本卷之正文首先译介两位外国诗人：一位是鼎鼎有名的菲利普·拉金（Philip Larkin），另一位则是寂寂无名的圣–丹尼·加尔诺（Saint–Denys Garneau）。本刊向来更加关注未名者和隐身人，所以这里首先介绍后者，及其年轻的译者。加尔诺是加拿大诗人，也是画家，还很热爱音乐。对于汉语世界而言，这是个尤为陌生的人物。他生于1912年，卒于1943年。他独自划独木舟，猝发心脏病，很快死去，加入了早夭诗人的行列。在其短短的人生中，有两件事颇值得提及：一是参与创办法裔加拿大人文化月报《接班人》（*La relève*），二是出版诗集《天地间的游戏与目光》（*Regards et jeux dans l'espace*）。他死后被誉为“20世纪50年代魁北克文艺复兴的先驱”，“魁北克第一位真正的现代诗人”。但是编者倾向于认为，从加尔诺对待自然的态度，以及对待语言的态度来看，不妨称之为后浪漫主义诗人，或者变通地，称之为前现代主义诗人。加尔诺用法语写作，其英译者主要有John Glassco、F. R. Scott和George Dance。本卷所发四首诗即由桑婪根据George Dance的英译本译出。桑婪似乎是首位把加尔诺译成汉语的译者，她的部分译作，此前仅见于诗人张尔主编的《飞地》诗刊第五卷。我们期盼有更多的译者和读者关注这位为魁北克文艺——尤其是为魁北克诗歌——带来一个迟到的转折点的诗人。接下来介绍菲利普·拉金。此人生平及成就，在诗人桑克所译的《菲利普·拉金诗选》（2003）里，已有较为详尽的介绍。这里要特别说到的是，他长期担任赫尔大学图书馆馆长，终生未婚，死前拒绝了桂冠诗人称号。按照《牛津20世纪英语诗歌词典》（*Oxford Companion to 20th-Century Poetry*）的介绍，加上编者的理解，似乎可以这么讲，他的黑色喜剧可能存有多种渊源：包括哈代（Thomas Hardy）的克制的传统，叶芝（William Butler Yeats）的感伤的修辞，奥登（Wystan Hugh Auden）的诙谐的日常。他兼收英格兰和爱尔兰的近代传统，又在风格上，特别是精确的闲谈方面，呈现出显著而新颖的活力和个人性。在20世纪英国诗歌史上，艾略特（Thomas Stearns Eliot）主宰了20年代，奥登主宰了30年代，此后，拉金则主宰了50年代、60年代和70年代。王佐良先生甚至认为，拉金最后结束了20年代以来“英国诗坛的现代主义统治”。诗人柏桦，与他的研究生余夏云，曾经从冷眼看日常的角度，把拉金拉来与韩东做平行研究，并认为他们都不是英雄（hero），也不是反英雄（anti–hero），而是非英雄（non–hero）：这个观点深获我心。由此亦可看出：以韩东、于坚为代表的他们派，与以拉金为代表的运动派，已然再次证明中西诗心之相通。舒丹丹女士新译的拉金作品，此前曾部分收录于《别处的意义：欧美当代诗人十二家》（2010），本卷继续选发未刊译作七首，算是对舒译《菲利普·拉金诗合集》的热烈的吁请和预告。

需要说明的是，本刊第五卷出版后，所载陆忆敏作品引起了深切的关注。在此前后，编者又陆续觅得陆诗二十六首，并于今年7月编成《出梅入夏：陆忆敏诗集1981—2010》，承续小强、刘文飞两位先生雅意，允诺由北岳文艺出版社出版，故本卷放弃年初计划，不再继续刊发此二十六件作品。必须有新的选择。就像古代章回体小说常常写到的那样，两位谋士未经会商，却在手心写出同样的字，本卷对于黄茜的选择，亦是我与诗人蒋浩未经会商的共识。编者从她最近两年的作品里选出两个组诗：《题画诗》和《对话》。黄茜以她关于痛苦、风趣和优雅的研究，以及感性的思辨性，已经逐渐得到越来越多的认可。而她对俗成的敌意，似乎来自北京大学的小传统。这两个组诗可称为元诗（metapoem），因为诗人抓住过好几次时机，极为明白地供认出个人之诗学：她认为"新诗更接近狡黠"，所以应该"把自我加诸语法"，将词与句的挪砌"升华为奥秘"，在这个翻新术的课堂上，"不断成为我又不断逃离我"。我们已经发现，黄茜的诗几乎首首都带有这种"巧托稚嫩"的羞涩之风。虽然我对她的长句和某些诗节的格言化倾向还不太适应，但是新诗流涌，挑战的恰好就是固态化的认知系统，所以我也乐意如此相信："你的阴沉、固执、晦涩和奥秘全都化成璀璨的卵石——准备好了被递送给另外的手、另外的精神和眼睛。"

现在要谈及邓翔，这个柏桦所说的"秘密诗歌天才"，长期隐居于热闹的经济学，以至于我们很难获得辨认他的机会。早在1983年8月，叶绿、狼狗、赵野等人编辑《第三代人》出刊，就曾醒目地刊出邓翔五件作品。诗人赵野在长文《一些云烟，一些树》里回忆起邓翔，认为他当时就已是优秀而成熟的诗人，而今却成为完全被忽略的诗人。是的，此刻邓翔也许正在哈佛大学，或是剑桥大学访问，他被会议主持人介绍为“中国经济学家”；没有人知道，早在三十年前，他只有二十岁，就已经写下许多出色的抒情诗。这些抒情诗带有俄罗斯叙事风格，呈现出诗人独有的语调（tone of voice）：喃喃自语，欲说还休，有点神经质，仿佛雨声的淅沥。1983年前后，由北岛引导的那个对抗美学时代即将消逝，紧跟来一个史诗时代、杂语时代和狂欢时代。在黄金的氛围里，邓翔像一支孤身逆溯的白银号，固然清响幽绝，仍然被轻易淹没在亢奋的史诗写作的大海。唯其如此，周东升博士才私下指出邓翔的“不幸的早熟”。本卷集中刊出邓翔早期作品十六首，将为我们带来在80年代初期罕见的“河流的流淌、风的拂动和树叶的沙沙声”。据说当年袁可嘉先生在这批作品中读出了勃莱（Robert Bly），这个勃莱恰是邓翔的至爱，但是邓翔又向编者补充说：还应该有赖特（James Wright）。当然，这两者的影响，都没有冲淡这批作品的中国南方记忆、乡村氛围和80年代独有的精神及气象。

本卷亦推出“元写作小组”部分成员之近作。我们的女诗人，张丹，已经为人妻，为人母。但是她从来没有停止过写作：实验性的写作。她交来十首近作，我们可以诧异地看到，尽管如此年轻，她却能够从任何具象出发，比如发条，比如一只空罐，揭示出某种隐形力量（主要是指“时间”）对人的剪裁、切割和唆使。我们更加诧异地看到，她还能站在“非人”的立场，用一根银针刺入人之癌灶。就像她写及的那只蜻蜓，她也“误点”了一个少女的血液之毒。在炼字造句方面，似乎受到韩博的影响，张丹愈趋简古，却又在修辞上百出机变，种种转折如同来自空穴，看似生崭，细读来，却又发现茎蒂相牵，带出来的自是深意。张丹近来对此前写作有所反省，认为高远易成姿态，字字句句须出自真诚。正是因为有此自觉，这批作品已然更为成熟。关于阿野的写作，特别是近作，我已写有一篇小文《“他一度而永远就是俄尔甫斯”》，并用以庆贺诗人的四十九岁生日。今年5月23日，阿野举行玫瑰之筵，真所谓：湖滨美女云集，醉后好汉山倒。在我与重庆画家田涌先生策划印制的生日别册《且让玫瑰每年为他开一回》上，也已印发此文，用以佐酒，且让我引来两小段，“他在山水、闾巷与觥筹之间，如此轻易地辨认出虚度之美”，“更为奇妙的是，他的悲观心亦涣然冰释，在不知不觉中通往高迈的旷达和浑如的恍惚”。本卷刊出阿野近作九首，亦含有“但愿人长久”的祝福。值得叙及的是，今年阿野亦曾赋诗《遇见友谊》，遥贺我的三十九岁生日。这些被我们挑选出来的文字，如切如磋，如金如玉，或已记下一段兄弟间的韶光和佳话。余孟秋继续行走和写作，在这个“美学的夏季”，她再次出发，去到灿烂的云贵高原。我们亦将再次见证行走和写作的相互成全：诗人抵达大自然的秘境，同时，也才抵达自我生命内在的高原。与枯邃的书斋写作相比，在她的作品里，那扑面而来的，不是高蹈的形而上的神性，而是羞赧的大地的神性。我们有理由相信，当诗人远望那华年的消逝，不会有哀伤，因为她才刚刚开始进入和享受一掬璀璨的“黑暗”。编者反复斟酌，决定把余孟秋新写的这个组诗命名为《云路》，取了双关之意，终不比大自然来得更自然。安遇一直在思考，并由此引导了“自觉的”写作。他说，古诗，比如王维，我与物浑然不辨；当代诗则大异其趣：有我有物，我大于物。这个思考让他对绝大多数当代诗充满了警惕，并试图逐步取消主体性与客体性相对峙的紧张感。他这次提交的九首近作，或可在一定程度上展示此种特点，并提醒我们注意古代诗人（比如王维）的藏身术，以及他们的幽微的讲究。“谈到安遇，他是一个被遮蔽的诗人，”某次酒酣之后，诗人柏桦曾经如此说道，“但是，好的诗人遮蔽不了。”本卷亦收录拙序三篇，除了已经提及的《“他一度而永远就是俄尔甫斯”》，最终用作阿野诗集《只要它掠过》之代序，其余两篇为向以鲜、陆忆敏诗集之专序。之所以将三篇小序汇编于此，一则因为写作时间参差同时，再则因为都涉及在新诗写作中如何面对传统的问题，亦即古典性与现代性如何互动的问题。这三篇小序共有一条隐线，那就是柏桦，他将与三位诗人一起，带领我们重晤汉风之美。

本卷原已选定林莽、舒婷、周伦佑、吕德安、杨小滨、赵野、沈苇、余怒、桑克等十位诗人的墨迹作为插页，在全书即将付印的前夕，10月31日，突然从石家庄传来噩耗，批评家陈超先生跳楼而亡，享年仅五十六岁，“当代中国痛失了一座诗歌重镇”。到11月1日，内蒙古诗人广子就写出《礼物：悼念陈超》，并很快将手稿寄至编者案头。编者推迟了付印，临时换上广子手稿：为了表达共同的哀思，为了纪念这颗“摔出体外的心脏”。与前几卷不同的是，本卷弃用私人信札，全部选用新诗手稿。其中，林莽和桑克两位诗人惠赐了原始手稿，——在这个数字时代，几乎就是小小的奇迹。借助这些风格各异的手稿，书写之传统，交游之契缘，或可有所显现。

感谢陈仲义、安遇、子梵梅、蒋浩和胡桑等诗人和学者代约部分作品和手稿，感谢刘志强先生代约陈宗林先生篆刻刊名，——宗林先生印风“简洁爽利，奇拙相生”（吾友陈硕之语），十余年以前，就曾为我治印两枚，此次再度结缘，亦非偶然之事也。宗林先生乃是遂宁大英人氏，我们为此感到欣慰，想必他也会认可并加入我们的愿望。去年春节，诗人蒲小林组织宴会（充满美酒和热泪的宴会），在觥筹交错之间，我曾这样讲出了我们的愿望：要把遂宁建设成一个品格和才华的桃花源！

附记：本卷原拟刊出诗人王家新所译茨维塔耶娃三首长诗，但因王译《新年问候：茨维塔耶娃诗选》提前出版，故而临时撤下这批作品。编者已写出相关推介语，姑录于后，以表达对作者的敬意，对译者的谢意，对这部名作名译快速面世的贺意：“本刊第五卷曾推出李寒所译俄罗斯诗人赫罗洛娃的《镜子》。这首长诗献给曼德尔施塔姆：诗人王家新读后亦深为喜爱，就为第六卷交来新译（也是首译）的《房间的尝试》《新年问候》和《空气之诗》。这三首长诗，是茨维塔耶娃1925年11月从布拉格移居法国后相继完成的，她以此献给里尔克和帕斯捷尔纳克。1926年12月31日，茨维塔耶娃给里尔克写有一封悼亡信，让人动容地如此说道，‘你读我的信早于我给你写信’，我们相信里尔克之灵一定能够收读这三首长诗。王家新认为，这些作品在耀眼的水晶刻度上刷新了语言，把死亡翻译成了一种可以为我们所真切感知到的更高的生命，乃是真正的天才之诗，也把茨维塔耶娃一生的创作都推向了一个顶峰。可以说，这三首长诗，既见证了阿克梅主义诗人的高贵的灵魂，以及这些灵魂的窒息感，也见证了诗人与另外两位诗人难分彼此的情谊，就像茨维塔耶娃1927年2月9日给帕斯捷尔纳克的信中所说到的那样：‘这首诗关于你和我……它写出后，作为一首诗也关于他和我，每一行都如此。’信中言及的‘他’，就是指里尔克。三位伟大的诗人，就这样都赶到了‘灵魂的指定会见地’。王家新对这些作品的难度充满敬畏，坦言在翻译过程中备受折磨，但又心存感激。关于他的译文，诗人卢文悦曾如此作评，‘在这里，技巧的翅膀合住，诗飞翔。我被这样的错觉错愕：诗人的光芒在译者身上的强烈，一如译者’，这也许可以打消很多人的如下疑问：连像汪剑钊这样专治白银时代诗歌的学者，几乎已从原文译出茨维塔耶娃的全部作品，唯独未译出这三首长诗，王家新却从英文转译出，他能在汉语里精准地重现茨维塔耶娃的深心和幽爱吗？当我们反复读罢，也许就有理由相信，这三首长诗，确为作者和译者的相互辉映提供了罕见的机遇。值得注意的是，最近出版的王家新译诗集《带着来自塔露萨的书》亦并未收录这三首长诗，而仅仅收录了《新年问候》的节译本《新年书信》，有心的读者可以取来参阅，看看这首长诗如何变成了一首浓缩铀般的短诗。”

2014年11月7日

酢浆草当作圣殿：

也谈陈舸的诗

大约是在2013年，笔者览及一部小小的诗集，叫作《林中路》[1]。这个书名，当然并非作者陈舸的独创。林中路，林中路，颇有天人相得之意，已然唤起那在汉文化里沉睡已久的“天人观”；但是，我们仍然会首先想到西哲海德格尔（Martin Heidegger）的同名著作，并将这部诗集也导向对“存在之真理”（Wahrheit des Seins）的穷诘。何谓存在之真理？恐怕连很多专治海德格尔的学者也闹不明白——在与诗人钟鸣的闲谈中，后者还加上德里达（Derrida），揶揄了研究他们的部分中国学者——笔者也不能从自己的词典里裁出一个恰当的定义来，倒是愿意学一把钱锺书或张隆溪[2]，将海氏存在之真理与中国古代天人观并置而等视：存在者，天也，人也；真理者，观也。天和人的关系为何如，决定着这个岌岌可危的世界。

---

① 广东人民出版社2012年版。下引诗句，凡未注明，主要见于此书。

② 钱锺书和张隆溪曾将古希腊之“logos”（兼有“思想”与“表达”之意）译为古中国之“道”。参读钱锺书《管锥编》，中华书局1986年版，第408页；张隆溪《道与逻各斯》，四川人民出版社1998年版，第66—81页。

正是从这个角度，笔者将启用生态批评（ecocriticism），首先讨论我们置身其中的时代，然后过渡到陈舸的焦虑。这是个被挟持的时代：发展决定论几乎设定了所有领域（尤其是城市、开发区和工业经济）的行动指南——急躁，粗鲁，渎犯，挥霍，无视诸神，不计后果。自有文明史以来，天人交战，勿如今日之烈。这就引导了陈舸的焦虑。西方亦曾经过这样的阶段，然而他们早已[①]着手解决相关问题；到了现在，我们的同样的问题，也已经冒出密密麻麻的锥角，却没有人顾得上多看一眼。与此相呼应，西方生态文学（似从Ralph Waldo Emerson的超验主义演化而来）已累结硕果，而中国生态文学才初试啼声。

不管是西方，还是中国，生态文学的发轫和重要母题都指向“自然受难”。自然受难基于印第安文化中的“万物有灵说”，当然也可以在中国古代亚文化里找到可爱的传统，比如禅宗之众生观，志怪小说之拟人格。如果从此种角度谈论陈舸，首先要提及的作品就是《道路改造》和《酢浆草》。房屋建造将酢浆草砌进混凝土，而道路改造则将垂丝榕连根拔除：“绿得让人心跳”的植物转瞬受难。诗人的立场就是受难者的立场，他退了又退，坚守着酢浆草主义，垂丝榕主义，或是紫茉莉主义：“葱茏无边

---

① 美国生态学会在1916年就已成立。

的意外，让逍遥措手不及”[1]。并非只是缘于对庄子或盖瑞·施耐德（Gary Snyder）之类诗人的学习和追随，陈舸已经成为一个生物区域主义政治的代言人，——“政治”者也，忽而变得如此可爱。这种立场也不妨称为“小地方主义”。2013年9月，长沙诗人谭克修忽而提出“地方主义”，在较大的范围里引发附议与热议；笔者则认为，只有小地方主义才能抚摸那断肠的现场，并获得施耐德所谓卖熏鱼的印第安老人的地方感（sense of place）。陈舸就曾反复写及这样的小地方，比如大河村，或是李屋寨，此二者，或可视为其生物区域主义政治的现场和主场。由此引导的写作，乃是真正意义上的方言写作：非仅方言层面的方言写作。

我们已经知晓，陈舸与万物达成协议的愿望超过了与任何人类文明达成协议的愿望，而这种愿望，必然与对现行文明[2]的反思和怀疑联系在一起。“电视发射塔”“挖掘机”“市政管理局”“发动机”“铁铲”“重型机械”“邮政局”，等等，之所

---

① 此句见于陈舸《去海边》。“逍遥”见于《诗经》和《离骚》，当然还是《庄子·内篇·逍遥游》最为士林所知。晋人郭象注云：“夫大小虽殊，而放于自得之场，则物任其性，事称其能，各务其分，逍遥一也。岂容胜负于其间哉。”清人王先谦注云：“言逍遥乎物外，任天而游无穷也。”参读王先谦、刘武《庄子集解·庄子集解内篇补正》，中华书局1987年版，第1页。王先谦之“天”同于郭象之“物”。“天”和“天地”在本文中多次出现，其意与“任天”之“天”无异。“任天”，而非“任人”“任我”，正是本文立论之要。可见逍遥正是指“与物优游”，按照生态诗学语码来翻译，就是指人与自然尽可能和谐的关系。但是在陈舸这里，可能“逍遥”是指“我”的本然状态，而“葱茏”则是指“天”的本然状态，两者互感意外，措手不及。作为使然状态之反对，本然状态者，或可解释为“真”。

② 如果这种文明的确带来了短暂的“光明”，那么诗人愿意退居于“幽暗”或“黑暗”。参读《散步记》末行，《半山》第10行，《去海边》第25行。

以在陈舸的作品里显得如此刺目，是因为它们全都听命于这个文明，改天换地，未尝稍作停顿。但是无论非用，还是享用，无论被动，还是主动，诗人必然卷入这个无计消除的现行文明。他也深感难辞其咎，并从暗黑之处捕捉到主体（“我”）对万物的恶意。作品《李屋寨札记》写及生意盎然的菜地：樋菜，萝卜，茄子，苋菜，白菜，卷心菜，豌豆，青椒，南瓜，豆角，黄瓜，苦瓜，丝瓜，油菜，香芹，葱，“各种蔬菜，在不同的季节月份出现/就像我只是经过”。结句中“就像”二字，恍若无心，实则着力，佯捂住万千杀机：我来并非审美，本意只为觅食。蔬菜之美不设防一如天地之无邪。另一件作品《大河村》，在诗学的隐喻之间，突然甩出一句哲学的断言，“我，是被拒绝的那部分”，被谁拒绝呢？橘树，橘花……天地。还有一件作品《去海边》，写及车过隧道，则更为狷介和显豁，似乎天地都已经不可再忍，“哦，这沉默山体的，一截深喉/突然，将我们/连人带车的吐了出来”。代言人的工作做到这个地步——对自身的厌恶——可以说已经忘我。忘我始有天地。提到“厌恶”这个词，不免马上想起张枣的《木兰树》[①]。张枣坚守着木兰树主义，像树神附体般地选用了这个词：“我在厌恶自己”。“我”自视如他者（the other），成为树的代言人，总是感到树之感到，“于是她佯装落下花，或者趁青空/飘飘而来的一阵风，一声霹雳，舞蹈着将我/从她微汗的心上，肌肤上，退出去”。惜乎这首诗

① 张枣《春秋来信》，文化艺术出版社1998年版，第9页。

竟为众人所不见。杰出的诗人总是包孕着将为后代诗人分别跟进和展开的种种向度。单就刚才讨论的这两件作品而言，与张枣相比[①]，陈舸或有不足，但是两者都表达了相同的甘愿：甘愿成为某种赘余之物。从早前的张枣到近来的陈舸，从“厌恶”到“拒绝”，从“退”到“吐”，成全了木兰树、橘树、橘花与天地之“舞蹈”，亦即伯特·阿尔蒙（Bert Almon）所谓“万物舞动之纹”[②]。诗人，所有人，应如虚设。可是在这个发展决定论时代，大家反复练习的，恰好不是虚设，而是强加；连诗人也不能全身而退：他只能在人与天之间求得艰难的和解，就像陈舸在他与“水中蜥蜴”之间所做的那样，——这恰是一种介入的态度。行文至此，实已牵出生态文学的第二个重要母题：人类中心主义（anthropocentrism）批判。依照这种观点，我们必须重新定义社区，“将社区的边界扩大到包括土壤、水、植物和动物或他们的全称即大地万物”[③]，并在非人类中心主义的前提下重建大地伦理。在这个新秩序之内，万物均无高下与尊卑之分。所以，陈舸《散步记》才把“低层的做粗茶，愈往上，愈为稀疏，/尖梢的一点嫩芽，才能制上好的龙井”视为“残酷的等级”。诗人此处

---

① 这种信手信腕的“平行研究”（借用比较文学术语）还可以在陈舸及其《破柴》和江非及其《花椒木》之间展开。前者在破柴时遭遇了“时间的一点小麻烦”，后者则在劈柴时“碰到了时光的峭壁”。两件作品对读，必将生发出若干相映成趣的论点，可惜不能紧扣本文主旨，或可留待将来另成小文。

② 转引自高歌、王诺《生态诗人加里·斯奈德研究》，学林出版社2011年版，第37页。

③ 利奥波德（Aldo Leopold）《沙乡年鉴》，转引自耿纪永《生态诗歌与文化融合：加里·斯奈德生态诗歌研究》，同济大学出版社2012年版，第147页。

自有寄譬，但是重建大地伦理，首先就要摧毁无论何种意义上的等级。

值得注意的是，陈舸对自然神性的辩护，有时候会转移成对女儿神性的辩护。在中国古代文化史上，自然神性至高至崇，女儿神性也自有拥趸。从曹植到曹雪芹，已毋须再说，最为登峰造极的却是清人李汝珍。当今专治古典小说的学者，往往轻看此人，殊不知，待到《镜花缘》出来，自然神性与女儿神性才能够完全重合。镜花者，美也，暂也，幻也，正是万物之隐喻。这部奇书第四十八回如此写道，“那碧玉座上竖一白玉碑，高不满八尺，宽可数丈，上镌百人名姓”，从曼陀罗仙子史幽探，到百合花仙子毕全贞，百位花神，都是女儿[①]。陈舸亦将女儿和自然相叠加，《狐狸日记》首行已经显示此种端倪，最为昭然的当属《林中路》，“我的手，试图/向你身上最险峻的地方攀爬，/深入腰际的海岸，/但最后终止于/一朵合拢的紫睡莲”。为有神性的光辉，连色情也能如此纯情：这种色情，已是反色情。此一点，可与顾城（尤其是《英儿》）做个比较。顾城亦有此种辩护的态度，只不过他从自然神性过渡到女儿神性，渐次展开历时性辩护；而陈舸，则是在两者相叠加的基础上展开共时性辩护。至于神性坍塌，童话破灭，顾城魂断激流岛，已是题外话。

陈舸的很多作品，在笔者看来，都是现代性和逆现代性的欢媾。要言之，既可以从修辞学的角度，讨论其现代性；也可

---

① 李汝珍《镜花缘》，上海古籍出版社1991年版，第224—229页。

以从主题学的角度，讨论其逆现代性。笔者非常喜爱的一首小诗，《半山》，正好可以派上用场。此诗意在赞美蜜蜂养殖户的简朴生活，——“简朴生活”恰是生态文学的第三个重要母题，此处姑且存而不论；当前行文需要，是要拈出此诗有意无意间采用之佯谬（paradox）修辞。此诗结尾说到电视图像“也不会/出现鳞翅目的一闪”，初读来颇有疑窦，因为蜜蜂属于膜翅目（Hymenoptera，蜂类），而非鳞翅目（Lepidoptera，蝶类）。诗人越过分类学，从招蜂到引蝶，此种佯谬，凭空求得意义的转捩和斑斓，恰是现代修辞的奇兵。此其一。此诗主题在于探究那蜂箱式的“带刺的宁静”，这种宁静绝非现代文明所能达臻，恰恰相反，它与前工业时代的某些文化特征——无为，虚静，超验，“荒野当作圣殿”——遥相呼应。当然，之所以有“带刺的”作为限定，是因为这种逆现代性仍然与现代性（科技的，物质的，而非修辞的）相错嵌，正如诗人在《术士的烦恼》中的供认：“我可以和我身体里的雌性交尾。”这必然是烦恼重重的交尾。此其二。

吾国曾有学者忆及，留学时选修美国文化史，总会在参考书目上看到《处女地》（*Virgin Land*）。此书早有中译本。作者亨利·纳什·史密斯（Henry Nash Smith）如此写道，“能对美利坚帝国的特征下定义的不是过去的一系列影响，不是某个文化传统，也不是它在世界上所处的地位，而是人与大自然的关系”[1]，我们也希望这部书，还有《庄子》《沙乡年鉴》，当然还有两部《林中路》，出现在中国大学的参考书目上，让这些书教会我们懂得何谓“帝国”，并且甘愿不停顿地学习层岩、树根、“蝴蝶扑闪”和天地。

2014年12月9日

① 《处女地》，薛蕃康等译，上海外语教育出版社1991年版，第192页。

“为什么是他们，不是我自己”[1]

如果说新诗发轫于零传统自觉，可能过于绝对；而这种观点，细想来，又确实在很大程度上指向源头和真相。众所周知，胡适曾把《关不住了》视为我国新诗成立的纪元，然而此诗并非胡适的独创，而是他的译文：原作者乃是美国女诗人蒂丝黛尔（Sara Teasdale）。异域文化就这样忽而成全了新诗，同时也制造出中国传统文化的千丈断崖。诗人们坐上舶来的滑翔机，飞抵了拼音的操场。先天即诗的象形字，让庞德（Ezra Pound）着了迷的意象混沌，忽而响应了拼音的权势，逐步演变为符号化、逻辑化和工具化的现代汉语：双音节词和多音节词大量涌现，——从古代汉语的角度看，其中必有一到两个音节纯属蛇赘。拼音的权势不止如此，我们早已看到，现代汉语引导下的新诗写作已

---

① 题目取自萧开愚《向杜甫致敬》，《此时此地：萧开愚自选集》，河南大学出版社2008年版，第192页。此文只是一份纲要，旨在表述关于新诗尤其是当前新诗写作与研究的某些臆断，并无“新意”，冀由常识臻于通识而已。

然奉行——后来却变成了株守—— 一种西方中心主义[①]。这种西方中心主义，必定从语言层面飞快地攀登到修辞层面和思想层面。从摧毁格律仪式的胡适，到重建格律仪式的闻一多，相反，亦相成，无不可以作为参证。有趣的是，后者重建格律仪式，并未拈出什么中国依据，除了学习勃朗宁夫人（Elizabeth Barrett Browning）的十四行诗，闻一多也曾偷用过蒂丝黛尔的一首小诗《忘掉他》，——他据此改写成啰里啰唆的《忘掉她》，来表达对早夭女儿的难以忘掉。欧美现代主义兴起以来，新诗更是亦步亦趋，颇有点手忙脚乱应接不暇。每个诗人似乎都有自己的精神之父，高鼻深目的精神之父：从北美，到西欧，到后来的苏俄，再到近来的东欧。比如爱尔兰诗人叶芝（William Butler Yeats）的名诗《当你老了》，原本从法国诗人龙沙《致埃莱娜的十四行诗》的某首化来，却成了几代中国诗人的输出者（transmitter）。从穆旦的《赠别》（其一），到西川《一个人老了》，再到沈浩波的针对而挑衅的《一个人老了》，从抄袭，到摹写，再到反讽，我们可以看到中国文化和异域文化在不同的交流阶段呈现出来的各种有趣的关系：最后也有机会落脚于反戈一击的创造。

与此相对应的是，新诗研究也奉行或株守这种西方中心主义。正如前文已经提及的，长期以来，新诗和新诗研究里的西方

① 美国诗歌史曾在反方向出现过一种东方中心主义。如果就中外诗歌的相向“旅行”（travel）展开研究，将会再次印证文化传播与影响历程的同构性。参读赵毅衡《诗神远游：中国如何改变了美国现代诗》，上海译文出版社2003年版；钟玲《美国诗与中国梦》，广西师范大学出版社2003年版。

渴慕和西方想象，都是紧逼而热烈的话题。换句话说，在某个不算小的范围里，新诗研究每每只能借中西对话（这种对话是不平等的）来展开，已经在一定程度上沦为西方诗的影响研究和西方诗学的应用研究。一部新诗史就是一部中西诗歌交流史，更准确地讲，就是一部变了相的西诗东游记，或是一部走了心的西诗接受史。

笔者无意否认西方中心主义给新诗带来的活力，以及主要通过新诗，给中国现当代文化带来的活力。但同样不可否认的是，与古代汉语相比，现代汉语的叙事功能不断增强，而抒情功能则有所减弱。每个汉字固有的诗意，在双音节词和多音节词里面，出现了严重的流失。为了弥补，或者说掩盖这种耗减，新诗长期自置于缭乱的殖民语境和后殖民语境。不是说必须彻底摆脱这种语境，但要意识到一个既成事实：新诗已经患上晚期偏头痛。这就是道路与阴影。“梦里不知身是客”：至少已有五代诗人寄身于异域之逆旅。也有极少量的诗人，比如辛笛、卞之琳、洛夫、郑愁予、陈东东、柏桦、陆忆敏，试图从这种殖民语境和后殖民语境中稍稍探出头来，求得一缕青铜之光，汉风之美，然而终于未能成为主流；更不用说伪古典主义和伪民族主义的两头失联。因此，从某种意义上讲，新诗写作乃是典型的试金写作，或者说试错写作。借用两个经济学术语，这种写作总是慢待美学的“存量”，礼遇美学的“增量”，或已取得较好的成果，却定然导致可怕的后果：新诗的成就可能连清诗（比如钱谦益、纳兰性德、袁枚，甚至王国维）也难以超越，其与中国传统之间的芥蒂如此肥硕，致使中国传统已经逐渐退居为一个遥远而陌生的异己世界！

天花出尽，百草尝遍：事情很快就会有转机。我们惊喜地发现，越来越多的当代诗人，甚至包括一些非常年轻的当代诗人，已经意识到这个问题。会客厅里的现代主义，风帽和衣襟上的现代主义，开始缓慢地替换为内心的传统主义。也许反而是必要的缓慢和最终的替换，才有可能真的通向歌德所谓“世界文学”[①]。我们或可借助当代诗一个分支，一个隐秘而孤单的分支，即在杜甫影响下的修辞论写作，来印证此种观点。已有理由可以相信，孙文波（材料的丰富性）和萧开愚（修辞的复杂性）的写作与杜甫，又特别是与后期杜甫，的确存有倔强的联系。考量这种联系，甚至还可以让我们在全新的角度重提早逝者马骅：不仅仅因为他决然重写《秋兴八首》。奇妙的是，杜甫对当代诗影响的加大，反过来又敦促当代诗人加深了对杜甫的理解。宋代江西诗派只得到杜甫之一端，专攻修辞术——其主张与俄国形式主义理论又特别是奇异化理论（ostranenie）很接近——近来萧开愚果然循路前往，取读了黄庭坚，为个人写作别开了生面，并求得了独颖的文体：“他不说出事物的名称，而是把它当作第一次看见的事物来描写。”[②]至于蒋浩的写作，也有可能与宋诗存有此种关系。由此看来，中国传统具有坚韧的力量，最终可望挽

① 爱克曼（J.P.Eckermann）《歌德谈话录》，朱光潜译，人民文学出版社1978年版，第113页。

② 参读什克洛夫斯基（Viktor Shklovsky）《作为手法的艺术》，刘宗次译，高建平、丁国旗主编《西方文论经典》第5卷，安徽文艺出版社2014年版，第81—96页。

回新诗作为“汉诗”的挫败感。笔者也很强调当代诗的介入性，或者说当代诗的当代意识，那么，传统主义如何与这种当代意识构成金镶玉的匹配？这个问题就很难解决好。来看看萧开愚的近作，长诗《内地研究》，此诗关涉内地现实种种，甚至已有写及税收的“占比”和“央地分成”，确有显赫的当代意识，然而这种当代意识不免重新召回符号化、逻辑化和工具化的现代汉语，冲淡了已经身份化的萧开愚之文体，或者说萧开愚之语调。虽说如此，此诗仍有可观。如果必欲谈及稍晚于蒋浩的韩博，则可以从相反的方向来研究这个问题。韩博的写作，已经从传统主义走向文字主义，或者说走向“汉字主义”（这是笔者的杜撰）。其前期作品，《借深心》十首，因为浸透着诗人对马骅的哀恸，字字有古意，句句含深情，不宜用在此处举证。而其近期作品，比如组诗《第西天》，其中多首，则不免以文字促想象，由玄妙入游戏，——文字难免已成分神之物。笔者亦深信文字即文化，汉字即汉文化；然而文字主义，特别是极致的文字主义，恐怕也不是俄国形式主义之所倡，亦必将对汉诗的介入性构成严重的干扰。当代诗要在重提传统主义的同时，自如地出示一个清晰可辨的当代中国形象，恐怕还不能说是指日可待。这样看来，还得老生常谈：所谓传统主义，应该是生长的，开放的，焕发的；即便与西方中心主义有所和解，也不是什么坏事情。笔者坚持这种看似两可的立场，自以为立论圆融，说理通透，或不免两头不讨好。中体西用，汲古趣今，玉杯有限，水银无形，运用之妙，存乎一心：当前新诗写作，或谓当代汉诗写作，却定然缓慢地——

又是“缓慢地”——剔除任何向度上的文化极端主义。

回头看看百年新诗史，很多时候都是写作引领着研究而不是相反，只有极少时候，才有杰出批评家出现，反过来拨旺了那将熄未熄的火苗。在此后的汉诗研究中，我们更愿意看到的当然还是后面一种情况。也许可以预期的是，汉诗的写作与研究，将由中西对话，导向古今对话，逐渐开辟出一个更加错综的地带。在孤立而封闭的古典诗研究和外国诗研究之外，新诗研究不再满足于另外建成一门高度自治的学科，而要通过古今中外的秘响旁通，通过开放性的学际研究（Interdisciplinary Study），求得更加敞阔的空间和前景，发展成比较文学（从“以西阐中”到“中西互阐”）研究的纽绳，进而发展成文化研究的重镇。当然，此种比较文学研究也好，文化研究也好，都应该以文体自觉作为前提。有的学者已经有所尝试，比如钟鸣，及其《翟永明的诗哀与獭祭》，还有年轻的秦晓宇，及其《玉梯》，颇有语义学派（Sementic School）之风，亦即前文所谓汉字主义倾向。取道于此种研究，有时候诗就显得小，诗人也不免去往后台：前台似乎只剩下了批评家。然而无论新诗，还是汉诗，自是奔突，自是变幻，自是流泉的喷涌，自是美珠的跳溅；而满以为权杖在握的批评家，却需要不断撤退，直到退为汉诗的“小读者”，才有可能进而成为文化的“急先锋”。

2015年1月16日

受奖辞：

为“第五届后天双年度文化艺术奖”作[①]

后天双年度文化艺术奖评委会、江雪先生：

白玉兰带来春天的消息，而长途电话则带来后天的消息：我被告知获得了第五届后天双年度文化艺术奖。此奖共设八个项目，我似乎获得了批评奖。这种“恍惚”的表述，缘于我对所有文学奖的习惯性质疑，以及，我当时的黑甜之眠：此种情景甚为无趣，然而对“独持偏见”的人而言，棉被和羽绒被恰恰就是剩下来的天堂。

世风浇漓，人心险陡，批评的堕落自是有目共睹。而且，姑

---

① 本届后天双年度文化艺术奖设八个奖项：诗歌奖、翻译奖、小说奖、学术奖、电影奖、批评奖、音乐奖和艺术奖，分别授予典裘沽酒，李寒，赵志明，陈先发，睢安奇，胡亮、刘波，莫西子诗、程璧，张方白、马轲，批评奖此前还曾授予敬文东、霍俊明。诗人、学者、艺术家江雪先生执笔为胡亮撰写“授奖辞”如次：“这是一位既有着浓厚的古典诗学修养，又有着潜进的现代绅士风度的诗歌批评家；他既有独特的诗人气质和巴蜀情怀，同时又清醒地保持独立思考的自由诗学立场。他将新古典主义情怀和现代性解构方略完美结合，形成个人化的现代理论架构；他让读者在生动、深刻而又渊博、考究的诗学迷宫中流连忘返，乐不思蜀。因对汉统精神长久的守望与回溯，促使他有着更加出色的审视能力、研判能力和洞察能力；既尖锐，又深刻；既专一，又宽弘：——他就是胡亮。”

且，苟且，难得糊涂，皆大欢喜：批评对写作的戕害勿如今日之烈。在这样的语境里，我更愿意强调自己的“业余”身份；至于我所蛰居的僻壤，则有可能在若干方面强化这种身份。唯其如此，我的橡皮才敢于逐步抹去中与西之间的山峦，继而逐步抹去今与古之间的河汉，艰难地强化不同批评学派甚至不同文化系统之间的呼应。看似屈居于每个固有的术语，但又为其内在的暴力备下反骨：在修辞里嗅到思想之香，复从经验里品出情感之甜。我的批评试笔，坚持将“文本”置于具体的语境来讨论，倘非如此，绝大多数文本都会显出“滑稽感”，而批评主体将被可怕的“半知视角”误导出轻佻的傲慢。文本与批评文本，就是两个或者多个生命的田径，没有谁能虚增谁的速度和高度。取悦定然贻笑，求疵毋须吹毛。每当面对杰出的文本，个人工作就呈现出更为自觉的“临时性”特征：批评与批评对象的冲突如此令人着迷，以至于两者都没有宁日。我不会故意绕开此种困局，恰恰相反，我会努力求得此种困局。我期待着新诗能够出示具有很高辨识度的当代真相和当代人处境，却不允许批评卷入过度的道德审判，因为由此获得的优越感，很多时候与文学并无太大的关系。我渴望逐步摆脱西方诗学的应用性研究，锤炼属于个人的批评趣味，或者夸张地说，锤炼属于个人的批评文体学，以便有机会转而向伟大的中国古代文化传统表达敬意。且让我安于自由的思考和独立的判断，如果能够成为一个业余批评家，我愿意是一个“被孤立”的业余批评家。而我的系列批评试笔最终连环起来的，将不仅是一部独颖的新诗接受史；更为重要的，希望还会是一个不断趋于清晰和完整的批评家形象：他的良知、视野、判断力、文化情怀，以及虎穴嗅梅的气度。

后天双年度文化艺术奖从第三届起增设批评奖，曾先后授予敬文东教授和霍俊明博士，前者，我视为良师，后者，我视为益友：他们的学术成就远非我能梦见。正是缘于此种自知之明，我坚持认为本届批评奖的谬颁，对于我而言不啻为一份灌顶般的警醒：倘若自己仅仅分力于此，恐怕最终难以实现前述批评理想。

最后，并非出于客气，我要向《后天》杂志表达敬意；其所倡导的“独立的、人性的自由主义精神”，恰是我乐意接受此奖的重要因原。

2015年3月8日

编后记：

为《元写作》第7卷作[1]

2014年3月，诗人周伦佑先生将“元写作”之“元”释为《周易》“元亨利贞”之“元”。“元亨”可作偏正式短语，亦可作并列式短语，在这两种情况下，“元”分别释为“硕大”或“开始”。到今年6月，作家阿来先生又以《庄子》“野马也，尘埃也”重释“元写作”之“元”，似乎切近了这本刊物，以及万物的本质和命运：变动不居，流逝无影。万物都管不得，且让我们继续艰难地操办这份刊物。

本卷之卷首取用孙谦组诗《遂宁俳句》。孙谦先生原本秦人，去年5至12月，曾因故驻留遂宁，并与我们结下诗缘。在先生的逆旅之外，乃是一带丰饶的花木走廊，季节交替，时辰变幻，眼前风物都呈现出不同的姿貌。落日，月光，桥灯，白头翁，几粒苍耳：微妙的变化起自风速和内心的敏感。这组俳句恰好见证了这位伊斯兰诗人在这座西南小城的美学取景：红蜻蜓“校正落日的方位”，白天鹅和黑天鹅“映在水中的倒影只是

---

① 此文系与张丹女士合作完成。张丹，生于1989年，诗人，现为四川师范大学在读博士。

一阵阴霾”。奇妙的是，即便置身异乡的逆旅，即便借用异国的诗体，诗人仍然能够写出自己固有的柔巴依的气韵。先生行踪动荡，藏书流散，家事纷扰，写作计划屡被打断，迩来颇有唏嘘之喟。编者曾口占“寄身何处不浮云，安心随时即新诗”一联相赠，恐亦难以化解先生内心的块垒。

本卷首先推出三位外国诗人。首位外国诗人为胡志国先生所译罗伯特·勃莱（Robert Bly），——本刊第4卷《编后记》曾有提及这位长寿而知名的美国诗人。勃莱向以陶渊明为导师，为了强化与后者的联系，他在乡居后院种满菊花，并写出《菊花》（*chrysanthemums*），副题注明“为喜欢他们的陶渊明而种”（Planted for Tao Yuan Ming，who likes them）。他还有一部诗集，《树将在此屹立千年》（*This Tree Will Be Here for a Thousand Years*，1979），标题化用自陶渊明的《饮酒十二首》：劲风无荣木，此荫独不衰；托身已得所，千载不相违。这个看似来自中国古代的诗人，就像让·鲍德里亚（Jean Baudrillard）所说的那样，在“不断积累、增加、竞相许愿的现代性”中，固守“逃避给人以力量，能力产生于不在场”的非现代立场。然而勃莱并未消极避世，他曾经积极参加20世纪60年代的反越战运动。1967年12月7日，在写给特朗斯特罗姆（Tomas Tranströmer）的信中，他曾谈到自己因为反越战而被关进监狱，却在那里遇见艾伦·金斯堡（Allen Ginsberg），“这下诗人们全齐了”，于是他们在监狱里举行了一个诗歌朗诵会。勃莱诗集《身体周围的光》（*The Light Around the Body*，1967），即以反越战为主题，收有名篇如《数数小骨头的身体》（*Counting Small-Boned Bodies*）。编者最初的设想，是要推出一组勃莱的反越战诗歌，后来虑及董继平先生已经译出相关作品，于是采纳胡志国的建议，并请他从勃莱首部诗集《雪地里的宁静》（*Silence in the Snowy Fields*，1962）里挑出十三首短诗译为汉语。译者谈到，勃莱“记述的事情大都是日常的，如参观一个小镇、坐在玉米地里发呆、开车经过一个城市、牵马饮水、看见傍晚降临之类”，但他擅长从日常后退，潜入内心和历史，从而求得有深度的平静。在他看来，邻居家的女孩就是古代的“胖国王”，而遗落的玉米棒子就是“从遇难哥特王子身上滑落的珍珠”。译者认为，勃莱“沉迷于水、黑暗、死亡、忧伤、静寂，这些意象和情怀，有极强烈的东方阴柔特征”。近几年以来，胡志国致力于译介像这样带有中国风的美国现代诗——本刊第4卷所刊《溪山无尽》亦为此种产物——我们期待他继续工作，争取早日译成《美国汉风诗选》。需要特别说明的是，本刊从来就不欲办成托马斯·特朗斯特罗姆（Tomas Tranströmer）所谓“名人蜡像馆”。对于大语种诗人，特别是知名诗人，我们愿意重译其重要作品，更愿意新译其罕见作品；当然，我们最愿意译介此前还没有进入汉语的优秀诗人（尤其是小语种诗人）的代表作品。为此，继勃莱之后，本卷推出两位日本当代诗人，时里二郎（ときさと じろう）和一色真理（いっしき まこと），共计九篇散文诗，均为旅居日本的虚坻女士所译。从本卷时里二郎作品来看，他试图用细琐的脉线连成蜻蜓完整而清透的薄翼（似乎只有通过密织才能使碎片化时代重得整合），同时试图通过无处不在的拟物写作和拟人写作带给我们一种回弹过来的诗意。在《鞘翅目天牛科》里面，他面对天牛标本的形骸，产生了关于它死前行为的完整想象，并将天牛与自身作了混淆："是为了打通我们体内那个幽暗穴窟的传奇，预备好了一个形骸。"译者认为，参与唤醒诗人"内在的、断裂的经验，脱节的记忆"的还有《海猿或羽间传疏》中的猿猴，《蜻蜓目蜻蜓科》中的蜻蜓，《栩林》中父亲的抽屉。诗人在"异星、异物、异域、异界"中寻求身份认同（identity），而自然、传统、父亲皆是暂时回身的幽径。这样的写作成全了"一个被重构了的、异色的自然史"。时里二郎曾有使用的"原器"一词，或指寄托于他者形骸的诗人之主体性。原者，元也。"原器"这个词，与一色真理曾有使用的"元型"相互呼应，并与"元写作"构成了意外的契合。本卷一色真理作品均选自其诗集《元型》，与时里二郎作品并置，或可见出战后日本诗人为诗的现代倾向，以及为人的非现代倾向，——此点与勃莱亦甚为相似。在这种看似矛盾的探索中，时里二郎强调历时性的传统，一色真理则更加注重共时性的空间。他与他居住过的城市、街道、河流、德尔沃的画作或一个衣兜发生着近乎虚构的关联，带着不再相信的态度进入人生这场大梦。虚无就是此时此处的伴生物，是《狛江》中"到处都没有"的"当前所在地"。从行文来看，他的诗有随时抽刀、就地斩句的迅绝，对事物表达假意的肯定，却反方向呈现出否决与对抗的隐衷。可以这样说，一色真理命定般地承担了译者所说的"战争之后人们在'和平环境'中，必然要体味的生活重新安置以及心灵重新安放这样一个过程”，译者同时认为一色真理所写的现代诗“恰恰写出了‘现代’的‘死’”。

也许源于与作者共有的乡愁，以及为作者独有的关于乡愁的书写，本卷不惜篇幅，重点推出邓朝晖组诗《五水图》（节选）。诗人于坚曾经在《棕皮手记》里谈到，正是因为“老犬阿尔戈斯、老仆人欧律克勒亚、脚上的伤疤、童年种下的果树和那张床”，“是那些故乡的秘密记忆才使奥德修斯回到了故乡”。我们相信，如同奥德修斯回到伊塔卡，相似的秘密记忆让我们的女诗人也回到湘西世界。同样是注目这个世界，昔有沈从文，今有邓朝晖，前者具有夸饰的乌托邦情结，而后者则具有固执的土著生活考古学情怀。邓朝晖“蹬着不合时宜的旅游鞋”，试图将自我植入古老的河水、山峦、村寨和古镇，隔空轻取那些与此相关的流阴，但是最终又发现此种旧我已经并且只能流逐逝水。除了当下，再无从前。虽经努力，唯剩徒劳。没有忿然，只有惘然。是以批评家敬文东如此说来，“《五水图》是对万古愁和叹息的追逐，尤其是对叹息的追逐”，这种“叹息认识到了万古愁的存在，也认识到消逝的不可避免性，但它理解了这一切、包容了这一切，这造成了诗歌中圆润和哀而不怨的素质”。且让我们与诗人共赴边地和深山，共赴童年，找到属于个人和文化的“小营门42号”。

本卷亦推出元写作小组成员的近作。同济大学茱萸博士曾说到，遂宁为同济贡献了两位诗人：安德和秦惟。本刊第四卷曾推出安德，本卷则推出秦惟九首短诗。秦惟现担任同济诗社社长，还非常年轻，却在作品中体现出一种独语的可能性，常有好句“拨开泥沙和枯黄的芦苇”，预告她的不断成熟，甚至预告她还来不及预告的潜质。其中《白雀寺》让我们倍感亲切：这个少小离乡的女孩，仍然牵萦着故里，念念不忘西山白雀寺。“我所迷恋的都将我拔高”：秦惟近来还有试译日本诗（好像是竹内新），我们将不但期待她的诗，而且期待她的译诗。张丹则提交了三个组诗，——这三个组诗先后完成，风格接近，作者接受胡亮的建议，分别名之《山水谭》《纵横术》《古今辩》。这种新的串珠般的写作，将只言片语叠加为一沓沓日常，修辞更是险陡，更是简练，最终拱托出来的仍然是纠结而起伏的生命。她醉心于空间的大与小、意象的虚和实之间的替换或转换，这种自觉缘于她对张枣《镜中》的一次领悟：房间虽说有限，镜像却是无垠。对细微日常的注意和处理则受益于台湾纪录片《寻找背海的人》：作家王文兴很少出门，每次出门都收获过多，多到让他有点受不了。可见此君视日常如富矿。张丹也能够在日常里深入浅出，松针、青苔、青蛇、毛虫、白米、竹筷、柑橘、老虎机、衣帽架，诸如此类，眼看成就了一个小词癖的诗人。想想大词癖对新诗的伤害，我们就会更加信任她的此种选择。阿野亦提交了十首短诗。他近来又常常游回商海，然而无非是落空和失望，不是对物质，而是对人性的落空和失望，此种忧烦却反过来激发和巩固了他的个人理想：美和善的理想。我们几乎从未看到如此倔强的理想。落空和失望也值得前去体验一番，而最终安抚了诗人的，仍然是花事、鸟声、露珠和青草。无眠已然无数，他在思考什么？“你尚有难得的自由/要么怒放，要么腐朽”。胡亮提交了诗学札记《屠龙术》。标题来自其老友黄彦对于诗歌批评的调侃（“世间本无龙，何需屠龙术”），内容则受到傅璇琮先生所编《黄庭坚和江西诗派资料汇编》的启发。黄庭坚仅得后期杜甫之一端，将修辞做到中国古典诗的极致，并引导和成全了著名的江西诗派。胡亮连月研读历代学者有关论述，避居阆中古城数日，闭关写作，终得此文，可以说既是诗，又是诗学，在处理“言与意的关系”等方面，被张丹认为是“亲临的示范”。这篇札记的本意在于集中研究修辞，却又不断偏离初衷，这也反过来再次证明了作者一贯的观点：修辞只是工具，而任何工具，都不能成为诗歌的最高目的。正是因为这个道理，黄山谷永远也不可能超越杜工部。

本卷选用哑默、钟鸣、汤养宗、哑石、古马、西渡、宇向、孙磊、金铃子、江非等诗人的诗歌手稿为插页。贵阳哑默先生已年过古稀，仍然热情抄寄多篇手稿，包括《流星——廿五年后重读北岛》，并加钤“默翁”“野鸭老人”“世纪的守灵人”诸印。当代诗的两大源头性集团，即贵阳集团（以黄翔、哑默为中心）和北京集团（以北岛为中心），并非各自孤立发展，两者早有呼应，后来虽然互有非议，也没有破裂为对抗性的关系。1978年9月25日，北岛给哑默写去首封书信，颇有示好之意；2003年12月20日，哑默完成《流星——廿五年后重读北岛》，亦有怀旧之心。哑默抄寄此诗，用意甚深，我等岂有不珍视之理。成都钟鸣先生也已年过耳顺，他慎重提供《尔雅，释君子于役》原始手稿，并在手稿留白处特别新写文字说明，“此诗作于1993年，为余古雅时期作品之一，诗的内容叙余青年时期服兵役至中国北方通辽地区的生活，现将此手稿赠蜀乡梓胡亮先生，以志汉诗兴盛”，亦加钤数印，并附此诗打印稿，其细致严谨如此，让我辈感佩不已。希望更多的诗人能够惠赐手稿，以便本刊逐卷影印，将来或可汇编成一部《中国当代诗人手稿选萃》。

感谢上海茱萸先生、成都李龙炳先生和厦门陈功先生代约部分诗稿和手稿，感谢长沙雪马先生代约吴贤军先生篆刻刊名，——吴贤军先生治印主攻秦汉，旁采明清，颇能得战国古玺“古穆、幽深、朴拙”的神韵，又具有独特而新颖的个人风格，其艺术路径即便对于新诗写作亦颇资参考。

本刊从本卷开始，约请诗人张丹女士参与编辑，或可逐步带来新的可骄傲的变化，我们愿意与诗友和读者们一起拭目以待。

2015年7月27日

受奖辞：

为“第二届袁可嘉诗歌奖”作①

各位来宾，各位朋友：

上午好！

今年3月，我从黄山漫游到绍兴，——当时并不知道，在一百四十多年前，袁可嘉先生的曾祖，袁名世先生，已从绍兴迁移到慈溪。这个越来越兴旺的商业家族，后来却为汉语世界，当然也为英语世界，贡献了一位杰出的翻译家。只要读过袁可嘉先

① 本届袁可嘉诗歌奖亦设三个奖项，诗人奖、翻译奖和诗学奖，分别授予杨键之长诗集《哭庙》、汪剑钊之译诗集《黄金在天空舞蹈》和胡亮之文论集《阐释之雪》，诗学奖此前还曾授予王家新之文论集《在一颗名叫哈姆莱特的星下》。北京师范大学张清华教授执笔为《阐释之雪》撰写“授奖辞”如次：“并不依赖学院理论的尺度，而是依照生命与内心对于诗歌的理解，循着经验的召唤，去探查一路的诗歌奥妙与风景。胡亮的《阐释之雪》为当代诗歌批评提供了新鲜的话语，不止是由于他并非学院的出身，而是因为他对于诗歌持之以恒的面对，他出众的才气、见识和独立思索。他关于当代诗歌前沿问题的别有匠心的探查，对于经典文本或特殊文本的精妙细读，对于某些历史价值明显的作品与事件的意义引申，对于‘元写作’和大量根部问题的深思与追寻，都体现了一个优秀批评者本色。尤其是，批评文字也可以成为一种有故事的文字，成为有韵味和个人声线的书写，成为耐人的和富有魅性的叙述。这在当代诗歌批评中是比较罕见和值得嘉许的。经评委会审读并研究决定，特将第二届‘袁可嘉诗歌奖·诗学奖’授予胡亮先生。”

生三十多年前翻译的叶芝（William Butler Yeats），我们就必定受到《无量寿经》所谓“六种震动”：这个天才的爱尔兰诗人，被如此完美地托付给了也许更加天才的汉语。如同叶芝也是剧作家，袁可嘉先生还是诗人，他在六十多年前提出的一个观点，“现代诗歌是现实、象征、玄学的新的综合传统”，即便到了今天，当我们已经面对所谓的后现代主义语境，也可以说是新诗的金科玉律，——虽然出色的写作总是反对无论多么雄辩的金科玉律。

值得提及的是，十五年前，我与袁可嘉先生有过一次忘年通信：那年我只有二十五岁，而袁可嘉先生已有七十九岁。我很庆幸曾经直接向袁可嘉先生致敬。十五年后，今天，按照命运的安排，我也来到慈溪，意外而惶恐地接受第二届袁可嘉诗歌奖，这让我能有机会在更加恰当的时间和地点再次向袁可嘉先生致敬。

近几个月以来，我在不同场合，曾经多次谈及自己的批评立场，或者说批评理想，我愿意在这里引述此前的观点：“我期待着新诗能够出示具有很高辨识度的当代真相和当代人处境，却不允许批评卷入过度的道德审判，因为由此获得的优越感，很多时候与文学并无太大的关系。我渴望逐步摆脱西方诗学的应用性研究，锤炼属于个人的批评趣味，或者夸张地说，锤炼属于个人的批评文体学，以便有机会转而向伟大的中国古代文化传统表达敬意。且让我安于自由的思考和独立的判断，如果能够成为一个业余批评家，我愿意是一个‘被孤立’的业余批评家。而我的系列批评试笔最终连环起来的，将不仅是一部独颖的新诗接受史；更为重要的，希望还会是一个不断趋于清晰和完整的批评家形象：他的良知、视野、判断力、文化情怀，以及虎穴嗅梅的气度。”

从前述批评理想来看，我已经深陷于某种洁癖和孤芳，换句话说，这个批评理想具有高度的自足性，但是不具有充分的民主性。20世纪40年代后期，袁可嘉先生正好迷恋以艾略特（Thomas Stearns Eliot）为代表的新批评派，并写下多篇关于新诗现代化的文论。他曾说批评就是民主精神的具体表现，还说无论是民主，还是批评，都需要培养一种特殊的“讽刺感”（sense of irony）。这种讽刺感并非针对他人，而是针对自我，为他人的反驳，为自我的反省，都留下余地，并带来机遇。袁可嘉先生就经历过“肯定—否定—否定之否定”的学术生涯：60年代初，他先后发表五篇文章[①]，包括《托·史·艾略特：英美帝国主义的御用文阀》，违心批判英美现代派文学；到70年代末，才陆续编撰或参与编撰五部大书[②]，包括四卷八册《外国现代派作品选》，

---

① 据《袁可嘉自传》（《半个世纪的脚印：袁可嘉诗文选》，人民文学出版社1994年版，第578页），即其《托·史·艾略特：英美帝国主义的御用文阀》（《文学评论》1960年6期）、《新批评派述评》（《文学评论》1962年2期）、《英美现代派诗歌述评》（《文学评论》1963年3期）、《腐朽的文明，糜烂的诗歌》（《文艺报》1963年10月）、《英美意识流小说述评》（《文学研究集刊》1964年1期）。2015年10月23日，慈溪，据袁可嘉先生女儿袁晓敏女士相告，乃父还有篇此类文章，可能即其为《现代英美资产阶级文学理论文选》（作家出版社1962年版）所作《后记》。

② 即其参编《外国现代派作品选》（上海文艺出版社1980—1985年版）、论集《现代派论·英美诗论》（中国社会科学出版社1985年版）、参编《现代主义文学研究》（中国社会科学出版社1989年版）、参编《欧美现代十大流派诗选》（上海文艺出版社1991年版）、专著《欧美现代派文学概论》（上海文艺出版社1993年版）。

转而热情推介世界现代派文学，极大地影响了80年代以来的中国文学。他在此时与彼时、此我与彼我之间，建立了如此倔强而深刻的民主性，最后重塑了文学批评与文学研究的尊严。到了今天，更有纷繁而凌厉的物质主义和功利主义，为批评的民主性带来了也许更加可怕的危机。在这样的语境里，我自觉远离各种中心和显学，乐于在荒野草莽之间，将全部的热情都投向内心认可的孤冷之书。为了更好地求得袁可嘉先生所谓批评的民主性，我也愿意走进更加辽阔的“批评之批评”的课堂：就在这个课堂，在座各位，每个作者，每个读者，都有可能抓住牛耳，让我满心欢喜地低入那尘埃。

袁可嘉先生在写给我的回信里，曾有谈到拟议中的四卷本《袁可嘉文集》，——可惜这部文集后来并未出版。借这个机会，我愿意慎重地向慈溪市人民政府，也希望通过今天到场的高兴先生和汪剑钊先生，向中国社会科学院外国文学研究所，提出同一个建议：建议双方加强财力和智力的合作，抓紧收集整理袁可嘉先生的诗歌、文论、专著、日记、信札和翻译作品，尽快编辑出版至少八卷本《袁可嘉全集》，以此迎接和纪念袁可嘉先生百年诞辰。

最后，我要真诚地向《十月》杂志社、慈溪市人民政府、各位评委、各位来宾，以及所有与此相关的机构和人士表示感谢！正是有了你们，诗歌，才更加灿烂，世界，才更加温暖！

2015年10月23日

介绍《元写作》

——应日本《诗与思想》杂志之约而撰

晋人常璩所著的巴蜀史——《华阳国志》——有明确记载，“青石山……此盖古巴蜀二郡之界”。青石山，古来或属巴郡，或属蜀郡，今归重庆潼南。《元写作》有个重要同仁，诗人阿野，即是重庆潼南人氏，但是他偏又喜欢自称四川遂宁人氏。从遂宁到潼南，不过三十公里，正是一个过渡地段：从蜀郡过渡到巴郡，从平原，经丘陵，过渡到峡谷。

就在遂宁这块土地，就在涪江两岸，从唐代到清代，曾出过两位大诗人：唐代有陈子昂，清代有张船山。在美国学者斯蒂芬·欧文（Stephen Owen）——亦即宇文所安——看来，陈子昂可以视为李白的前奏。而在两位清代学者——吴修和顾翰——看来，张船山可以视为李白的再世。从陈子昂，到张船山，均能独抒性灵，诚已连接起一个暗含着李白的小小传统。

故而，不妨如是说，遂宁不但出过两位大诗人，还能兼有两种古文化：巴文化和蜀文化。巴文化热辣，蜀文化安闲，在两种文化的瞻顾之间，遂宁已然豢育了——正在豢育着——丰盈的诗意。

也在遂宁，2007年2月，由胡亮独力创办《元写作》，主要发表诗作与诗论，兼及手稿和篆刻，迄今共已出版七卷。“元”者，“始”也，“巨”也。“元写作”不可释为“为首的写作”，只可释为“开头的写作”：亦“原创性的写作”。我们清楚地知道：只有在圭臬坍塌之处，才会有幼苗掀开巨磐。在全球化语境下，坚持这样的写作立场，或者说，坚持这样的写作理想，并非无限磨尖词和词法的棱角，——修辞，生命，现实，需要构成血肉相连的对称。我们既对修辞上的探险充满渴慕，又不忘引导此类探险服膺于对生命和现实的深刻呈现。

《元写作》是一个同仁性质的民间诗刊：无酬发表，自费印刷，免费赠阅，没有任何商业色彩。中国文学刊物，多由官方主办，民间诗刊则是特有的现象，此类诗刊不涉官方机构，不受官方经费，不走官方发行渠道，但是往往能够保持独立的美学风格，以及独立的意识形态操守。20世纪70年代迄于今日，重要的民间诗刊，尚有北岛主编的《今天》，周伦佑主编的《非非》，韩东和于坚主编的《他们》，默默主编的《撒娇》，黄礼孩主编的《诗歌与人》，蒋浩主编的《新诗》，泉子主编的《诗建设》，以及张尔主编的《飞地》。可以这样说，一部当代新诗史，就是一部民间诗刊史。特别值得在此提及的是，2013年10月，于坚先生新创办了一个诗刊——《诗与思》，出版于云南昆明，在命名上或与《诗与思想》颇有戚戚，——由此也可看出中日诗心之不隔。

《元写作》的同仁，都来自遂宁，除了已经提及的阿野，还有安遇、邓厚忠、杨然、二毛、三原、蒲小林、吕历、余孟秋、雪君、何弗、胡应鹏、白鹤林、胡志国、阿伍、安德、张丹和秦惟。年长者已近古稀，年幼者正值弱冠。他们——其中颇有业余诗人——不仅固守了写作的理想，还增强了“写作”与“生活”的互文性（intertextuality），是怎样生活，就怎样写作，是怎样写作，就怎样生活，在山水葱茏之间遥继着古代诗人交游、旅行、登临、宴饮、雅集和赠答的传统。梧桐树引来了凤凰，《元写作》也得到了非本土诗人的响应，他们是孙谦、柏桦、陆忆敏、邓翔、子梵梅、杨晓芸、邓朝晖和黄茜。《元写作》自有美学主张，但是也尊重任何诗人解开和脱离这个紧箍咒。

除了汉语诗，《元写作》还分力译介外国诗。已新译介菲利普·拉金（Philip Larkin）、罗伯特·勃莱（Robert Bly）、约翰·阿什贝利（John Ashbery）、盖瑞·施耐德（Gary Snyder）、托马斯·特朗斯特罗姆（Tomas Tranströmer）的部分作品，并首次将圣·丹尼·加尔诺（Saint-Denys Garneau）、伊琳娜·赫罗洛娃（Ирина ХРОЛОВА）、一色真理（いっしき まこと）和时里二郎（ときさと じろう）译介到汉语世界。参与之译者有丛文、晴朗李寒、舒丹丹、虚坻、胡志国和桑婪。

这些外国诗人，很多都是大名鼎鼎。但是，《元写作》从来都不欲办成托马斯·特朗斯特罗姆所谓“名人蜡像馆”。对于大语种诗人，特别是知名诗人，我们愿意重译其主要作品，新译其罕见作品；当然，我们更愿意译介此前还没有进入汉语的优秀诗人——尤其是小语种优秀诗人——的代表性作品。我们期待像谷川俊太郎或高桥睦郎这样的诗人，更期待年轻的——甚至更年轻的——诗人，为此，我们在第七卷译介了时里二郎和一色真理的“散文诗”，——此种诗体，或应更准确地称为“不分行诗”。由于《元写作》一贯的立场——总是关注更新鲜的美学和力量——我们宁可将一色真理屈居于时里二郎之后。这两位诗人的精妙的“不分行诗”，以及虚坻女士的精妙的译文，已经获得了许多中国诗人的钦佩。时里二郎仍是一个“昆虫少年”，他将自我投影于天牛、海猿、蜻蜓或父亲的抽屉，并与后者反复交换身心，写出了一部“以物观我”的《昆虫记》。而一色真理，则在具体的场域和不可见的虚无之间，辨认着“到处都没有”的“当前所在地”，无望地对抗着这个时代的加速度。从已经译介的作品来看，时里二郎是个时间的诗人，而一色真理则是个空间的诗人。当然，两位诗人也能做到：时间亦即空间，空间亦即时间。相对于这个有点缠夹的问题，也许，中国读者对下面的问题更感兴趣：在艾略特（Thomas Stearns Eliot）所说的“传统”和“个人才能”之间，两位诗人何以能焕发出如此青翠的现代性（modernity）呢？也许中日诗人应该就此展开对话，——显而易见的事实则是，当我们欲与西方诗人展开同样的对话，恐怕就会变得尤为困难，乃至成为一个不可能。

还要说到的是，《元写作》只有一位编辑，就是胡亮；从第7卷开始，增加一位编辑，就是张丹。两位编辑都喜欢日本文学。2015年11月，胡亮为《世界文学》——大江健三郎到北京，曾造访过这个刊物——撰写了文化随笔《大江健三郎书店》。

2016年3月，他又将《枕草子》和谷川俊太郎写入其诗学札记《屠龙术》。而更年轻的张丹，颇爱《万叶集》，她还兴奋地向胡亮推荐过宫泽贤治，——到2015年11月，《春天与阿修罗》终于在中国出版。《元写作》的另外一个同仁，最年轻的诗人秦惟，正留学日本，并试译过竹内新的少量作品。我们都希望加强《元写作》与《诗与思想》的互动，启动更成系统的中日诗人互译计划，在《元写作》推出日本诗人作品及手稿专辑，甚至推出日本篆刻家的篆刻作品。

中日诗人早就——最迟从唐代以来——相互交往、唱和、赠答，已经形成了一个古老而芬芳的传统。就像虚坻女士从中国去往横滨，想想当年，阿倍仲麻吕从日本来到长安，把诗篇献给王维，也献给储光羲，这两位中国诗人——甚至还有唐玄宗——也为阿倍仲麻吕写下诗篇。我们期待着，此种如切如磋的动人情景能够不断地——永久地——出现在这两个国度。

前面曾提及一部古书《华阳国志》，现在，还要提及另一部古书《九州要纪》。《九州要纪》亦有记载，“青石山产青石，天下青石，无佳于此，可为钟磬”，——金玉满堂，都如败絮。我们相信蛰伏在民间的《元写作》，与《诗与思想》一道，不断为语言和诗歌带来青石钟磬。

2016年4月7日

编后记：

为《元写作》第8卷作①

1913年10月11日，郭沫若经遂宁，17日，抵重庆。他给乐山的父母写了一封信，“十一号宿遂宁县，县城外有庙宇一，名广德寺，中有玉观音神像一尊，高三尺许，广处约尺余，俗传更有观音菩萨肉身在焉，此则诞妄矣。十二号在遂宁暂息一日，因由此城地下重庆时，当由水路进发，换轿觅舟，不免少延时日也。十三号晨下船，是夜抵东安县”，——可见，郭氏在遂宁待了三日。广德寺，玉观音，今天都还在；至于观音菩萨肉身，亦非无稽，因广德寺内有善济塔，始建于贞元三年（787年），乃唐代高僧克幽禅师瘗骨之所。克幽，或名无住，俗传乃观音菩萨转世。说到吾乡风物、名胜、掌故，不免有些唠叨了。

在现代文化史上，除了郭沫若，似乎没有什么重要人物对遂宁留有记载。近些年，情况已是不同。许多诗人——包括洛夫、柏桦、吉狄马加、李亚伟、陈先发、树才、孙文波、向以鲜、陶春——都有来到遂宁，其中多位都写下了缱绻诗篇。本卷之卷

① 此文系与张丹女士合作完成。张丹，生于1989年，诗人，现为四川师范大学在读博士。

首，则取用孙文波先生的《在洞背村想到陈子昂后作》。孙文波曾数度访问遂宁，还有射洪，并曾提议创办陈子昂国际诗歌节。后来，他客居深圳洞背村，遥想涪江和金华山（少年陈子昂曾在此读书），终于写出这件作品，追怀我们的伟大的乡贤，并迎来了自己的“现实”和“语言的战场”。

郭沫若去重庆，所为何事？出夔门，往天津，赴日本。其赴日本留学，后来，再赴日本避难，均促进了中日文化交流。本刊亦有志于此，前卷已推出时里二郎（ときさと じろう）和一色真理（いっしき まこと）的散文诗，——他们习惯于称为不分行诗；本卷则新推出部分日本当代分行诗，其中，一色真理十一首，高贝弘也（たかがい ひろや）十小节，译者分别是旅日的虚坻女士和毛乙馨小姐。关于一色真理，本刊前卷已有介绍，其与卡夫卡的关联，我们也曾经有过猜测。虚坻此次提交的译诗，及其相关文章《那些虚无的黄金时代》，则进一步坐实了我们的猜测：与卡夫卡一样，一色真理有着极为紧张的“父我”关系，此种关系给两者带来了一些相近的写作面貌。在这批译诗中，有首《伊底（id）》，可以见出诗人的弑父情结：“是我，杀了我父亲。”除了“父我”，还有“妻我”，“我我”，这三对关系，依顺而紧张，紧张而对抗，呓语般纷呈于诗人之笔端。读者诸君可参读《水中的太阳》《复习》《我》《妻》《文字》《失灵的电子蝴蝶》以及《丧失》。此外须注意到，从正面观其诗远嫌不够，需绕到纸张背面，发现他用片语构建的立方体之各面。《重伤者》和《脸》正是关于写作的写作：诗人——还通过某个独眼的画家——向我们讲解了何谓写作和读解的角度。另一位诗人，高贝弘也，则以摘句——摘自其诗集《子叶声韵》和《半世记》——的方式首次进入汉语。为了更加准确地介绍高贝弘也，在虚坻的安排下，毛乙馨与前者有过当面的交流。据高贝弘也说，《子叶声韵》缘起于一起凶案。地点是广岛，死者是小爱梨。诗人与这个小女孩并无交集，他出于对少女早逝的哀挽，或出于两者对草木的深爱，写出了这部伤感的诗集。高贝弘也的写作，续接了植物学传统，体现为大量的自然物抒情，而异己力量就在其间潜伏：战争，广岛事件，切尔诺贝利事件，——有兴趣的读者或可对诗人展开生态批评。我们期待，日本，乌克兰，还有全世界，能够不断弘扬此种生态文学和生态批评。

生态文学和生态批评，提倡的是人与自然的友情；本卷推出燕窝的短诗五首，组诗七首，则关乎诗人之间的友情。这些作品，诗人都赠给阿伍。关于阿伍，本刊曾有推介，此处就不再赘言。作为一个人，以及作为一个诗人：两个阿伍都进入了燕窝的青眼。当然，阿伍也有作品赠给燕窝。两位诗人，复活了知音传统：一方面，牵挂着对方的生活；另一方面，钦慕和激发着对方的诗艺。对词，对诗意，燕窝有着近乎自动化的跳转。与洗练的阿伍相比，她的作品，充满了作为女性的无常和奇思妙想。

现在要谈到哑石。能将数学作为诗学的冒险，亦能将诗学作为数学的冒险，此前有江南蔡天新，迩来则有蜀中哑石。哑石诗艰涩险峻，自有机杼，不蹈他人轨辙，具有很强的耐磨性，隐隐然已是蜀中大将。他的近作《诗论》，火花四溅，已经得到一百首。这位寡言少语的数学老师，给出了词的显微镜，句的过山车，意的蹦床，水蛇的腰肢，鹰的眼，蜻蜓的复眼，以及探险家的调皮面孔。这不但是诗的重要收获，亦是诗学的重要收获。中国（尤其是古代），外国，均有论诗诗传统。但是哑石此诗，乃是自有新诗以来最成规模——不妨再大胆一点儿说——也是最有质量的论诗诗。

关于元写作小组，本卷重点推出两位年轻的诗人：周遂秋，及其短诗十首；安德，及其短诗十四首。周遂秋似乎受了些张丹的影响，但是，与后者相比，她以二十三岁的年龄，却似乎更懂得节制之道。在小令或俳句般的作品里，她通过隐藏，来暴露了一个少女的心跳、痛和恐惧感。我们期待她能写出更多更好的作品，而不是屈从于那渐渐来到面前的生活。至于安德，很显然，他从上海带回了新的修辞学。谐音，双关，骈偶，戏拟，反讽，还有杂糅（古与今，中与外），用得已是十分娴熟。安德的这批作品，呈现出曲折的幽默感，以及看似轻佻的严肃性。过去，安德愁在词章，而今，他已然品尝了生活。仿佛生活的悲剧从来不在某起凶案，而在那些从不知不觉中消损的日常。生活和修辞学——两者皆荒诞——已经互为暗示，或者说，已经相得益彰。我们有理由相信，安德的写作——很有想法的写作——将会再次证明那个古老的命题："诗无达估"。

本卷批评与理论部分推出三篇文章。首先是胡亮的《遇真记（苏小小接受史小纲）》。这篇文章的写作，缘于2015年4月《元写作》部分同仁的江南之行。作者试图运用若干西方的批评工具，来研究苏小小接受史，并深入解读中国历代男性文人的梦游，“他们不惮于冒犯身边的女性，甚至冒犯同时代的女性，反复建造着这个远未竣工的异性乌托邦，并书写着这部永不完稿的‘苏小小丛书’”。这篇文章表明作者的随笔写作，将由新诗，而异域文化，渐转入中国古代文化。然后是蒋蓝先生的《从“想象之国”蒐集象牙——蒲小林、胡亮主编〈力的前奏〉印象记》，——这篇文章的写作，缘于2015年3月《力的前奏：四川新诗99年99家99首》的出版。作者从两个角度——蜀史和诗史——考量这个选本，辨析和首肯了其在美学上的独立性和判断力。压卷则是沈奇教授的《汉语之批评或批评之文章》，——这篇文章缘于2014年12月《阐释之雪：胡亮文论集》的出版。沈奇，胡亮，乃是忘年之交。他们不废西学，更乐于追慕古道与古风，在批评文体的建设上，亦颇有惺惺与戚戚之感。这篇书评对胡亮的相关论述，“有汉语的来头，有文章的讲究”，一语中鹄，道出了后者近年来的苦心所在，匠心所系。

为了纪念《元写作》部分同人的江南之行，感念沿途诗人的热情，本卷约请并影印十位江南诗人——他们是王小龙、陈东东、李笠、庞培、蔡天新、施茂盛、泉子、育邦、胡桑、茱萸——的手稿作为插页。杭州潘维先生惠赐了手稿，目前寄存他处，此次未能一并影印；苏州车前子先生惠赐了书法，不合本刊体例，此次亦未能一并影印：这让我们不但充满了歉意，还充满了与此相当的憾意。

本卷封底篆刻，亦来自江南，乃上海唐子农先生的作品。其刀法与布局，可谓忘巧忘拙，率尔磅礴，即便对于新诗写作，也不能说没有深刻的启迪。

感谢蒲小林先生代约部分手稿，感谢陈硕先生代约封底篆刻，还要感谢虚坻女士，——她代表一色真理及其主编的《诗与思想》杂志，向本刊主编约稿，并译为日文，已将本刊介绍到如此遥远——而又如此切近——的日本。

2016年7月30日

序言：

为安琪《美学诊所》作

在我的诗学小辞典——如果真有这样的小辞典——里面，“生命”与“文化”，可能是一对反义词。所以如此，不能说无涉道家思想。生命归真，天道也，文化趋伪，人道也，真伪殊途，天人交战。当然，任何话都不能说得太绝对，冤家，不妨又是亲家，——这是我近来习得的“骑墙术”。仍以生命和文化而论，即便体现为诗，“安能辨我是雌雄”，亦颇有难分难解的时候。如此说来自是圆融，然则，为了讨论的方便，甚至，为了讨论的清晰度，我们只得暂时把生命和文化作为一对反义词，——可见，所谓理论，确乎偏灰。生命也罢，文化也罢，大，无当，无不当，适于讨论任何人类现象。往我们关心的方向说，往小里说，这两把卷尺，可以丈量任何文学作品。故而，就有所谓生命诗学，所谓文化诗学。这两种诗学，定要让可怜的文学来做选择题：从发生学的角度来看，文学的内驱力是生命还是文化呢？或者说，文学是一种生命现象还是文化现象呢？这道选择题，很傻，很天真，左右为难，又有那么一点儿值得去做。夹缝里面求生存，既是危机，亦是宿命，逃不脱，这是批评和批评家势必陷入的危机与宿命。

生命诗学，文化诗学，乃是两个常常失灵的工具。尤其是文化诗学，在一定程度上，或者说，在一定范围内，很难用以解读女性诗。即以福建而论，自冰心，而郑敏，而舒婷，性别从来不是局限，即便是局限，也是一种成全性的局限。这个话的意思是，她们的写作，总的来看，乃是安于性别的情感本体论写作，——当然，郑敏治哲学，诗里边不免夹带着一点儿无性别的思辨力量。情感，思辨，乃是生命之两翼。自情感，而思辨，再往前走，就容易碰上无垠的文化：作为外部世界的文化。仍以福建而论，自冰心，而郑敏，而舒婷，再往前走，很容易就碰上安琪。那时候，安琪还非常年轻，她对跃跃欲试的生命诗学说：累了？那就暂时在这里打个盹吧。她转身走开，转而接受庞德（Ezra Pound）的引领，凭其长诗，要去给文化诗学提供用武之地。

安琪的写作史，可暂分为前期和近期。前期，亦即漳州时期，近期，亦即北京时期。前期安琪，尤以长诗引人瞩目。不是一部，两部，而是很多部，尤以《轮回碑》最为著名，细读可知其对庞德《比萨诗章》的应从。连瞎子也看得出来，安琪的抱负——这是多么阳性的词啊——乃在修辞上的发威，乃在材料上的失控。对，就是发威，就是失控，就是修辞和材料。争雄，而非守雌。《轮回碑》这样的作品，具有很强的装饰性，炫技性，诗内却似乎只有一个“浅我”，——这是我杜撰的术语。已经说过了，安琪还非常年轻，世界就是外部世界。她失败了吗？

愈是邻于创造，愈是邻于失败。有时候，这个话，也可以反过来说：愈是邻于失败，愈是邻于创造。我的骑墙术——或谓诗学天平——将再次派上用场：安琪既面临着失败的极大可能，也面临着创造的极大可能。另有一点却可以说得更加肯定：前期安琪凭借无性别写作，尤其是长诗写作，扬鞭策马，洋溢着某种英雄主义，中断了——当然也更新了——福建乃至整个中国的女性诗传统。

诗人王家新曾对我说，“西川喜欢安琪诗”，语毕，可能还眨了眨眼睛。那么，西川为什么喜欢安琪诗？解读王家新，须拈出政治诗学；解读前期安琪和近期西川，则有赖文化诗学。西川曾有言，写作，可望单凭一座图书馆。他试图通过诗歌，展现出文化的综合能力，或者说综合的文化能力。其迩来所作《鉴史》，还有《词语层》，还没有最后完竣，从目前可以见到的篇章来看，诗人之诗，才人之诗，已慢慢转变为学人之诗。就在安琪快要唤醒生命诗学的时候，西川却再现了庞德式文体和跨文体：雄辩，斑驳，繁复，披沙拣金，非诗之处强求诗。西川，安琪，相互逆生长。近期西川，前期安琪，自有共同点，那就是庞德，——在《轮回碑》里面，多么有趣，安琪写到个白日梦：她要任命庞德为文化部长。“被豹子选中的，一定是豹子”，安琪和西川，都曾经——或正当——听命于这个空头文化部长。而王家新，我们知道，他另有渊源，不是美国或意大利，而是俄罗斯白银时代的撄犯美学。

这些都是当代诗的常识，絮烦无益；还是接着说安琪。自去漳州，赴北京，她终于卷入了动荡而刺痛的生活。诗人慢慢意识到，某种外部的甲胄——庞德式甲胄——已非自己所需，可能要将写作导向对内在生命——以及内在生活——的逼视。生命如泰山，生活亦如泰山。如果不写出生命和生活，如其所言，她就会被这两座泰山“压死”。终于，她写出了令人吃惊的《像杜拉斯一样生活》，一个“深我”，退回到前文曾有言及的情感本体论写作。自此后，长诗渐寡，而短诗渐夥，风格归于直接、逼窄而紧张。

前文不得不费了许多笔墨，交待因果；现在可以作个小结：前期安琪，漳州安琪，亦是长诗安琪，她就读于埃兹拉·庞德学院；近期安琪，北京安琪，亦是短诗安琪，她改读于玛格丽特·杜拉斯（Marguerite Duras）学院。我个人甚至认为，杜拉斯比庞德更接近伟大。此种观点，在小说家，自然没有问题，却很难唤起诗人——比如西川——的认同。这个花式小结，有点饶，有点扯，其实还可以说得更简单更明白：漳州交给我们一个炫目的安琪，而北京，则交给我们一个锥心的安琪。我愿意相信，北京安琪更加靠拢了诗神。不管怎么样，不是修辞，材料，文化的抱负，而是生命和生活，让安琪渐变为一个越来越刻骨的抒情诗人，是的，抒情诗人，——鲜有论者如是说，那也没关系，且让我率先如是说。

我们的诗人，安琪，自赴北京，转眼已有十五年。由动荡，而安闲，由刺痛，而幽欣，屡经世事，足迹愈来愈广，眼界亦愈来愈宽。也许可以这样来表述，安琪拥有过好几个北京，或者说，北京也会交给我们好几个安琪。一个锥心的安琪？不，还有一个狠心的安琪，一个闹心的安琪，一个违心的安琪，一个动心的安琪，一个舒心的安琪，乃至，一个安心的安琪。这个诗人，曾经流着泪，尖叫，看如今，不妨红着脸，低吟浅酌，得暇就画几幅黑白线条画，——题外补句话：这些画充满了南方的神秘感，植物的超现实主义。就在这至关重要的十五年，安琪的几部诗集，从《像杜拉斯一样生活》，到《极地之境》，到《父母国》，再到这部《美学诊所》，细细地见证了她的“我和我”，——此语借自西川，不敢掠美，谨此注明。《美学诊所》乃是最近四年的成果，尖叫更是无形，山水的教育，精神的漫游，伴随着年龄的陡增，让诗人逐渐——当然还没有最终——归于从容而平静。《美学诊所》所收作品，半数以上，与诗人的履痕有关，可以称为山水诗，或更宽泛地，可以称为地理诗，乃是近期安琪全部写作中的大宗。山水也是学院啊。从尖叫的心，到无言的山水，对诗，很难说是坏事还是好事，对人，怎么说呢，当然是一件并非唾手可得的美事。

每个人——包括诗人——都会以某种成本迎来自己的中年。尖叫、热泪、庞德和杜拉斯，以及与之互动的青春，都是利润，也都是成本。安琪已然置身于自己的中年，在故乡与异乡之间，在亲人与爱人之间，尤其是，在青春与暮晚之间，她发现自己习得了频频瞻顾，——瞻者，前瞻也，顾者，回顾也。来读《苏格拉底的麦穗》，“我推开青春的麦穗/我推开暮晚的麦穗/恰恰这一株正当其时的麦穗顶到了我的额头”。不推也推开，推也推不开，这就是时间——永恒母题——发动的飓风，必将把每个诗人都卷入关于追忆和预感的写作。是的，青春的追忆！是的，死亡的预感！整部《美学诊所》，最好的作品，比如《拴马桩》，比如《第九夜》，再如《无从驯服的斑马》，恰恰都与这个母题相关。地理诗固是大宗，却并非这部诗集的高地。什么样的作品领着我们入云端？来读《拴马桩》，“青春就是惊涛骇浪/每一匹青春的马，都想带着拴马桩飞跑/每一匹青春的马，都想站在青春的中心，骇浪惊涛”。此诗只有三行，想象，有大跳跃，形式，有小回旋，粗读来，乃是青春的赞诗，细读去，却是青春的悼诗。什么是张力？想来，这就是张力。我为读到此诗，生发了罕见的狂喜，并乐于冒着可能的高风险，将此诗与《明天将出现什么样的词》和《像杜拉斯一样生活》并置，推荐为安琪——乃至整个儿当代诗——的杰作。

说到《拴马桩》，说到马，就要说到安琪的速度。很显然，安琪——尤其是近期安琪——的作品，大都是快诗，即兴诗，好比鞭炮点燃，好比石榴突然炸裂。字，词，句，忙不迭，似乎急于追赶一只眼看就要跑丢的红尾巴狐狸。“呼——哧——”，这样的气喘，不仅发自《像杜拉斯一样生活》，还发自她的很多作品的肺部。别人是人去找诗，而安琪，似乎是诗来找人，——这也许就是写作上的迷狂之境。此种神灵附体般的写作，利弊都显而易见，可以说，飒爽有余，而精细不足。安琪每每不避重字重句，乃是速度的成果，有时候，不免还是速度的后果，——连《拴马桩》也不得不如此。安琪的马诗，除了《拴马桩》，除了《无从驯服的斑马》，还有《牧马庄园》，给我印象甚为深刻；说到安琪的速度，当然还要拈出另外一首马诗，亦即《立春笑》，“快扶我上马，马蹄踢踏，快带我奔驰在这辽阔的大地”。诗人别无所求，求快，非求骏马之快，实求灵感之快，文字之快。故而这首马诗，乃是关于写作本身的元诗（meta-poem）。安琪这首《立春笑》，可与陆忆敏《墨马》并读，前者以笔为马，后者以墨为马，前者急迫，后者迂缓，“连辔入龙楼”，那才真个叫“徐疾风扬”，——这是陆忆敏自造的新词。从安琪的以笔为马，到陆忆敏的以墨为马，还要说到海子的“以梦为马”，——这是海子自造的新词。这可并非随随便便的联想，安琪与陆忆敏，隔得很远，与海子，却挨得很近呢。安琪的骏马一般的速度和激动，以及伴生的奇迹感，挥霍感，复沓感，骈句与民谣味儿，与海子何其相似乃尔！《油菜花开》《邮差柿》，都是海子风，——海子也是学院啊。“我有过你的激情，你的狠/我也曾像你奋不顾身”，这是安琪的自供，出自《德令哈归来重读海子》，——此诗已收入其诗集《极地之境》。所以说，算是个秘密，安琪必曾深刻地承芬于海子，——前年，还是上前年，她就对我说过：海子才是真正的全集诗人！何以使然？我想，还是缘于生命的起伏伴随了写作的始终。

任何锃亮的批评工具，包括生命诗学，文化诗学，政治诗学，乃至语言诗学，不管批评家用得多么趁手，最终都会显得如此蹩脚。对安琪——还有海子——来说，这些批评工具，都是盲人摸象，而非曹冲称象。安琪不是一个安琪儿（angel，长不大的天使），而是一个苦人儿，她最终必将以自己的摇曳生姿，变化莫测，以艰难而永远的不成熟，给批评和批评家带来各种各样的新颖的挑衅。她已经迈过了海子之坎，大步流星，奔向那写作的天涯。我们的诗人，安琪，谁知道呢，她会不会再转学去姜白石学院，或是杜工部学院？谁知道呢，明天将出现什么样的词？

2017年2月27日

介绍《存在》

1

可以毫不夸张地说，一部中国当代新诗史，就是一部民刊史：从《启蒙》和《今天》的悲剧英雄式的介入性写作，到《他们》的零度写作、《非非》的前文化写作、《撒娇》的戏拟或反讽写作。民刊孜孜以求的自由诗学乌托邦，独立写作，及其地域性或集团化的成长模式，在很大程度上决定了当代新诗的谱系。

对此，不但中国学者，连海外汉学家，都已经在不小的范围里形成了共识。欧洲汉学重镇——荷兰莱顿大学汉学研究院（Sinological Institute of Leiden）——就非常重视对中国新诗民刊的收藏。高罗佩（Robert Hans van Gulik）曾经在那里工作，柯雷（Maghiel van Crevel）继承其志业，却将方向转换为中国当代新诗研究。柯雷曾多次来到中国，其重要任务，就包括寻访民刊，以扩大汉学研究院的收藏。

然则何谓“民刊”？就是指非正式出版物？可能问题不是这么简单。比如《今天》，早期在北京非正式出版，后期在香港正式出版。《非非》，长期非正式出版，偶尔正式出版。当这些刊物正式出版，就不是民刊了吗？情况的复杂之处还在于，正式出版与非正式出版之间还存在若干灰色地段。

笔者曾多次与柯雷讨论这个问题，后来，我们共同刻画出民刊的三个要素：其一，不是官方机构主办；其二，没有政府经费支持；其三，未能进入体制化的发行渠道。

2

蜀中既是当代新诗——亦是民刊——的风云际会之地。

考量蜀中民刊史，大致可以分为前期与后期，后期民刊或不如前期民刊。前期民刊，《非非》以外，主要有《红旗》《王朝》《巴蜀现代诗群》《汉诗》《现代诗内部交流资料》《次生林》和《象罔》。要讲理论之新，影响之大，非《非非》莫属也；要讲作品之精，形式之美，非《象罔》莫属也。后期民刊，主要有《独立》《自行车》《屏风》《圭臬》《元写作》和《存在》。要讲同仁之夥、作品之多、批评之盛、印行之勤、坚持之久、交游之广、声誉之隆，非《存在》莫属也。

《存在》创刊于内江和德阳，时在1994年12月，主要发起人为刘泽球、陶春、谢银恩、吴新川、梁珩和索瓦。刘泽球居德阳，或为《存在》之祭酒；陶春居内江，实是《存在》之掌门，两者共同书写了一部诗与友谊的双城记。迄于今日，《存在》历时廿余年，出刊十余期，全是非正式出版物，乃没有任何争议的新诗民刊。

3

然则何谓“存在”？此语缘于古希腊的巴门尼德（Parmenides of Elea）。就像在阐释诗歌的时候，海德格尔（Martin Heidegger）让荷尔德林重生，在阐释哲学的时候，海德格尔让更早的巴门尼德复活。从巴门尼德，到海德格尔，“存在”或已成为欧洲之思的要害。“存在”也许可以译为“太初”，译为“元”，译为“是”；但是陶春会说，最好译为“道”。海德格尔提出存在主义（existentialism），在笔者看来，其着眼点无非两个：一则曰个人化的真实（包括其荒诞性），再则曰个人化的自由（包括其偶发性）。自在而非自为，本然而非使然。

这些都是常识和常谈，却如何落实到诗歌？《存在》诸公，或已将个人化写作奉为圭臬。在中国的语境里，个人化写作，意味着对集体无意识、共性、秩序、工具理性、传统或舶来品的警惕和对抗。是的，忠实于个人的经验与超验，忠实于个人的理性与非理性。此时，此刻，澄明，我以我血荐轩辕。这也是存在主义的要旨。

前述诉求与实践，或已成为当代新诗之趋势，不独《存在》为然也。但是现在已经轮到《存在》展开双翼：左翼是创作，右翼是理论。其同仁，要以各自的灵魂，参与扩大某种美学或社会学的捷报。

4

《存在》的核心诗人，主要是刘泽球、陶春、曾令勇、陈建、胡马、李龙炳和张卫东，他们大多出生于70年代。当然，还有若干外围诗人。核心与外围，视其与刊物的关系松紧，无涉任何关于诗人重要性程度的判断。

根据笔者的了解和求教，刘泽球的《汹涌的广场》《赌局》《龙井村的西西弗斯》《锦鲤》和《我走进昨日一般的巷子》，陶春的《时代之血和它的冷漠骑手》《尖锐之所在》《复活的赞歌》《自然的奇迹》和《一个悲观主义者的双重肖像》，曾令勇的《桌子——关于定义、命名及其限制》《哀歌》和《恋人在海藻间沉睡》，陈建的《大海》《断常诗》和《攒美词》，胡马的《落虹桥街六号的一个瞬间》《鸟鸣涧》《吟到沧桑》和《永忆》，李龙炳的《刀》《写作》《我的理想主义》和《雪最白》，张卫东的《对应与致敬》《往昔，激情的丧失》和《幸福日子的艰难时世》，都在不同范围引起了关注。

这些诗人已经先后步入中年。中年与青年，又能吵架，又能言欢。他们的写作，也就慢慢获具了这个阶段特有的复调特征（polyphony）。刘泽球尤为明显，蒋浩已有妙论，这里不再赘言。陶春，尖锐中有惠风，胡马，从容中有惊雷，亦颇有此种态势。至于陈建，自经地震，如受电击，忽而在修辞上探幽猎奇，其《断常诗》或将为他的写作——也为《存在》——带来意外的甘涩交加的硕果。

5

《存在》的理论家，主要是刘泽球、谢银恩和陶春。

刘泽球的《网络时代的文字炼金术士》《同一屋宇下的写作——有关匿居生存与精神母语》和《面具·虚伪的手——严肃写作与时代生存关系的一次讨论》，谢银恩的《形而下的拷问》《跟随一个词飞升》和《在诗的历程中见证和回忆生命》，陶春《精神之火的延续：存在之诗的诗写本质》和《再谈诗人的职责或使命》，既呼应了《存在》的初衷，又跟踪了各位同仁抽枝散叶般的创作。他们的文化立场，总体而言，是高蹈的，建构的，介入的，严肃而又火星四溅。

笔者很早就曾注意到陶春的文论。作为理论家——或作为批评家——陶春在社交与求真意志、感性与性感、激情与判断力、现场与历史感、文学刻度与哲学刻度、地域性与全球化视野之间履险如夷，并能自成一种具有较高辨识度的诗化文论。他的献祭般的写作——如同雄鹿以血养角——自有风骨与襟怀，让笔者不敢轻易诊定其在西学上的偏头疼，更不敢冒然向他描绘汉语和古典对于批评文体学建设的可能前景。

并非所有民刊都有创作和理论的双翼。即以前述《今天》为例，创作以外，似乎并没有理论的跟进。北岛，芒克，多多，作为诗人，都是天才，却都没有写出纲领性的文论。北岛的散文，成就甚高；芒克和多多的回忆性文章，却粗疏浅陋到让人吃惊。杨炼颇具理论才华，却无涉《今天》的“俄罗斯式对抗美学”，转而在“传统与个人才能”的关系重估中建设其古典主义诗学。至于《他们》，作品大于理论；《非非》，理论大于作品。《存在》兼擅创作与理论，其总体之影响力，虽不及前述三家，但是《存在》正当中年，还在继续生长，其前景不容小觑。

6

笔者认为，陶春是《存在》的灵魂。此君生于1971年，祖籍重庆合川。所著短诗集《时代之血和它的冷漠骑手》、长诗集《尖锐之所在》、文论随笔集《品饮一滴词语之蜜倾泻的辉光》均为蜀中诗界所惜重。其三重身份——诗者、论者和编者——分不清轩轾，共同构成了中国民间的一个诗歌独在。

陶春的新作，《丙申年十一月三十日与众诗友赴射洪拜谒陈子昂墓得诗十二章》，由西洋入古典，抒写了今人对古人的深情，见证了内江与遂宁的厚谊，促进了《存在》与《元写作》的互动，好诗成就佳话，当然值得我们共同珍惜。

7

在当代新诗史的既成书写中，包括在洪子诚先生或程光炜先生的既成书写中，均曾以民刊为单元，论述了多个极为醒目的诗人集团。《今天》集团、《他们》集团和《非非》集团，如同三座金城；我们希望，在当代新诗史的未成书写中，包括在柯雷的未成书写中，《存在》集团能够成为第四座或第五座金城。

当然，这也许并不重要。

因为中国新诗民刊的存在，比如《存在》的存在，还有比新诗更大的意义——当然，现在还不到全面总结的时候。

存在就是意义。

2017年11月26日

侥幸的批评家[1]

批评家主要有三种：时政批评家、艺术批评家和文学批评家。在这里，笔者只愿意谈及最寂寞的文学批评家。文学批评家主要亦有三种：小说批评家、戏剧批评家和诗歌批评家。在这里，笔者只愿意谈及最寂寞的诗歌批评家。诗歌批评家主要亦有三种：古典诗批评家、现代诗批评家和当代诗批评家。在这里，笔者只愿意谈及最寂寞的当代诗批评家。唯有当代诗批评家，才是寂寞的立方，才最有资格成为侥幸的批评家。

要把这个问题说清楚，必须借助某种统计学——这种统计学，毫无疑问，将是波兰女诗人辛波斯卡（Wislawa Szymborska）所谓“悲哀的计算”[2]。

笔者只是一个读者而已，却无端地相信：在中国，在当代，至少有一千个专业的批评家。他们从不缺乏所谓的批评才能，与这种才能相表里，他们也不缺乏对诗的深情和敏感，甚至不缺乏必要的历史学、政治学、社会学、哲学与神学、艺术史与思想

---

① 本文为拙著《窥豹录：当代诗的九十九张面孔》之代序。

② 辛波斯卡诗名。辛波斯卡《我曾这样寂寞生活》，胡桑译，湖南文艺出版社2014年版，第217—219页。

史修养。然而，其中九百个批评家，将在本轮计算中成为减数。他们或认为，好的批评，不如好的生活。慢慢地，批评，就质变为生活中的社交。批评（姑且仍然称为批评）的低成本，换来了社交的高回报——机会、荣誉、物质或职务的高回报。这种高回报，由期货，到现货，中间隔着小聪明、堕落和判断力的闲置。这九百个批评家（姑且仍然称为批评家），大致可以分为两类。其中一百二十个批评家，在酒醒后的某个深夜里，辗转反侧，忽而失了眠。他们找出青春相册，翻了三遍，然后写出自祭文，痛哭流涕念了五遍。第二天清晨，他们发愿写出真正的批评，给匍匐在尘埃中的某位大诗人戴上桂冠。然而，门铃响了，快递来了——他们收到了“薛蟠打油诗创作一周年研讨会”的邀请函。薛蟠，也就是呆霸王，不用笔者专门介绍了吧？另外七百八十个批评家，早已没有眼泪，他们只剩下珠圆玉润的算盘——其中两把算盘，藏于两只长袖；还有一把算盘，藏于谁也找不到的隐形的抽屉。批评和人民币之间的汇率，又出现了上调的态势。他们举起高脚杯，彼此致意，碰出了得体的脆响。没有自祭文，只有祭文。他们把祭文——也是讽刺诗——提前送给了想要挤过独木桥的那些傻瓜。当然，前边说到的自祭文，挽的是个人的理想；这里说到的祭文或讽刺诗，挽的是——带着一丝讪笑——他人的执迷不悟。

不管怎么说，当代诗，终于还是得到了一百个批评家——这一百个批评家都是出色的批评家。他们铁了心，壮了胆，把批评作为可以献身的名山。前面就是独木桥，就是牛角尖，就是绕不开的十八座虎山。从虎山，到名山，相隔十万八千里。在这个无限辽远的地带上，当有上帝，将对这一百个批评家进行再选择。悲壮与残酷，都只是寻常风景。

是的，现在还剩下一百个批评家。其中六十个批评家，并没有足够的天赋。天赋是上帝的绣球，是罕见的、偶然的、不可预定而又难以推脱的礼物。比如，蜻蜓的复眼，可达两万八千只。再如，狗的嗅觉细胞，可达两亿两千万个。天赋是细胞，亦是麻绳。另外四十个批评家，已经被重重捆绑。对，没得选，只能从事批评呢。对他们来说，当代诗，既有两万八千幅视图，亦有两亿两千万种气味。此种分辨率，就是天赋。如果他们不做批评家，屈就平庸，转而学习腌肉、酿酒、养海狸鼠或修皮鞋，很快就会表现出非凡的笨拙。

现在还剩下四十个批评家。其中二十四个批评家，并没有合理的学养。一方面，他们精通西洋现代批评。精神分析也罢，原型批评也罢，俄国形式主义也罢，新批评也罢，读者反应理论也罢，符号学也罢，女性主义与性别政治也罢，后殖民主义也罢，都是趁手的工具，都可以用来解读中国当代诗。由此得到的成果，与其说是当代诗批评，不如说是西洋现代批评的“应用研究”。他们在讨论翟永明吗？非也，是在讨论美国女性主义批评家肖瓦尔特（Elaine Showalter）呢。另一方面，他们熟读西洋现代诗歌。象征主义也罢，表现主义也罢，超现实主义也罢，意象主义也罢，垮掉派也罢，荒诞派也罢，语言诗也罢，后现代主义也罢，都是耀眼的榜样，都可以用来参证中国当代诗。由此得到的成果，与其说是当代诗批评，不如说是西洋现代诗歌的“影响研究”（influence study）。他们在讨论翟永明吗？非也，是在讨论美国自白派诗人普拉斯（Sylvia Plath）呢。他们是在讨论韩东吗？非也，是在讨论英国运动派诗人拉金（Philip Larkin）呢。前述应用研究和影响研究，要说，对当代诗亦颇有必要。但是呢，这样的研究，不免洒下了西方中心主义的浓重阴影。这二十四个批评家，把燕卜荪（William Empson）的《七种复义》拜读了三遍，却把司空图的《二十四诗品》雪藏了三十年。笔者的意思已经很明朗，虽然新诗从来没有真正地诀别过中国古典诗，但是新诗批评——尤其是当代诗批评——却已经较为彻底地违弃了中国古典诗学。

现在还剩下十六个批评家。其中七个批评家，并没有强烈的批评文体学自觉。文体学自觉，这似乎只是创作者——而不是批评家——的必要前提。对于批评家来说，要紧的，乃是“问题”而非“文体”。无论是创作者，还是批评家，大都心安理得地持有这种令人遗憾的观点。如果借来索绪尔（Ferdinand de Saussure）的术语，或许可以这样来表述：出色的诗人具有更强的“言语”（parole）能力，而批评家则具有更强的“语言”（langue）能力，故而前者跳脱而后者规矩，前者抽出了新芽而后者死守着朽根。批评家挑剔着某个诗人——或某个诗文本——的角度、节奏、语调或想象力，由此写出的批评文本，在角度、节奏、语调或想象力方面却乏善可陈。他们用青铜阐释着白银，用白银阐释着黄金。这青铜，这白银，居然一点儿也不脸红。已经输了几十年，批评家呢，依然顾盼自雄。诗人不再指望批评家，就如同，黄金不再指望白银而白银不再指望青铜。什么时候，不仅是在诗人这里，而且是在批评家这里，古字、白话、口语、方言、翻译体，甚或木屑竹头才能铸为合金？什么时候，诗人和批评家，诗文本和批评文本，才能展开你追我赶的竞赛或你死我活的热恋？是的，批评不是批评家对诗人的心服口服，也不是批评文本对诗文本的毫无自知之明的单相思。两者，全身心，都要投入这场竞赛或热恋。分不出雌雄，那才叫好看呢。

现在还剩下九个批评家。其中两个批评家，并没有必需的金钱。是的，金钱，你并没有听错。与任何批评门类相比，当代诗批评——乃至研究——都是投入最多收入最少的行当，换句话说，这是亏定了的买卖。为什么这样讲呢？批评或研究工作，在很大程度上，必须依托公共图书馆。但是，当这两个批评家坐了三小时大巴，两小时高铁，终于走进某个公共图书馆，他们就傻眼了，坐在大理石台阶上流下了热泪。从县立图书馆到市立图书馆，从省立图书馆到国立图书馆，从南京大学图书馆，到北京大学图书馆，或许都藏有多个版本的余光中或舒婷，舍此而外，却只藏有少得可怜的当代诗文献。像商禽的讲座视频、哑默的自印文集、北岛的海外版诗集和散文集、骆一禾的日记（哪怕是复印件）、张枣的信札、钟鸣或蒋浩主编的民刊、沈浩波的自印诗集，诸如此类的文献，尤其是非正式出版物，很难见诸公共图书馆。当代诗文献，就如博尔赫斯（Jorges Luis Borges）曾经谈及的来自比卡内尔的圣书，“没有首页，也没有末页”。你以为

“大拇指几乎贴着食指”就可以揭开某页吗？不，对于这部无限之书来说，某页也就是无数页[①]。这两个批评家后来得知，也许只有荷兰莱顿大学的汉学研究院，经柯雷（Maghiel van Crevel）先生多方采集，才藏有较为可观的中国当代诗文献。然则，大巴票，高铁票，还没地儿报销，又怎么买得起飞机票？这两个批评家，把拟好的文论大纲扔进了果皮箱。另外七个批评家，节衣缩食，呕心沥血，穷二十年之功，斥三十万之资，成八千册之藏，终于建成了一座志在当代诗文献的私立图书馆。可是，他们买不起别墅。这座私立图书馆，必将占用家里的客厅、卧室、过道甚至卫生间，为妻儿所怨，复为亲友所讥也。

现在还剩下七个批评家。其中三个批评家，并没有持久的耐心。无止境的阅读和写作，寂寞的立方，永远的零回报，“世人见我恒殊调，闻余大言皆冷笑”（此乃唐人李白之诗也），都是如此令人难以忍受。这三个批评家决定稍事休息，不再深究何以北岛羞于提及《回答》，而韩东厌于提及《有关大雁塔》。他们根据早年得来的印象，再次赞美着——或者挖苦了——《诺日朗》和《悬棺》，却无视杨炼又写出了《叙事诗》和《艳诗》，而欧阳江河又写出了《泰姬陵之泪》《凤凰》和《宿墨与量子男孩》。至于美学的少年先锋队员，虽然不断涌现，也只是引起并加固了他们的居高临下的怀疑。小孩儿呢，看看再说吧。最近，他们得到了两家出版社的答复，即便完成了书稿，恐怕也没有付

① 参读《沙之书》。《博尔赫斯文集》（小说卷），王永年、陈众议等译，海南国际新闻出版中心1996年版，第502—506页。

梓的可能。只有自费出版，免费赠送。他们嘟囔着，“老子不干了”。这三位批评家，有的改行从事电影批评，有的改行从事水墨批评，有的移情于山水，很快就在江湖上消失了萍踪。

现在还剩下四个批评家。其中一个批评家，忽然卷入了一桩奇案。在某个月黑风高之夜，跳进来两个贼人，剜去了他的眼睛，割掉了他的舌头，砍断了他的双手。这桩奇案，最终未能侦破。可怜的批评家，经抢救，保得了性命，却已成了不能看书、不能说话、不能写字的废人。他该怎样度过残生？像《山海经》所记载的那样，“乃以乳为目，以脐为口”[①]？或是像商禽先生所写的那样，“用脚思想”[②]？如此这般，都是坐着说话不腰疼呢。

天啦，现在只剩下三个批评家——三个堪称孤绝的批评家。我们的统计学，我们的“悲哀的计算”，与其说求得了最终的差，不如说仍在猜测着难以捉摸的天意。阿弥陀佛，但愿这三个批评家，关好了天然气，修好了漏船，没有被吸毒的小儿子气死，没有被打牌的老婆逼疯，没有遭到某些名流或主编的暗算，没有陷入巨大的虚无感，没有患上抑郁症、卢伽雷氏症、脑萎缩或耳原性眩晕症，更没有患上肺癌或白血病，没有被医生误诊，没有撞上从顶楼掉落的花盆，没有恰逢地震，没有受到核辐射，没有乘坐即将开下悬崖的汽车。倘若真的是这样，这三位批评

① 《山海经》卷六。

② 商禽诗名。《商禽诗全集》，印刻文学生活杂志出版有限公司2009年版，第291—292页。

家，就是侥幸的批评家。既有侥幸的批评家，亦有侥幸的诗人，两者的遇合，可望成就侥幸而伟大的批评。

2018年4月16日

春深夏浅，绿肥红瘦

谈谈七首小诗，顺便谈谈宇宙

1

在这篇小文中，笔者预备谈到《临终歌》等七首小诗。何谓小诗？或当在十行以内？但是，这七首小诗，却有一首，稍微超出了这个行数。

在正式落墨以前，有两个问题，需要作个交代。其一，偶然或必然的问题。古往今来，秀句短章，多如恒河之沙，为什么选出的恰是这七首而不是另外七首？欧洲诗的三位巨匠——但丁、歌德和莎士比亚——居然没有全部入选。中国诗的五位天才——屈原、陶渊明、李白、杜甫和苏轼——更是全部没有入选。这毕竟难以自圆；那就老老实实地承认：选出这七首，对于文学史而言，的确只是一次偶然。然而，对于笔者的阅读史而言，难免却是一次必然。笔者过眼之诗，其数以千计，以万计，而今却在有意无意间拈出这七首，除了主观上的偏爱，恐怕也存有某种客观上的宿命。是我选出了诗，还是诗选出了我？一时半会儿，也难以说个清楚。其二，个性或共性的问题。这七首小诗，时间跨度两千年，空间跨度两万里，当然各有其个性。也就是说各有其国别，各有其作者，各有其语法和修辞，各有其视角、声线和速度。每首小诗，都是一颗小星球。让我们姑且承认：这七首小诗，就是最伟大的“诗中之诗”。那又怎么样，难道就可以把这七首小诗编成缪斯的贴身侍女班？难道就可以从这七首小诗提取某种共性或公因数？如果没有肯定的答案，那么这篇小文的有机性——甚或必要性——就将理所当然地受到质疑。说白了，这篇小文呢，必将要有力或无力地，回应这渐渐笼压过来的黑云般的问号。

2

首先来读传为东周孔子（前551—前479）所作的《临终歌》，全诗只有三行十五字：

泰山其颓乎，
梁木其坏乎，
哲人其萎乎。

中国历代学者，迄于今日，大约还没有谁说过孔子是诗人，——正如还没有人说过老子和庄子是诗人。这首诗的作者到底是不是孔子，在很大程度上，取决于一部古书的真伪。这部古书就是《孔子家语》，相传乃是孔安国所著。孔安国者，孔子十二世孙也，其生卒年可能稍早于司马迁（前145—前90）。司马迁的今文经学老师是董仲舒，古文经学老师就是孔安国。到了东汉末年，王肃（195—256）出来，对《孔子家语》进行编辑和注解。逐渐也便有人说，此书实为王肃所著，而假托于孔子后裔也。再往后，以讹传讹，众说纷纭，大都认为这部古书乃是伪书。但是，20世纪末期，出土了一些文献，却倾向于证明《孔子家语》并非伪书。如果《孔子家语》并非伪书，当是《史记·孔子世家》的上游文本。《史记·孔子世家》将《临终歌》表述为：泰山坏乎，梁木摧乎，哲人萎乎。

根据《孔子家语·终记解》的记载，《临终歌》乃是孔子去世前数日所唱的一首歌。这首诗的首行，以泰山发端；次行，以梁木起兴；末行，以哲人卒章。泰山，乃是自然之物；梁木，乃是半自然之物；哲人，乃是非自然之物。泰山最是坚固，梁木次之，哲人再次之。三者原本有很大的空间差别（物理学差别），可是呢，这样的差别已然被时间轻轻抹平。由于这首诗需要泰山和梁木来发端起兴，从表面上，甚至还可以得到反方向的差别：泰山最不坚固，梁木次之，哲人再次之。故而，始有泰山其颓，继有梁木其坏，终有哲人其萎。当然，还可以换个读法。比如，哲人其萎，堪比梁木其坏，亦堪比泰山其颓。颓，坏，萎，既是韵脚，也是浩叹。这样的韵脚，这样的浩叹，如狼似虎，眼看要把无论何种程度的自然，无论何种程度的坚固，重新卷入更大更不可违抗的自然。更大更不可违抗的自然，当然就是时间，无休止地来到我们面前的时间，——连空间都可以被时间用来挥霍和戏耍。那么，孔子其为哲人耶，其为诗人耶？或许我们可以这样来回答：孔子始而为哲人，终而为诗人。作为哲人的竟日苦思，最终消弥于作为诗人的一声浩叹。

现在我们关心的是，对于死亡，孔子到底持有什么样的态度呢？这个问题，就有些复杂。仔细分析孔子去世前的行为和言语，我们或可发现两帧相互迭加的肖像：道家的孔子，儒家的孔子。这样说来，似是故作惊人之语。但是，在孔子时代，儒家与道家，也许并不像后世那样历历分明。《孔子家语·观周》（还包括其他一些古书），就曾记录孔子问礼于老子。传为孔子所作的《易传》，也已被证明以道家思想为主体[①]。那么，道家的孔子怎么讲？《孔子家语·终记解》记载了孔子唱歌前的行为，“逍遥于门”，这说明孔子对于死亡十分超脱，——这正是道家的态度。“逍遥”，乃是道家关键词，可参读《庄子·逍遥游》。儒家的孔子怎么讲？《孔子家语》记载了孔子唱歌后的言语，“孰能宗余”，这说明孔子对于死亡又十分焦虑，——这正是儒家的态度。“逍遥于门”，则道家仙踪也；“孰能宗余”，则儒家遗恨也。儒家的态度，最后呢，压过了道家的态度。孔子最为担心，念兹在兹，还在其学说无人奉行。可见孔子的浩叹不是为己，而是为人，是为错失周礼的乱世春秋。

在这里可以顺便谈及李白的《临路歌》。有学者认为，《临

① 可参读陈鼓应《易传与道家思想》，生活·读书·新知三联书店1996年版。

路歌》应该也叫作《临终歌》。李白这样的“道教徒诗人”[1]，其绝笔，却向孔子表达了敬惜：“大鹏飞兮振八裔，中天摧兮力不济。馀风激兮万世，游扶桑兮挂石袂。后人得之传此，仲尼亡兮谁为出涕？”这首诗的意思是，孔子曾经为出非其时的麒麟而流泪，却再也不能为出非其时的大鹏而出涕。“大鹏”乃是李白自喻，这个自喻，也带有一点儿道家色彩。现在已经可以看出：孔子，是儒家夹带了道家，李白呢，则是道家夹带了儒家。他们对待死亡的态度，每在两者之间游移摇摆。

3

接着来读汉代无名氏所作的《上邪》，全诗只有九行三十五字：

上邪！
我欲与君相知，
长命无绝衰。
山无陵，
江水为竭，
冬雷震震，
夏雨雪，

---

① 参读李长之《道教徒诗人李白及其痛苦》，生活·读书·新知三联书店2013年版。

天地合，

乃敢与君绝！

这首诗的作者已不可考。汉代乐府大盛，其大类，有所谓《鼓吹曲辞》，其小类，有所谓《铙歌十八曲》，其名篇，有所谓《上邪》。揣摩这首诗，其口吻，可能乃是女子。清人庄祖述《汉短箫铙歌曲句解》认为，“《上邪》与《有所思》当为一篇”，“叙男女相谓之言”。但是闻一多先生只同意庄祖述的半个观点：“庄祖述谓此①与《上邪》为男女问答之辞，当合为一篇。案，庄说尤为妙悟，然细玩两篇，不见问答之意，反之，以为皆女子之辞，弥觉曲折反复声情顽艳。”②但是呢，古人为诗，常用代入之法，亦即男子以女子口吻来写作，——最典型的就是唐人王建的《新嫁娘词》：“三日入厨下，洗手作羹汤。未谙姑食性，先遣小姑尝。”所以说，笔者也不敢同意闻一多先生的全部观点。

《上邪》虽然不难懂，也有不同的读法。先来看前人的读法，再来说笔者的读法，——当然，两种读法并非全然龃龉。有两位清人，张玉谷，沈德潜，都曾谈到这首诗。张氏《古诗赏析》认为：“首三，正说意言已尽；后五，反面竭力申说。如此然后敢绝，是终不可绝也。迭用五事，两就地维说，两就天

① 指《有所思》。

② 《乐府诗笺》，《闻一多全集》卷四，生活·读书·新知三联书店1982年版，第108页。

时说，直说到天地混合，一气赶落，不见堆垛，局奇笔横。”张氏所谓“地维”，所谓“天时”，就是笔者所谓“空间”与“时间”。“山无陵”“江水为竭”和“天地合”，三者乃是空间的变形；“冬雷震震”和“夏雨雪”，两者乃是时间的变形。两类，五者，皆不可能，故而“乃敢与君绝”的潜语义就是“永不与君绝”。沈氏《古诗源》认为：“山无陵以下，共五事，重叠言之，而不见其排，何笔力之横也。”张氏与沈氏，谈得大抵不错，然而“五事”耶，“六事”耶，也许还值得商榷。笔者认为，“长命无绝衰”也是时间的变形，诗人实际上重叠罗列了“六事”：三者为时间的变形，三者为空间的变形，两类变形不断交错和替换。如果笔者的读法成立，《上邪》就应该这样来标点：“上邪！我欲与君相知：长命无绝衰，山无陵，江水为竭，冬雷震震，夏雨雪，天地合，乃敢与君绝！”不管采用哪种读法，都难掩这首诗的妙处：天地不改，此心不移，最能见出说话人的热烈和决绝！

这种背面敷粉的写法，屡见于中外民歌。比如，敦煌曲子词《菩萨蛮》：“枕前发尽千般愿，要休且待青山烂。水面上秤锤浮，直待黄河彻底枯。白日参辰现，北斗回南面。休即未能休，且待三更见日头。”通篇所写，“要休”也；通篇潜语义，“不休”也。再如，英国中世纪民歌《斯卡布罗集市》（*Scarborough Fair*）。这支歌，迄无精准的译文，这是因为译者并不懂得何谓背面敷粉。沉浸其旋律，懵懂其语义（潜语义）：真是可怜了汉语世界的受众。

4

接着来读传为唐代陈子昂（659—700）所作的《登幽州台歌》，全诗只有四行二十二字：

前不见古人，
后不见来者。
念天地之悠悠，
独怆然而涕下。

陈子昂随武攸宜军北征契丹，不为所用，亦不为所容，因置身幽燕之地，不免感怀燕昭王在幽州台选贤任能的故事。陈氏有个至交，唤作卢藏用（约664—约713）。卢氏所著《陈氏别传》说陈氏“因登蓟北楼，感昔乐生、燕昭之事，赋诗数首”。“赋诗数首”，就是指《蓟丘揽古赠卢居士藏用七首》。在这个组诗的小序里，陈氏自己也说得很明白：“丁酉岁，吾北征，出自蓟门，历观燕之旧都，其城池霸迹已芜没矣。乃慨然仰叹，忆昔乐生邹子群贤之游盛矣。因登蓟楼，作七诗以志之，寄终南卢居士。”时在697年，武周万岁通天二年、神功元年。可是，《蓟丘揽古赠卢居士藏用七首》并不包括《登幽州台歌》。陈氏提及的蓟楼，就是卢氏提及的蓟北楼。很多学者认为蓟北楼就是幽州台，其实呢，陈氏提及的蓟丘才是幽州台。蓟北楼乃是眼前之城楼，幽州台不过是城外之遗址。《陈氏别传》接着说陈氏“乃泫然流涕而歌曰：前不见古人，后不见来者。念天地之悠悠，独怆然而涕下。时人莫之知也”。什么意思呢？就是说陈氏写完《蓟丘揽古赠卢居士藏用七首》，随后唱了一首歌，就是《登幽州台歌》。如果此歌乃是陈氏作词，为什么不与七首相并，合称《蓟丘揽古赠卢居士藏用八首》呢？陈氏死后，卢氏编成《陈子昂集》（十卷），极有可能并未收录《登幽州台歌》。明人杨慎《升庵诗话》就曾透露个中消息：“《登幽州台歌》云云，其辞简直，有汉魏之风，而文集不载。”清人杨澄重编《陈伯玉文集》（十卷），亦未收录《登幽州台歌》。直到清人曹寅奉编《全唐诗》，增订《陈子昂集》，这才补录《登幽州台歌》。这是一件十分奇怪的事情；正如《陈氏别传》中的“时人莫之知也”，一作“时人莫不知也”，两个版本居然出现全然相悖的表义。也许只有发现唐刻《陈子昂集》（可惜敦煌写本《故陈子昂遗集》已残），才能查证卢氏是否确认陈氏对《登幽州台歌》拥有著作权。

《登幽州台歌》，正如《流浪者之夜歌》，两者都是登高望远之诗。登高望远，才晓得古今之遥、天地之大与生命之暂。这首诗前两行，“前不见古人，后不见来者”，表面上申述了时间的无限性；第三行，“念天地之悠悠”，表面上申述了空间的无限性；实则呢，前三行的潜语义，都申述了个人生命的有限性。有限性，无限性，两者相激，不能不有电光石火，不能不有悲情与热泪，故而才有第四行，“独怆然而涕下”。这首诗具有伟大的即兴性，恍若天启或神授，可在三秒钟以内，将任何读者替换成幽州台的登临者，并与之分摊那步步紧逼的悲怆感。

无论陈氏是否拥有著作权，我们都应该怀疑这首诗的原创性。这是因为，这首诗至少有两个上游文本：近的呢，是阮籍（210—263）的《咏怀》；远的呢，是屈原（前340—前278）的《远游》。笔者从《咏怀》抽出四行，重新排列，可以得到这样一首诗："去者余不及，来者我不留。天道邈悠悠，涕泗纷交流。"又从《远游》抽出四行，重新排列，可以得到这样一首诗："往者余弗及兮，来者吾不闻。惟天地之无穷兮，哀人生之长勤。"《登幽州台歌》只有四句，四句都其来有自，却比这两个上游文本更加动人魂魄。如果这首诗果然出自陈氏，那么，后者也便算得上是克罗齐（Bendetto Croce）所说的"un piccolo-grande poeta"（钱锺书先生译为"小的大诗人"[①]）。

5

接着来读德国歌德（Johann Wolfgang von Goethe，1749—1832）所作的《流浪者之夜歌》，梁宗岱译，译文只有八行三十七字：

一切的峰顶

① 《中国诗与中国画》，钱锺书《七缀集》，上海古籍出版社1994年版，第21页。笔者曾与杨碧薇博士讨论到"小的大诗人"，认为或可分为两类：局部的大诗人，片面的大诗人。陈子昂可算是局部的大诗人。

沉静，

一切的树尖

全不见

丝儿风影。

小鸟们在林间无声。

等着罢：俄顷

你也要安静。

前文谈及《临终歌》《上邪》和《登幽州台歌》，作者都不确定；到了这首《流浪者之夜歌》，作者方可确定为歌德。歌德，没必要多作介绍吧？那就索性只说一句话：歌德不仅是大文学家，还是大科学家，堪称欧洲文明的代表性人物。

《流浪者之夜歌》乃是歌德的自况，因为“流浪者”恰是诗人的绰号。诗人长期担任魏玛小朝廷首相，冗余常去郊外漫游，于是得了这样的绰号。也许译为“漫游者”为宜，梁宗岱先生却坚持译为“流浪者”。诗人深受斯宾诺莎（Benedictus Spinoza）泛神论的影响，试图在这首诗中呈现一种物我交融的空间秩序。彼时，诗人还没有读到中国或波斯国古诗，还没有写出那十四首著名的《中德四季晨昏吟咏》。然而这首诗，却提前显露出某种东方神韵。这却不是笔者想说的重点；或可挑出一首典型的古诗，比如钱起的《省试湘灵鼓瑟》，来与《流浪者之夜歌》作个更仔细的比较。两者都能物我交融，却也有些差异：前者忘我而归物，“江上数峰青”，物即是我；后者忘物而归我，“你也要安静”，我即是物。——歌德的诗学需要“倒置”，方能合辙于他在多年以后才有会心的东方诗学。舍此而外，《流浪者之夜歌》的空间秩序，眼看就要被时间秩序打乱。时间最终带来了什么？黄昏和黑暗。这首诗前六行写时间对吉息尔汉群山的袭来：“峰顶”“树尖”趋静，“风影”“鸟声”缺席；几乎不用任何缝合线，末两行转写时间对人生的袭来：“你”的即将离席。天地——非仅峰顶猎屋——都是“逆旅”，你我都是“流浪者”，没有人能抗拒自然与人生的双重夜景。歌德到底不能像钱起那样丢开“主体性”，故而就有危机感，这首空间之诗也就不能不是悲伤的时间之诗。

这首诗还牵涉到一个著名的故事，梁宗岱、飞白、钱春绮、王家新等先生都讲过，那就综合几位先生的梗概再来讲讲。1831年8月26日，歌德年且八十二岁，——他的妻子和儿子，魏玛公爵，席勒，都已经撒手人寰。对，就在8月26日，诗人忽然坐上马车，前往吉息尔汉群山。他徒步登上伊尔美瑙峰顶，很快就找到那栋曾经旧游的猎屋。他爬上楼梯，直奔窗口，在木头板壁上，再次读到了当年用铅笔写下的《流浪者之夜歌》，并且依稀认出了关于成诗日期的落款：1783年9月1日。时隔四十八年，诗人潸然下泪，反复沉吟：“等着罢：俄顷你也要安静。”老歌德拭泪下山，六个多月后，就溘然长逝，时在1832年3月22日。三十八年后，伊尔美瑙峰顶猎屋失火，时在1870年8月11日。猎屋后又重建，诗人永未复生。

诗人虽然永未复生，诗却长留寰宇。《流浪者之夜歌》不仅成为抒情诗的经典，还激发了其他艺术门类的竞赛：在欧洲，是音乐艺术的竞赛，在中国，则是翻译艺术的竞赛。在欧洲，先后就有采尔特、舒伯特、李斯特等人为这首诗谱成了两百余种曲调。在中国，梁宗岱而外，先后还有郭沫若、宗白华、朱湘、冯至、钱锺书、绿原、飞白、欧凡、杨武能、钱春绮、宁敏等人为这首诗翻出了十余种译文。笔者认为，有必要在这里引来钱春绮先生的译文：

群峰一片
沉寂，
树梢微风
敛迹。
林中栖鸟
缄默，
稍待你也
安息。

6

接着来读爱尔兰叶芝（William Butler Yeats，1865—1939）所作的《随时间而来的智慧》，沈睿译（笔者参考余光中和傅浩先生译文酌有微调），译文只有四行四十七字：

虽然枝叶很多，根只有一条；
穿过了青春所有说谎的日子，
我在阳光下抖掉枝叶和花朵；
现在我可以枯萎而进入真理。

叶芝的名头不如歌德，然而呢，近期似乎就要后来居上了。他是浪漫主义者，唯美主义者，神秘主义者，也是象征主义者，被视为英语诗由传统入现代的重要人物。其名作《当你老了》，即便在中国，也是广为流传。这里有必要提及他的墓志铭，以便转入本文的正题：Cast a cold eye，on life，on death，horseman，pass by！这个墓志铭出自诗人遗作，袁可嘉先生译为：冷眼看待/生与死/骑士们，前进！

《随时间而来的智慧》最初的题目是《青年与老年》。这样的题目或题旨，曾被诗人反复重写。尤以这首诗，最是克制而精妙。我们可以清楚地看到，叶芝就“树”和“我”，正如孔子就“泰山”“梁木”和“哲人”，如此娴熟地展开了奇妙的同构性描写。“树”与“我”，在时间的单行道上联袂同行：“枝叶花朵”“青春”和“谎”是共用的起点站，“根”“枯萎”和“真理”则是共用的终点站。喻体与本体自由切换，共赴秋冬，“枯萎而进入真理”，让人生——也许还有诗艺——都坐拥了自“器”至“道”的简明升阶书。什么是“器”？形而下者；什么是“道”？形而上者。

我们还可以再引来诗人的一首诗和一篇随笔，来作为这首诗的注脚。一首诗，就是《长时间沉默以后》："我们正好议论了又重新议论/艺术和诗歌这个至高的题旨：/身体的衰老是智慧；/年纪轻轻/我们当时相爱而实在无知。"[①]一篇随笔，就是《身体的秋天》："我失去了描写外部世界的热望，并且发现如果不是有关精神和隐形的事物，我从书中已经不能获得丝毫的快乐。"[②]很显然，正是这样，《随时间而来的智慧》描写了身体的——而非树的——秋天和冬天，托举了时间在抢掠之余留给我们的"精神和隐形的事物"。

7

接着来读法国普列维尔（Jacques Préver，1900—1977）所作的《在公园里》，高某译，译文只有十一行六十三字：

一千年一万年
也难以
诉说尽
这瞬间的永恒
你吻了我

---

① 《长时间沉默以后》，卞之琳译，王家新编选《叶芝文集》卷一，东方出版社1996年版，第198页。

② 《身体的秋天》，于威、王家新译，王家新编选《叶芝文集》卷三，前揭，第90页。

我吻了你
在冬日朦胧的清晨
清晨在蒙苏利公园
公园在巴黎
巴黎是地上一座城
地球是天上一颗星

普列维尔的名头，既不如歌德，也不如叶芝，然而，他在法国却是家喻户晓。他是口语诗人、民谣诗人、反讽诗人，也是点石成金的词人，被视为法语诗由小众入大众的重要人物。他在中国遭到冷遇，可能与新诗的成长阶段有关。怎么说呢，新诗，尤其是当代诗，早已走出白话诗阶段，渴望得到更加复杂而精细的营养（比如叶芝和艾略特）。

《在公园里》是口语的急就章，白话的即兴诗，具有电影般的镜头感。前七行，从无限的时间里，镜头不断拉近，从“一千年一万年”拉到“瞬间”和“冬日朦胧的清晨”，最后聚焦于一次热吻。第八行，镜头从时间跳转到空间，从“清晨”跳转到“蒙苏利公园”。末三行，在无限的空间里，镜头不断拉远，从“蒙苏利公园”拉出“巴黎”和“地球”，最后扩散为无尽星空。时间是个同心圆，空间也是个同心圆。诗人手中的镜头，不管拉近，还是拉远，都瞄准了这同心圆之心：“我”和“你”。一对恋人，一次热吻，就这样，从无限的时间里赫然现身，又在无限的空间里悄然匿迹。

后来，有人为这首诗配了照片，就是那帧著名的《victory kiss》。北京时间1945年8月15日，纽约时间8月14日，日本宣布投降，美国人走上街头庆祝胜利。在时代广场，一位水兵，忽然强吻了身旁一位护士。此情此景，被人抓拍，成为了历史与艺术的双重经典。我们可以看到：黑衣水兵前俯，那么激动，白裙护士后仰，那么顺从，两位陌生男女，眨眼间就达成了和谐和狂喜。

就某种意义而言，的确，《在公园里》也写到了胜利之吻：爱对于时间和空间的胜利；恰是因了这样的胜利，“瞬间”才有可能臻于——或敌过——“永恒”。

8

最后来读当代昌耀（1936—2000）所作的《斯人》，全诗只有三行三十二字：

静极——谁的叹嘘？
密西西比河此刻风雨，在那边攀缘而走。
地球这壁，一人无语独坐。

昌耀乃是当代大诗人，在诗界或学界，这一点已经逐渐成为共识。我们应该抓紧阅读这枚硬币的两面：一面是苦难和孤独，一面是爱。两面，三者，相加就是黄金。如果我们错失昌耀，天知道，将会错失多少宝藏。

《斯人》像是一阕小令，更像是一个断片（似乎被省略了太多的上下文）。这首诗以地球为墙，墙的“这壁”，是“一人”，是“独坐”和“叹嘘”，是静极了的微观空间；墙的“那边”，是“密西西比河”，是“此刻风雨”，是闹极了的宏观空间。诗人凭借一种怪异的空间想象力（缩地法与穿墙术），让大者更大，让小者更小，并让两者——通过地球的天平——获得了不对称的对称性、不平衡的平衡性。写孤独如此，非大手笔不能为也。

这首诗完成于1985年5月31日。昌耀此前写苦难，每将自己放大；此后写孤独，始将自己缩小。故而敬文东先生认为，以《斯人》为界，可以将昌耀作品分为前期和后期，因为这首诗“自觉承认缩小自己的必要性、必然性，并由此获得意想不到的诗学后果”[①]。

9

自孔子开篇，而无名氏，而陈子昂，而歌德，而叶芝，而普列维尔，至昌耀收笔，笔者已然选出了浩叹美学的北斗。但是，且慢，题目中说好的“宇宙”呢?

正文对于题目的践诺，通常有两种：一种是多情郎，总是添枝加叶；一种是负心汉，不免缺斤短两。眼看着，笔者就要成为

---

① 参读《对一个口吃者的精神分析》，敬文东《诗歌在解构的日子里》，北京大学出版社2008年版，第116—117页。

负心汉。

然而，其实呢，这篇小文通篇都在谈“宇宙”。“宇宙”这个词，相当于“世界”。“宇”者，“界”者，空间也；“宙”者，“世”者，时间也。“宇宙”或“世界”，都是指时间与空间的总和。

要继续深究这个问题，须引来司马迁的名言：“究天人之际，通古今之变，成一家之言。”“究天人之际”，是说空间；“通古今之变”，是说时间；“成一家之言”，是说文体或文学。时间自觉，加空间自觉，就是所谓“宇宙精神”（world spirit）。这种宇宙精神，常常是“人人意中所有”；而文体或文学精神，往往是“人人笔下所无”[①]。只有两者的绝配，才有可能“成一家之言”。

谈到《登幽州台歌》的时候，梁宗岱先生曾经发出浩叹：“古今中外底诗里有几首能令我们这么真切地感到宇宙底精神？有几首这么活跃地表现那对于永恒的迫切呼唤？”[②]笔者选出的这七首小诗，希望能得到先生的泉下颔首。

2019年2月9日

① 《致梁启超书》，《黄遵宪集》卷下，天津人民出版社2003年版，第490页。

② 《论诗》，参读《梁宗岱文集·评论卷》，中央编译出版社2003年版，第32页。

新诗去从论[①]

——在遂宁国际诗歌周高峰论坛上的即兴发言

在这里，我想首先谈到始于1915年的新文化运动。胡适、鲁迅，这些大人物，都是新文化运动的先驱者。我不准备谈及他们在思想史意义上的革命性贡献；恰好相反，是要谈及新文化运动的某些消极后果以便引出本文的主要观点。有道路，就有阴影，新文化运动也是如此。那么，新文化运动都有哪些消极后果呢？我认为，至少要从两个方面来谈：一个是文化极端主义，一个是语言极端主义。文化极端主义，就是说，文化必称西方。语言极端主义，就是说，语言必称白话。这两个向度上的极端主义，到了今天，仍然是很多诗人的金科玉律，给中国文化和语言带来了难以估量和消除的规定性影响。

为什么要谈新文化运动？这是因为，新文化运动与新诗，曾

---

① 2019年3月5日，遂宁国际诗歌周高峰论坛，因主持人李少君先生临时点名，我仓促作了关于新诗写作与批评的即兴发言，并在现场向美国诗人戴维·科普（David Edge Cope）赠送了拙著《虚掩》，——该书收有长文《两个金斯伯格》，而科普恰是金斯伯格（Allen Ginsberg）的老友。这个即兴发言，在当日上午，次日下午，曾两度得到荷兰诗人埃里克·林德耐尔（Erik Jan Rudolf Lindner）的响应。根据这个即兴发言，忆写扩充而成本文。

经建立起深刻的关联，度过了令人称奇的蜜月期。从某种意义上讲，新诗承担了新文化运动在立场、工具、策略和前锋等方面的可以说是开天辟地的使命。新诗，就是新文化运动的号角和响箭。那么，新文化运动的消极后果给新诗造成了哪些伤害呢？我认为，也要从两个方面来谈：一个是西方中心主义，一个是白话原教旨主义。西方中心主义，就是说，新诗以西方为绝对资源。白话原教旨主义，就是说，新诗以白话为绝对工具。这样，不知不觉间，新诗似乎已经走上了一条被视为通衢的不归路，这是一条零传统自觉的不归路。

先说西方中心主义。我们可以从新诗的两个方面，写作和批评，来展开更加深入的谈论。从写作的角度来看，在很大程度上，西方诗乃是新诗的“输出者”（transmitter），或者说是新诗的“美学上游”（这是笔者杜撰的术语）。换一种表述方式，可以这样说，胡适以来很多诗人，他们的身后都站着一位碧眼高鼻的西方父亲。比如，胡适（他被称为中国新诗鼻祖）的身后，站着庞德（Ezra Pound）和蒂丝黛尔（Sara Teasdale）；郭沫若的身后，站着惠特曼（Walt Whitman）；冰心的身后，站着泰戈尔（Rabindranath Tagore）；徐志摩的背后，站着哈代（Thomas Hardy）。这是新诗发轫期的情况，到了今天，情况又怎么样呢？可以说，愈演愈烈。比如，西川的身后，站着博尔赫斯（Jorges Luis Borges）；陈东东的身后，站着埃利蒂斯（Odysseus Elitis）。难道，在这些中国诗人与他们的西方父亲之间，可以展开“平行研究”而不是“影响研究”吗？我们也许可以在韩东与拉金（Philip Larkin）之间展开平行研究（韩东当初并未读过拉金作品），却只能在王家新与帕斯捷尔纳克（Boris Leonidovich Pasternak）之间展开影响研究（王家新曾经直接化用帕斯捷尔纳克原句）。而从批评的角度来看，在很大范围里，新诗研究已经沦为西方诗的影响研究，或者说沦为西方诗学的应用研究。我曾经谈到过：你以为他们在讨论翟永明吗，非也，他们借助翟永明，其实讨论了美国自白派诗人普拉斯（Sylvia Plath）呢，甚而至于，还讨论了美国女性主义批评家肖瓦尔特（Elaine Showalter）呢。这明明是一种悲哀，却被视为一种时尚。

再说白话原教旨主义。新诗的写作与批评，所使用的语言，先是白话，后来就是所谓的口语或现代汉语。我曾经讲过，白话，口语，现代汉语，从诗的角度讲，都只能算是汉语或古汉语的废墟。为什么这么讲？因为这种语言乃是汉语拉丁化——也是逻辑化和工具化——的结果，在很大程度上，在很大范围里，已然彻底丢弃了古汉语的传神的精妙感。原本最适合写抒情诗的汉语，已经沦为最适合写杂文、长篇小说、政论、报告文学或说明文的汉语。所以说，抒情的汉语，已经骤变为叙事或析理的汉语，这样的汉语反而更加有助于迎迓前面曾有提及的西方父亲。从这个角度讲，白话原教旨主义，西方中心主义，焦不离孟，孟不离焦，原本就是一枚镍币的两个面。

就是这样，新诗的写作与批评，很快就进入了一个蓝色时代（西方中心主义时代）。从20世纪50年代到70年代，在大陆，在台湾，这个蓝色时代也曾分别被黄色时代（民族主义时代或民族虚无主义时代）暂时打断。让人心动而又头疼的是，新诗每当处于蓝色时代，就会焕发异彩；而当归于黄色时代，就会渐失生机。我们已经绝望地发现，只能通过西方或西方想象，才能辨明自己的来路和面孔。所以，一部新诗史，无论是写作史，还是批评史，就是一部西方诗或西方诗学的接受史（history of reception）。接受史呢，就是单行道，而不是双行道。在这条单行道上，新诗如同被反复抽动的陀螺。旋转，迷醉，失落，身份焦虑，四者都已经不可避免。只有少数的诗人和学者，于蓝色与黄色时代以外，开始渴慕并试图参与建设一个古今中外相会通的绿色时代（这也是笔者杜撰的术语）。

这样的自觉似乎始于《学衡》。1922年，《学衡》创刊，主编是吴宓，作者有王国维、梅光迪、胡先骕、刘伯明、柳诒徵、吴芳吉、陈寅恪、汤用彤等。他们奉行“昌明国粹，融化新知。以中正之眼光，行批评之职事。无偏无党，不激不随”[①]。这批学者，后来被称为学衡派，热切批判新文化运动，长期被视为新文化运动的逆流。简单地说，吴宓是改良派，胡适是革命派。吴宓的老师，乃美国文学批评家白璧德（Irving Babbitt）。胡适的老师，则是美国哲学家和教育家杜威（John Dewey）。白璧德和杜威的对垒，亦即新人文主义与实用主义的对垒，被吴宓和胡适一点儿不走样地照搬到了中国。但是，到了今天，却必须往细了去分析。胡适和鲁迅的文化极端主义，乃至语言极端主义，缘

① 《〈学衡〉杂志简章》，孙尚扬、郭兰芳编《国故新知论》，中国广播电视出版社1995年版，第494页。

于“大破才能大立”的革命潜意识，原本只是一种姿态，一种策略，一种实用主义，暗藏着文学或文化以外的很多考量（比如思想解放层面的考量）。他们虽然力倡“融化新知”，实际上呢，却并未或忘“昌明国粹”。胡适的先秦名学、中古思想史、禅宗、明清小说和《水经注》研究，鲁迅的古小说、会稽郡故书、嵇康、汉文学和唐宋传奇研究（他的很多论著都以文言写成），都可以反证这个观点。也就是说，新文化运动与学衡派并非你死我活。到了今天，不妨这样讲，虽然这样讲来有些惊世骇俗：在骨子里，胡适和鲁迅也还都是学衡派！既然如此，或许呢，我们已经迎来了一个转机，一个为学衡派正名的转机：与其说他们是新文化运动的逆流，不如说他们是新文化运动的修正主义者。但凡修正主义者，太周详，太严密，太老实，太文弱，本想兼顾各方，从来都是各方不讨好。所以，新诗作者都不理睬学衡派，谁也没有耐心去思考胡先骕念兹在兹的大问题：“白话诗所以仅为白话而非诗。”[①]还是让我们回到新诗发轫期，看看吧，学衡派的书生，新文化运动的革命家，两不顾，各有各的态度和行动。二十年以后，到了1942年，钱锺书写就《谈艺录》，才以东西南北论，呼应了学衡派的国故新知论：“东海西海，心理攸同；南学北学，道术未裂。”[②]从吴宓，到钱锺书，徒有一双火眼；但是诗人们呢，自胡适以降，只剩一颗孤胆，——他们迅速疏离了古典诗，违弃了古典诗学。只有少数中的少数，比如废名，半个

---

① 胡先骕《评〈尝试集〉》，同上，第311页。

② 《序》，钱锺书《谈艺录》，中华书局1984年版，第2页。

卞之琳，小半个辛笛，周梦蝶，某个阶段的余光中和洛夫，小半个张枣，势头正健的陈先发，在西游的余暇，挽留过或正在挽留着传统的余晖。正是这样的挽留，让我们对新诗——还有汉语——的前景意存缱绻。

至于新诗批评，与写作相比，更是让人断肠天涯。从吴宓，到钱锺书，他们更乐意谈论西洋诗或古典诗，只有在批判的时候才稍微提及白话诗。如今，新诗已经脱离白话诗阶段，取得了较为可观的成就，但是批评者与研究者又早已失去了吴宓或钱锺书式的立场和视野。这种阴差阳错，让新诗批评与研究患上了严重的偏头痛。我们或许尚可期待，西洋诗，古典诗，毫无偏见地成全正在发生的当代诗；却仍然难以指望，西洋诗学，古典诗学，毫无偏见地成全正在发生的当代诗学（江弱水教授则是罕见的例外）。新诗批评不但与古典诗学相扞格，甚至与现场、田野和处境相阻隔，从而成为某种学术体制内的案头工作，并反过来强化了从美国和欧洲舶来的已经毫无生机可言的论文规范，——这样的论文规范才合乎职称评定的要求；我们很难想象，钟嵘带着《诗品》，或是司空图带着《二十四诗品》，能够在任何大学里面谋得教授的席位。毫无疑问，这是当前文化和教育中的一个怪现状。

那么，新诗批评究竟应该何去何从呢？笔者认为，新诗批评，乃至一切文学和艺术批评，都应该是问题意识和文体意识的比翼。这里所说的文体，乃是批评而非批评对象的文体；而批评对象的文体，仍然属于这里所说的问题，——要讲完这个绕口令，笔者才有机会得出下面的结论：很少能有批评家能够胜任问题意识和文体意识的比翼，为了掩盖这个窘况，他们倾向于将问题意识前置于文体意识。文体都是小道，问题才是大道，文体应该让路于问题。这些令人遗憾的观点，几乎已经逐渐成为新诗批评的共识。共识能强化优势，也会固定短板，对于文学来说，共识有时候就是囹圄。我们已经置身于这样的囹圄，所以，笔者曾经发出过这样的自嘲与他嘲："批评家挑剔着某个诗人——或某个诗文本——的角度、节奏、语调或想象力，由此写出的批评文本，在角度、节奏、语调或想象力方面却乏善可陈。他们用青铜阐释着白银，用白银阐释着黄金。这青铜，这白银，居然一点儿也不脸红。已经输了几十年，批评家呢，依然顾盼自雄。诗人不再指望批评家，就如同，黄金不再指望白银而白银不再指望青铜。"[①]由此也可以晓得，文体，已经成为很大的问题（如果不是最大的问题）。

为了强化新诗批评的文体学自觉，笔者试图在两个方面有所欲为：一个是感性批评，一个是词条式批评。

先说感性批评。西方诗学告诉我们，写作需要更多的感性，批评则需要更多的理性，只有理性才能胜任对感性的评鉴。故而西方诗学，条分缕析，每与语言学、逻辑学甚或病理学相混。随着西方的躬省，以及东方主义的盛行，20世纪以来，西方诗学忽而出现了一个令人惊讶的感性转向。杨小滨先生特别关注这个现

① 《侥幸的批评家》，胡亮《窥豹录：当代诗的九十九张面孔》，江苏文艺出版社2018年版，第5页。

象，他择取自海德格尔（Martin Heidegger）以降的十二位西方理论家，包括巴特（Roland Barthes）、德勒兹（Gilles Deleuze）、福柯（Michel Foucault）和名气同样很大的克里斯蒂娃（Julia Kristeva），勾勒出一条理性质疑和感性转向的线索[①]。西方诗学的感性转向，其意义，几乎可与西方哲学的语言学转向相提并论。笔者拈出感性批评这块小招牌，似乎呼应了这个世界性的大潮流。故而柏桦先生一语道破，他说感性批评“应了宇文所安（Stephen Owen）所说的‘娱思’（entertain an idea），也应了巴特所说的‘文之悦’（Le Piaisir du texte）”[②]。感性批评并不拒斥理性，恰好相反，甚至需要更加曲折的理性，并将呈现出两者的难分难解。甚而至于，还将呈现出“语言”（langue）和“言语”（parole）的难分难解。新诗批评正须如此，我们所要促成的，是诗与诗的相遇而非诗与手术刀的相遇。这样得来的批评文本，毛茸茸，湿漉漉，充满了官能之美，显示了大快朵颐的感受力和想象力。公安袁中道论唐诗语，“览之有色，扣之有声，而嗅之若有香”[③]，或可直接移用于感性批评。可见感性批评，恰是性感批评。

再说词条式批评。西方诗学的体系化欲望，为现代中国提供了可怕的论文规范。无论是西方，还是中国，都有人意识到这种

① 参读杨小滨《感性的形式》，生活·读书·新知三联书店2016年版。
② 参读《胡亮诗学研讨会纪要》，《中国诗歌研究动态》第21辑，学苑出版社2019年版。
③ 《宋元诗序》，袁中道《珂雪斋集》卷中，钱伯城点校，上海古籍出版社1989年版，第497页。

论文规范对于人性的欺凌和禁锢。要瓦解这种体系化欲望和论文规范，或可重启词条式批评（包括札记式批评或断片式批评）。也许，在有些西方学者看来，此类批评具有人性解放的意义。比如，法国后现代理论的代表性人物波德里亚（Jean Baudrillard）就认为："断片式的文字其实就是民主的文字。"[①]又如，从罗马尼亚来到法国的"令人心惊胆战的哲学家"齐奥朗（Emile Michel Cioran）——此人拒绝撰写通常意义上的博士论文——也认为，"所有系统（哲学）都是专断的，而碎片化思想保持自由"[②]。在某种意义上，这些观点当然可以成立；但是呢，还可以从更小的角度来谈论这个话题。比如，词条、札记、断片与新诗，在文本仪式上具有很高的近似度，这似乎恰好反证了在新诗批评中引进和试验词条式批评的优先性。词条式批评固有的含混性，游刃于可解与不可解之间，暴露了——或者说绕开了——批评的有限性，也给新诗批评的"所当行"和"所当止"带来了一种伸缩自如的空间感。我们很难想象，在新诗以外，词条式批评能够转而适用于戏剧或小说。

却说感性批评和词条式批评，在中国，比在西方都拥有更加久远的历史。甚至可以说，这两者，恰是古典诗学的传统。西方诗学中的感性转向，以及词条、札记或断片转向，看起来具

① 波德里亚《断片集》，张新木、陈旻乐、李露露译，南京大学出版社2009年版，第13页。

② 参读《"一本书是一个伤口"——齐奥朗访谈》，树才译，《世界文学》2017年第1期。

有后现代主义倾向，实际上却与东方主义的盛行存有莫大的干系。因此，我们试图响应的，与其说是西方诗学的转向，不如说是西方诗学的那一点儿东方主义背景。转了几个弯，古典诗学，还是静悄悄地来到我们的面前。古典诗学的思维-语言特征，舍“证”而取“悟”，似“零”而实“整”，可供求得“言有尽而意无穷”的语义效果。禅宗的顿悟、棒喝，文人的诗话、笺注，非熊非罴，非理性，非体系，却都能凭其迷人的召唤式结构，向作者、读者和论者发出欢呼和邀请。最近几年以来，吴子林研究员颇为重视这个问题。他试图在论文规范以外，重启更加活泼而跳脱的述学传统，并命名为“毕达哥拉斯文体”。有意思的是，这个命名虽然来自西方，他所举出的重要例证却是钱锺书。钱锺书再次来到我们的面前，带着锦心而绣口的《谈艺录》和《管锥编》。从《管锥编》回溯，从《谈艺录》回溯，就可以轻易地受洗于吴宓的《空轩诗话》，受洗于王国维的《人间词话》，乃至受洗于前文曾有提及的《诗品》或《二十四诗品》。从这些线索不难看出，实际上呢，感性批评和词条式批评原本也是一枚镍币（古典诗学）的两个面。当务之急呢，就是要用这枚镍币，去矫正前文曾经提到过的那枚镍币。

笔者将感性批评和词条式批评，用于新诗，写成《屠龙术》和《窥豹录》，窃愿能给新诗批评带来一点儿文体学意义上的涟漪。设若唤来同道，毕竟还是幸事。新文化运动早已旗开得胜，到了今天，设若起胡适和鲁迅于九泉，想必他们也会颔许我们共赴这样的殷切：只有当写作与批评同时辨认着我们的传统，辨认着我们的生命，辨认着我们的处境，只有当两者实现了金镶玉一般的联袂，我们才有可能在废墟之上，再次锻造出神龙也似的汉语，并敦促后来者愈来愈坚信汉语对于文体学建设的不可估量而没有止境的潜力。

2019年3月15日

让我们都来认识苏东坡

——给青少年朋友的一封信

亲爱的青少年朋友：

你们好！这次给你们写信，我感到既高兴又羞愧。羞愧的是，我算不上是个诗人，——虽然也曾涂鸦几句，但远远够不上这顶桂冠。高兴的是，我勉强算得上是个读者，并渴望以这样的身份，与你们交换一些关于诗的看法，进而交换一些关于生命的看法。

诗是一种很高级——甚至最高级——的文学形式。为什么这样说呢？一方面，诗是语言的花朵；另一方面，诗还是情感和思想的果实。无论是读诗，还是写诗，都将给生命增加香甜的页码。当然，也不排除，在某些历史时期，会给生命带来苦难的页码。就总体上来说，诗与生命，会逐渐形成一种相互馈赠的关系。生命引导出更加深刻的诗，诗引导出更加高贵的生命，如此奇妙地，两者将共赴更加完美的境界。让我们扳着指头数数吧，从战国的屈原，到东晋的陶渊明，再到盛唐的李白和杜甫，都是这样，他们都促成了诗与生命的辉映。

刚才提到的四位诗人，都是大诗人，他们写出过精金美玉般的作品，为人类的精神世界做出过不可取代的重要贡献。但是呢，如果仔细分析他们的生命特征，这四位诗人吧，都还免不了有点儿瑕疵。比如说吧，屈原，过于激愤；陶渊明，过于消沉；李白，过于狂傲；杜甫，过于痛苦。激愤，消沉，狂傲，痛苦，这些生命特征，本来是时代和命运给个人留下的刻痕，反过来却又强化了个人与时代，还有个人与命运之间的紧张感。也许只有陶渊明，稍微缓解了这种紧张感，却又走上了无为避世的道路。那么，有没有一位诗人，在文学成就上可以比肩于屈陶李杜，而在生命特征上却能呈现出更加开阔、从容而欢乐的气象呢？我可以告诉你们，还真有这么一位，他的名字叫作苏轼。

苏轼生于1036年岁末，按公历换算，则生于1037年岁首。古人都有字有号，苏轼呢，字子瞻，又字和仲，号铁冠道人，又号东坡居士，大家都亲切地称之为苏东坡。苏轼祖籍河北栾城，生于四川眉州，后来辗转工作和生活在开封、凤翔、杭州、密州、徐州、湖州、黄州、常州、登州、颍州、扬州、定州、惠州和儋州等地。从文学和艺术身份来看，苏轼是诗人、词人、散文家，也是画家和书法家；从社会身份来看，他是政治家、士大夫、法官、农民、工程师、佛教徒、瑜伽术修炼者，也是美食家和酿酒业的改革派。或许你们早已知道，的确，他正是中国文化史上的一位集大成的人物。

我准备向你们介绍苏轼的三首诗词，进而介绍这个有趣而无穷的生命。先读第一首，《饮湖上初晴后雨》。诗人曾经两次到杭州工作：第一次，从1071年到1074年，担任杭州通判；第二次，从1089年到1091年，担任杭州太守兼浙西军区钤辖。这些官儿，相当于今天的什么官儿，建议你们去做些功课，弄个清楚。《饮湖上初晴后雨》，就是诗人第一次到杭州工作期间所写："水光潋滟晴方好，山色空蒙雨亦奇。欲把西湖比西子，淡妆浓抹总相宜。"这首诗，难道只是在写西湖？不，我认为，湖景就是心境。山水的浓和淡，生命的雨和晴，同归于如此丰润而喜悦的境界："总相宜"。诗人两次到杭州工作，均当春风得意。那么，你们就要发问了：在失意时，他是否也能臻于同等的境界呢？来读第二首，《定风波》。从1080年到1084年，诗人被贬到黄州，担任团练副使，并无实权，只能开荒种地求得活路，——按常人的眼光看来，这定然是诗人一生中最为困顿难熬的岁月。《定风波》，就是诗人谪居黄州期间所写："莫听穿林打叶声，何妨吟啸且徐行。竹杖芒鞋轻胜马，谁怕？一簑烟雨任平生。料峭春风吹酒醒，微冷，山头斜照却相迎。回首向来萧瑟处，归去，也无风雨也无晴。"这首词再次写到自然——当然也是生命——的雨和晴，新增了几分"料峭"，几分"萧瑟"，仍然同归于如此旷达而高迈的境界："也无风雨也无晴"。所以，林语堂先生就曾说过，苏轼到了黄州，与渔樵为伍，就像海豹回到了大海。海豹回到了大海，哪里还会有什么困顿难熬？这首词还有个小序，必须全文引来："三月七日，沙湖道中遇雨，雨具先去，同行皆狼狈，余独不觉，已而遂晴，故作此。"这里面，也有大慧根，你们一定要好好体悟。我要对你们说，与《饮湖上初晴后雨》相比，《定风波》甚至更加伟大：诗与生命，相互都实现了伟大的引导和确证。除了被贬到黄州，后来，诗人又被贬到岭外的惠州和海外的儋州。那么，你们又要发问了：在暮年时，他是否给出过某种自我评价呢？来读第三首，《自题金山画像》。从1100年到1101年，诗人从儋州北返，中途病死在常州。《自题金山画像》，就是诗人客居常州期间所写："心似已灰之木，身如不系之舟。问汝平生功业，黄州惠州儋州。"为什么诗人认为平生功业都在黄州惠州儋州？我们来分析分析，也许是因为，在这三个流放之地，诗人始终葆有平衡、健康而积极的态度，甚至让诗与生命都焕发出了更加迷人的光辉？

中国人的人格构成，不外乎道家与儒家。道家为己，儒家为人。从某种程度上来看，屈原和杜甫具有儒家人格，陶渊明和李白具有道家人格，而苏轼则促成了这两种人格（还包括佛家人格）的互补：穷则独善其身，达则兼济天下。所以呢，在生命的低谷期，苏轼并没有走向屈原式的激愤，陶渊明式的消沉，李白式的狂傲，也没有陷入杜甫式的痛苦，他直接加入平民生活，获得了一份朴实的满足感；而在生命的高峰期，他主动为平民创造更好的生活，展现了十分真实的责任感。苏轼第二次到杭州工作期间，曾经克服万难，主持营建了复杂而科学的水利工程，至今仍在发挥作用，千百年来，大家都亲切地称之为苏堤。永恒的苏堤，既是西湖的守护神，也必定是苏轼的纪念碑。

这次就说到这儿吧，当然，我也乐意再啰唆几句。几年前，余光中先生接受采访，要他选择一位旅途上的伙伴。余光中先生毫不犹豫地回答说："不会是李白，不会是杜甫，我会选择苏东坡。”在生命的旅途上，如果你们也愿意选择苏东坡，我相信，他一定会成为清风明月般的好友和导师。

亲爱的青少年朋友，我给你们一棵树，你们会给我一座森林。期待你们回信。祝愿你们身体健康，学业进步！

你们的朋友，胡亮

2019年3月21日，遂宁

准游击队员之歌

我总是寄望于另辟蹊径，寄望于渐入佳境，而不愿仓促地谈论诗或诗人，——我如此迷信慢的加持力，就如迷信完美的可能性。但是并非总能得逞。好比舍身饲虎，我早就卷入了这个时代的加速度。以至于，我从来就不缺乏这样的机会：很快就暴露出自己的迟钝，干涸，以及手忙脚乱。但是这次呢，情势更是危急，因为我所面对的乃是杨庆祥。杨庆祥既是学人，又是诗人，——这样说来过于寡淡，实则呢，他既是风华正茂的学人，又是头角崭露的诗人。他的诗，将面对我的批评；而我的批评，亦将面对他的批评之批评。谁是新妇，谁是小姑，一时半会儿，我还真是犯着糊涂呢。

也不知道从什么时候开始，我——还有其他人——倾向于这样认为：对杨庆祥来说，做诗人也许不过是做学人的补偿。一种娱乐，夜宵，或是大呼过瘾的余暇。在写这篇文章以前，我却已经改正了这个成见。诗人早在十三岁，在湖畔，在黄昏，看到一位红裙少女，就已经在天地黯然中孳孕出了诗心。他是做诗人在前，做学人在后，或者更准确地说，做学人是职业的选择，而做诗人才是灵魂的安排。

关于诗人杨庆祥，还存有另外的认知误区。比如，他喜欢写——或只会写——抒情诗。很难界定何谓抒情诗，但是呢，我们可以来设想一下抒情诗的作者：失恋者，热血青年，小资产阶级，古惑仔，狷介者，隐士或是赵子龙式的白袍将军。这些作者，叫嚣而隳突，动辄就在杨庆祥身上现出身影。少年杨庆祥，青年杨庆祥，他的诗，也确实回应——甚至可以定义——我们关于抒情诗的各种想象：浓烈，忧郁，狭窄，绝对，洁癖，自闭与自恋，喜欢收藏象牙，喜欢看镜子，“旧旧的沉溺”，不计后果，却倾心于女性、春天和大地。

首先来读《青岛截句》和《鼓浪屿截句》。青岛也罢，鼓浪屿也罢，甚至落日、啤酒、月季、蛤蜊、细沙和浪花，都是“你”的“面容”，看“海”也就是在看“你”。或可挑出一篇古人尺牍，作为这两组截句的平行文本。这篇尺牍，就是龚定庵的《与吴虹生书》，曾说出这样的妙语：“所至山川景物，好到一分，则忆君一分。”龚定庵心里有位好友，杨庆祥心里有位佳人，故而，一切景语皆情语也。对美的赞美，最后，都会归于恐惧：美景、良友与佳人，又有什么不是临时或暂时的呢？赞美，恐惧，剩给杨庆祥的唯有抒情诗。接着来读《我已经不能享受这孤独的春夜了吗》。春夜，晚花，新绿，都是“菩萨”的“手掌”，“菩萨”的不生不灭也就反衬了我的“忧伤”。或可挑出一首古诗，一篇古文，来作为这首诗的上游文本。古诗就是张若虚的《春江花月夜》，古文就是李白的《春夜宴从弟桃李园序》，两者都曾发出类似的浩叹：“浮生若梦，为欢几何？”春夜终将被菩萨收走，剩给杨庆祥的唯有抒情诗。最后来读《我想拥有一杆长筒猎枪》和《我本来以为这就是我的一生》，——女性，春天，大地，本来不分先后，然而我却愿意把大地放在最后。这两首诗，都有个转轴，就是诗人曾有提及的“大地法”。“父亲”和“我”，前者在山林，守护着大地法，后者入城市，痛失了大地法；两者都是施密特（Carl Schmitt）所谓“游击队员”，只不过呢，“父亲”是个退休的游击队员，而“我”则是个还没有入伍就已经复员了的游击队员。长筒猎枪和格瓦拉（Ernesto Guevara）就这样失传了，剩给杨庆祥的唯有抒情诗，唯有作为“准游击队员”的伤心怀抱。

写了这么一大段，已经让我们更深地陷入了前述认知误区。杨庆祥的诗，其实远不是这样的单纯，——当然呢，单纯，也并非抒情诗的嵌入肉里的指环。我想说的是，他可能另有所谋。比如，营造出一种对话式语境：花与恶的对话，清洁的仪式感与压抑语境的对话，童话与现代羞辱的对话，回忆与当下性的对话，乡愁与远征的对话，颓废感与不朽的对话，死与爱的对话，反讽与哀告的对话，南方之肉体与北方之心的对话，万古愁与历史乐观主义的对话。除了前文提及的作品，还可参读《一株从梦中递来的罂粟花》《她说活着就是让人后悔》《假装有很多人在想念你》以及《世界等于零》。从绝对的意义上讲，没有任何写作能够脱身于对话式语境。杨庆祥所力倡并践行的对话诗学，也就只会是一种狭义的对话诗学，通常只能在个人性与总体性之间展开，在孤胆英雄与历史性逻辑之间展开，或者说在抒情诗与政治哲学之间展开。我们关注这种对话所形成的共识（如果有的话），当然也偏爱妩媚的差异性、停不下来的争吵和再没有商量余地的面红耳赤。我们甚至可以如是断言：在看似民主的对话中，个人的态度和立场，反而将变得更陡峭更嵯峨。杨庆祥写出了“假性抒情诗”（这是笔者杜撰的术语），却奇妙地强化了“公共知识分子身份”。所谓对话诗学，慢慢地，也就在相反的向度上出落成一种子弹般的独语诗学。只不过，随着阅历的增长，人情的练达，以及伤害与被伤害的加剧，这种对话-独语诗学将会趋于隐晦，甚至呈现出退让、迁就或临歧踟蹰的假象：“对比深井还深的眼睛说：我走了/对眼睛里比细雪还细的寒冷说：我走了/对比寒冷的晶体更多一分的冰棱说：我走了。”

杨庆祥目前执教于大学，是个好老师；当年读中学，却是个坏小子。他喜欢逃课，打架，抽烟喝酒。有一次，他去参加群殴，出发前臭美戴上手链，结果对方刚好砍断了这条手链。这条手链——还有抒情诗之雾——就这样救了他的命。

2019年3月29日

说不尽的《鲁拜集》

1

金庸先生笔下的女孩儿，我见犹怜，恐怕最是小昭。小昭之美，好比蔷薇。这蔷薇并没有怒放，恰相反，她在轻寒里收拢了花瓣。收拢之美，甚于怒放。至于雪肤，高鼻，“眼睛中隐隐有海水蓝意”①，倒还都在其次呢。这且不提。

话说当日，小昭和张无忌，困于光明顶密道，她给他唱了四支歌。第一支歌：“世情推物理，人生贵适宜，想人间造物搬兴废。吉藏凶，凶藏吉。”这首歌似在暗示，虽然犯险，她将结下奇缘，他将练就神功。第二支歌：“富贵哪能长富贵？日盈昃，月满亏蚀。地下东南，天高西北，天地尚无完体。”犹言奇缘有尽，神功无奈。第三支和第四支歌：“展放愁眉，休争闲气。今日容颜，老于昨日。古往今来，尽须如此，管他贤的愚的，贫的和富的。”“到头这一身，难逃那一日。受用了一朝，一朝便

① 金庸《倚天屠龙记》，广州出版社2002年版，第679页。下引金庸，亦见此书。

宜。百岁光阴，七十者稀。急急流年，滔滔逝水。”犹言世事无常，人生苦短，须及时行乐也。金庸（叙述者）与张无忌（被叙述出来的叙述者）都认为，“曲中辞意豁达，显是个饱经忧患、看破世情之人的胸怀，和小昭的如花年华殊不相称”，所以呢，张无忌听了不免为之销魂。

小昭所唱的四支歌，出自元曲《［双调］乔牌儿》。查考元人杨朝英所编《乐府新编阳春白雪》，明人朱权所编《太和正音谱》，以及明末清初人李玉所编《北词广正谱》，可初步认定其作者就是元人关汉卿[①]。《［双调］乔牌儿》乃是套曲，共包括八支小曲：《乔牌儿》《夜行船》《庆宣和》《锦上花》《么》《清江引》《碧玉箫》和《歇拍煞》。小昭所唱的四支歌，其实就是《乔牌儿》《夜行船》《锦上花》和《么》。只不过，第三支歌，文字与《锦上花》略异，——很有可能，金庸对关汉卿加了工。关汉卿生卒年不详，生年大约不早于1241年，卒年大约不晚于1324年。小昭和张无忌虽是小说虚构人物，然而《倚天屠龙记》，却每有历史背景可稽。根据好事者的另类考证，六大门派围攻明教，小昭和张无忌困于光明顶密道，应在1357年[②]。那么，小昭能唱《[双调]乔牌儿》，从时间逻辑来看没有任何问题。

---

① 参读王学奇吴振清王静竹《关汉卿全集校注》，河北教育出版社1988年版，第809—813页。

② 参读新垣平《剑桥简明金庸武侠史》，长江文艺出版社2013年版，第439页。

后来，当张无忌与四女同舟，殷离（蛛儿）也唱了上述第四首歌，亦即《么》，最后又唱了——并反复唱着——小昭未曾唱过的两句：

> 来如流水兮逝如风；
> 不知何处来兮何所终！

后经谢逊解说，方知这两句，乃是金花婆婆教给殷离的波斯小曲儿。金花婆婆就是此前的韩夫人，再前的紫衫龙王，更前的圣处女黛绮丝。黛绮丝来自波斯，旅居中土，其后有了女儿小昭，再后带了个小跟班就是这个殷离。

这个情节当然是金庸的虚构，但是呢，也有一定的历史依据。根据摩洛哥旅行家白图泰（Ibn Battuta）记载，他曾在杭州，亲耳听到中土女孩唱过波斯小曲儿。这个记载见于其《游记》，该书定稿于1355年。

2

殷离所唱的两句波斯小曲儿，似乎化用自《么》，实则其作者莪默·伽亚谟（Omar Khayyám），可能要比关汉卿还大两百岁呢。“莪默·伽亚谟”，这是郭沫若的译法，后来还有多种译法，现在似乎通译为“欧玛尔·海亚姆”。笔者采用郭沫若的译法，是觉得，这个译法颇为高古。这且不表；诗人的姓名也有来历，意思是“天幕制造者亚伯拉罕的后裔莪默”。天幕制造者，其实就是帐篷制造者。有学者——包括后文将要叙及的菲茨杰拉德（Edward FitzGerald）——认为，这就是莪默或其父亲的职业。另有学者认为，“伽亚谟”是个古老的姓氏，阿拉伯族中有伽亚谟族，多为天幕制造者，莪默的祖宗或自阿拉伯迁入波斯亦未可知。笔者倾向于认为，莪默不太可能继承父祖的手艺，仍做一位天幕制造者，与此有关，而又大异，他成了一位天象观察者，——这个话题，后文再说。

莪默的生卒年也不详，生年大约不早于1040年，或不早于1048年，卒年大约不晚于1122年，或不晚于1131年，其生平相当于中国的北宋后期，——北宋后期诗人，尤其名诗人，生卒年似乎不至于这么迷离。

与莪默的生卒年相比，其故乡，其行踪，倒还算得上较为清楚。其故乡乃是波斯极东的可拉商州（Khorassán，意为“太阳升起的地方”）首府纳霞堡（Naishápúr，今通译作“内沙浦尔”），盛产棉花、宝石、突厥玉、地毯和陶器，据说当时人口有百万之众[①]。莪默一生颇有壮游：向北，他去过撒马尔罕[②]（Samarqand），——这座古老而具有枢纽意义的中亚大城，

① 可参读斯特兰奇（Guy Le Strange）《大食东部历史地理研究：从阿拉伯帝国兴起到帖木儿朝时期的美索不达米亚、波斯和中亚诸地》，韩中义译注，社会科学文献出版社2018年版，第547—618页。

② 汉文典籍称为康居。金庸的另一部小说《射雕英雄传》，有叙及郭靖随成吉思汗西征，受欧阳锋启发，命令士兵用牛羊腿搭成长梯，登上冰峰，复以帐篷制成圆伞，载人飞入并最终攻陷撒麻尔罕。

连接着波斯、天竺和中土；向西，他去过并长期居留伊斯法罕（Esfahan），——这座以桥和清真寺著称的波斯大城，位于扎因代河畔，扎格罗斯山与库赫鲁山的谷地，当时乃是塞尔柱[①]王朝的首都；又向北，他去过梅尔夫（Merv），——这座绿洲古城，位于撒马尔罕和巴格达之间，乃是古代丝绸之路的要冲。我默晚年回到故乡，去世后，被其弟子葬于桃树、梨树和鲜花之丛。1934年，很多国家联合出资，为他建造了气度非凡的墓园和纪念碑。

我默的主要身份，乃数学家。我默早年（也许是在纳霞堡，谁知道呢）著有《算术问题》，在撒马尔罕著有《还原与对消问题的论证》，在伊斯法罕著有《辨明欧几里得几何公理中的难点》，在梅尔夫与其弟子合著有《智慧的天平》。《还原与对消问题的论证》是其主要成就，按照蔡天新——巧了，这位也是诗人而兼数学家——的说法，此书“完成了代数学的重要发现，包括三次方程的几何解法，这在当时算最深奥、最前沿的数学了。”[②]我默还是天文学家，当然，这可以视为数学家的另一张面孔。在居留伊斯法罕期间，我默受命建造并管理天文台，将旧历法改革为新历法，亦即雅拉里（Jaláli），自1079年3月15日施行，据说其精确程度甚于今天通用的公历。此外，我默还擅长乐理、医学和算命术。至于写诗，恐怕只是他的业余消遣而已。

---

① 塞尔柱，汉文典籍称为古思、乌护或屋古斯，与回鹘同族。

② 《欧玛尔·海亚姆的世界》，蔡天新《轻轻掐了她几下》（这个书名，应该受到揶揄），万卷出版公司2017年版，第20页。

3

上文介绍了历史上的莪默，至于本节，笔者将介绍传说中的莪默。

在故乡纳霞堡，据说莪默就学于大哲人莫瓦伐（Imám Mowaffak），结识了两个外地来的同学：来自图司（Tús）的尼赞（Nizám al Mulk），以及来自阿里（Ali）的霍山（Hasan Ben Sabbám）。三个青年友谊日厚，于是相互约定："苟富贵，勿相忘。"后来尼赞真个做了塞尔柱王朝的宰相，两位老友来访，他根据他们的志愿，让霍山做了官，让莪默得了年金并专致于科学与文学。本来是一件美事，却起了一桩变故。霍山嫌职位太低而擢升太慢，欲图不轨，被发现后逃往叙利亚，在里海南岸的山谷内，创建了一个杀手教宗，被称为伊斯迈里派[①]（Ismailians），训练了一批刺客（assassins）。这个恐怖组织使用毒液，暗杀过很多君王或其他重要人物。最难以接受的是，最终呢，霍山暗杀了仁慈的尼赞。伊斯迈里派臭名昭彰，在西域，可谓谈虎色变闻风丧胆。霍山以降，历代首领都被称为"山老"（或译为"山中老人"）。

这个故事，很多学者都讲过。在《倚天屠龙记》里面，金庸借助于金毛狮王谢逊（也是被叙述出来的叙述者）给张无忌、赵敏、周芷若等人也讲过。本来是传说与历史相混，而金庸和谢

① 这次笔者实在不敢苟同郭沫若的译法："依时美良派"。

逊，却将这个故事引向了绝对的虚构：霍山或历代山老的武功，包括乾坤大挪移，为波斯明教徒习得并传入中土，波斯三使、黛绮丝、阳顶天和张无忌均曾习练。这且不提。

故事还没有最后收尾。根据伊斯兰教苏菲派诗人阿塔尔（Farid al-Din Muhammad Attar）的叙述，尼赞在临终之际发出了这样的吟咏："嗟乎！真主，吾将逝于此风之手兮。"[①]行文至此，各位读者想已看出，我们已经再次靠近了殷离所唱的两句鲁拜。至于是尼赞吟咏了莪默的成句，还是莪默据此得诗，恐怕已经难以说得清楚。

4

莪默所使用的诗体，唤作"四行诗"（Rubái），通译为"鲁拜"，大约在9世纪，出现在波斯和塔吉克，后来盛行于整个儿突厥文化圈。鲁拜最初在民间流行，后来才成为文人的至爱。据说首先为舒库尔（Abu shukur）所用，其后才被鲁达基（Rudagi，850—941）定型。这种诗体没有题目，作者写出若干首构成一组，以数字为序，每首四行，每行五个音步，大都采用间韵（aaxa，abcb）或通韵（aaaa）。

有学者认为，鲁拜就是柔巴依，只不过呢，前者更具有波斯

---

① 转引自《后记》，吴伟编著《鲁拜集插图精选》，西泠印社出版社2018年版，第238页。本文论及《鲁拜集》之插图与装帧，多参考此书，不再另行注明。

色彩，后者更具有阿拉伯色彩。柔巴依也是四行诗，起源于中亚草野。据说6世纪的《敕勒歌》，传为斛律金所作，就用了这种诗体。这种诗体似乎盛行于高昌回鹘王朝（850—1250），——我默所在的塞尔柱王朝，与回鹘王朝颇有渊源，这是因为，塞尔柱人与回鹘人同族。到了回鹘王朝中期，柔巴依大量见于两部巨著：玉素甫（Yusuf）的《福乐智慧》，还有麻赫默德（Mahmud al-Kashgari）的《突厥语大词典》，——1069年，前者完稿于喀什；1074年（另说1077年或1083年），后者完稿于巴格达。从诗体来看，从语音考古学来看，柔巴依与鲁拜定然具有承袭关系。柔巴依的得名，则迟至15世纪。张承志认为，维吾尔文明就是对波斯文明的多次复制，后者被移植于维吾尔绿洲，俯仰皆是，像一株株有魔力的葡萄。他甚至认为，没有经过维吾尔文译本的对校互勘，对波斯诗的研究不能算作完全[①]。那么，似可认为柔巴依承袭了鲁拜，当然呢，或许两者共有一个早已漫漶的阿拉伯源头。必须要强调的是，穆斯林学者——更不用说苏菲主义者——可能就会认为：失去了信仰的柔巴依，才会沦为在辞藻上斗艳的鲁拜，因而我默只能算是鲁拜作者而非柔巴依作者。

另有学者认为，鲁拜就是绝句。绝句也是四行诗，流行于中国。这种诗体起于两汉（比《敕勒歌》还早几个世纪），成于魏晋南北朝，盛于唐宋，蜿蜒流行至今日。绝句可以视为半首律诗，律诗四联（首联、颔联、颈联、尾联）八行，绝句则两联

---

① 参读《波斯的礼物》，张承志《文明的入门》，北京十月文艺出版社2004年版，第319—333页。下引张承志，亦见此文。

四行。绝句又唤作“截句”，而在波斯，鲁拜恰好唤作“断章”（taraneh），又唤作“两联诗”。如果说绝句与鲁拜具有承袭关系，那么，绝句无疑当是鲁拜和柔巴依共有的上游。所以呢，一些翻译家或学者，比如胡适、闻一多、李霁野、钟锦或眭谦，就直接把鲁拜唤作“绝句”，至于张承志，则直接唤作“舶来绝句”。“鲁拜”和“柔巴依”都是音译，“绝句”算是意译。

从塔吉克的“牧羊鲁拜”，还有新疆的“十二木卡姆”来看，鲁拜也罢，柔巴依也罢，与民间音乐的关系都甚为密切。

莪默的诗集就唤作《鲁拜集》[①]（Rubáiyát）。Rubáiyát就是Rubái的复数。系于莪默名下的鲁拜，据说约有一千首，伊朗学者伏鲁基（Furūghī）认为：可信的只有五十七首，最多只有六十六首，能勉强算作他的鲁拜的不超过两百首[②]。但是，全世界的读者，倾向于将莪默视为一切佚名鲁拜作者的总和，一个集体，或是一个符号化的代表。

5

莪默的《鲁拜集》，充满了虚无主义、颓废主义，以及彻底的享乐主义。诗人怀抱骷髅，却更加珍爱鲜花、醇酒和美妇人。甚至没有爱情，只有肉体迷醉。整部诗集犹言世事无常，人生苦

---

① 由于此书大量写及葡萄酒，钱锺书曾将书名译为“醹醅雅”。

② 参读伏鲁基《内沙浦尔的哲人海亚姆》，张鸿年译《鲁拜集》，商务印书馆2017版，第119—163页。

短，须及时行乐也。来读张晖直接从波斯文祖本译来的一首：

人们说袅娜仙女居住在天堂——
那里还有鲜乳、蜂蜜、玉液琼浆。
我们选择醇酒和丽女有何妨？
将来死后升天，不也和这一样！

从这首鲁拜——或我默的任何鲁拜——来看，其氛围，倒是与传说中霍山营造的山中乐园极为相似。意大利旅行家马可·波罗（Marco Polo，1254—1324）曾经如是记载这个山中乐园：“他在两山之间，山谷之内，建一大园。美丽无比。中有世界一切之果物。又有世人从来未见之壮丽宫殿，以金为饰，镶嵌百物。有管流通酒、乳、蜜、水。世界最美妇女充满其中，善知乐、舞、歌唱，见之者莫不炫迷。山老使其党视此为天堂，所以布置一如摩诃末所言之天堂。”[①]这个山中乐园，这个伪造的天堂，被霍山用来培养刺客。伊斯迈里派青年被喂下一种饮料（实际上是麻醉剂），抬入乐园，醒来后即可尽情受用。然后又被喂下那种饮料，抬出乐园，醒来后被告知须完成刺杀任务方可重返天堂。山老及其乐园的结局让我们有机会大呼痛快：蒙古旭烈兀大汗西征，派出猛将围攻乐园，三年未克，后来因为粮绝，山老及刺客团队终于尽作俘虏并被屠杀。

① 《马可·波罗行纪》沙海昂注、冯承钧译，商务印书馆2012年版，第68页。

霍山的山中乐园，早已没了痕迹；莪默的纸上乐园，至今大放光彩。这不但证明了文字坚于城堡，而且证明了莪默的享乐主义无伤于人道主义。尽管如此，莪默的态度，仍然冒犯了苦修的苏菲主义者，——据说莪默一度被视为毒蛇。为此，他曾前往麦加朝圣，并表示已下定决心掷笔噤言。也有学者为莪默辩护，说他正话反说，骨子里还是一个苏菲主义者。这个奇怪的逻辑，似乎勉强可以证明——肯定会引发异议——葡萄酒无伤于《古兰经》。不管怎么样，有一点毋庸置疑，波斯人（伊朗人）迄今拒绝承认莪默为大诗人。

需要补充说明的是，莪默的纸上乐园，却屡见于中国古典诗。张无忌当日听到殷离所唱的两句鲁拜，觉得旋律“说不出的诡异”，而辞意“也和小昭所唱的类似”。这个意思就是，莪默，也近乎关汉卿。元曲没有太强的原创性，多化用前人诗词而成。也就是说，关汉卿也只是冲积出来的一个下游。我们可以轻易找到若干个上游：传为杜秋娘所作的《金缕衣》，李白所作的《春夜宴从弟桃李园序》和《将进酒》，张若虚所作的《春江花月夜》，还有伟大至极的《古诗十九首》，——尤其是《金缕衣》，“劝君莫惜金缕衣，劝君须惜少年时。有花堪折直须折，莫待无花空折枝”，是绝句，也是乐府，可以直接收入《鲁拜集》。世事无常，人生苦短，正是中国古典诗的母题（motif）。所以郭沫若，直接把莪默视为波斯的李白[①]。

---

① 《序言》，郭沫若译《鲁拜集》，中国社会科学出版社2003年版，第6页。

我们已经有了李白，不再需要莪默。故而莪默必将首先西行，然后回头东传，并在这样的曲折路线上得到多次艳遇和加持。

6

莪默去世以后，历七百余年，几乎不为人知。爱默生（Ralph Waldo Emerson）曾举出波斯七大诗人，莪默不在其列。这个美国人不见泰山，有个英国人，却将莪默成功地推荐给了全世界。这个英国人，就是菲茨杰拉德（1809—1883），其一生正当不断收敛的维多利亚时代。菲茨杰拉德自视为孤芳，寡合于贵族，竟日与渔樵为伍，过着幽闭式的隐居生活。作为一位诗人、作家、译者，他一直寂寂无名，——直到他忽然对波斯和莪默产生了兴趣。

菲茨杰拉德无端地相信，其祖居地爱尔兰（古称Erin），与莪默的波斯（亦即伊朗Iran），具有神秘的关联；甚至无端地相信，其与莪默，也具有神秘的关联。1859年，他英译出版了《莪默·伽亚谟之鲁拜集》（*Rubáiyát of Omar Khayyám*），录诗七十五首，定价五先令，卖价一便士，居然还是无人问津，——七十年以后，1929年，这个备受冷遇的第一版被拍卖到每册八千美元。维多利亚时代是个克制时代，或者说，清教主义时代。莪默，以及菲茨杰拉德的莪默，就是那个时代的反调。但是，到了1860年，这本《鲁拜集》，就引发了两个非凡人物的惊艳：一个是罗塞蒂（Dante Gabriel Rossetti），一个是斯文朋（Algernon Charles Swinburne）。罗塞蒂是诗人，也是画家；斯文朋是诗人，也是文学评论家。经过他们的寻觅、赞美和反复推荐，很快，《鲁拜集》洛阳纸贵，成为了英语世界的名著，后来甚至被破例收入了权威的《诺顿英国文学选集》（*The Norton Anthology of English Literature*），——正如有的文学评论家说过的那样，菲茨杰拉德让莪默在英国大诗人中间获得了席位。1868年，菲茨杰拉德出版了《鲁拜集》第二版，录诗一百一十首，文字更加传神，热度有所敛翼，——这算是菲茨杰拉德对那个时代的屈服。1872年，出版了第三版，有删有增，录诗一百零一首，遂成定本。1879年，出版了第四版，堪称善本。1889年，出版了第五版，——相距第一版，时间已经过去了三十年，而菲茨杰拉德已经去世六年。

菲茨杰拉德对莪默的英译，既关心莪默，也关心自我，包含了捣碎、编排、剪接、提炼、改造甚至遗貌取神的重写。他还为鲁拜固定了间韵或通韵，以区别于英文四行诗（quatrain）的交韵（abab）或抱韵（abba）。或许可以这样认为，莪默，菲茨杰拉德，两者的相互选拔，让他们都在更高的境界上获得了涅槃。莪默通过菲茨杰拉德，而成为还魂者；菲茨杰拉德通过莪默，而成为通灵者。尽管菲茨杰拉德生前拒绝承认其为莪默的译者，也不在《鲁拜集》上署名，但是英语世界已将《鲁拜集》视为菲茨杰拉德与莪默共同创造的经典。菲茨杰拉德的好友，也是非凡人物，诗人丁尼生（Alfred, Lord Tennyson）就在给他的献诗中写到："我未见过哪个译本/能像你的这么传神；/一颗行星居然能，/抵得太阳的光辉。"丁尼生的意思就是，莪默是太阳，菲茨杰拉德是行星，但是呢，两者获得了同等的光辉。还有更加极致的说法：行星也是太阳，太阳也是行星。比如，在谈到这件奇事的时候，博尔赫斯（Jorges Luis Borges）就曾说过："一切合作都带有神秘性。英国人和波斯人的合作更是如此，因为两人截然不同，如生在同一时代也许会视同陌路，但是死亡、变迁和时间促使一个人了解另一个，使两人合成一个诗人。"[①]由莪默和菲茨杰拉德合成的这个诗人，终于可以称作大诗人，曾被安特迈耶（Louis Untermeyer）奇妙地唤作"莪默–菲茨杰拉德"（Omar–FitzGerald）[②]。后来呢，有个《鲁拜集》的信徒，将伊朗莪默墓园的蔷薇，播种到了英国博吉墓园（Boulge Churchyard），——菲茨杰拉德就长眠于此。

莪默–菲茨杰拉德的《鲁拜集》，很快风行全球，成为该书进入至少八十五个语种的母本，——只有很少的译者选择波斯文祖本。各个语种的译本，仅纽约图书馆所藏就不少于五百种。到了今天，《鲁拜集》已经成为全世界共有的经典，其版本之多，流传之广，影响之大，据说仅次于《圣经》。

---

① 《爱德华·菲茨杰拉德之谜》，王永年、陈众议等译《博尔赫斯文集》文论自述卷，海南国际新闻出版中心1996年版，第68页。下引博尔赫斯，亦见此文。

② 路易斯·安特迈耶（Louis Untermeyer）《跋》，郭沫若译《鲁拜集》，中国社会科学出版社2003年版，第90—91页。

7

我默没有在菲茨杰拉德英文译本里面——却在波斯文祖本里面——提到过中国，来读张晖的汉文译本：“一杯美酒抵得上一百个信仰，一口芳醇抵得上中国的沃壤。”他可能难以自料，去世后不到两百年，其鲁拜就传到了中国。陈达生曾提及，在福州发现一座波斯人古冢，立碑于1306年，刻有一首波斯文鲁拜，见于伏鲁基确定的六十六首，亦即菲茨杰拉德英文译本的第三十一首。张承志也谈到，清代有位伊斯兰思想大师，唤作刘介廉（1669—1764），其案头经书就包括《鲁把牙忁》[①]，这应该是波斯文祖本，也有可能是突厥文或回鹘文译本。但是，我默要真正进入汉语，还将绕道于英国，绕道于菲茨杰拉德。

中国对我默的译介，始于胡适，其《尝试集》收有一首《希望》，译自菲茨杰拉德英文译本第九十九首。《尝试集》是第一部新诗集，出版于1920年。如果说鲁拜确实源于绝句，那么事情的戏剧性在于：对于新诗来说，当绝句失去了示范性，鲁拜却成为了如此新颖而跳脱的异域参照。

自胡适以降，很多中国文人都加入到了对《鲁拜集》的竞赛式译介。最近一百年，居然出现了近四十种节译本或全译本，出版了上百种的平装版或精装版。参与这项译介工作的，既有胡适的良友林语堂和梁实秋，又有他的死敌吴宓；既有自由体诗人郭

① 这是笔者目前所知“鲁拜集”的最早译名。

沫若，又有格律派诗人朱湘和孙毓棠；既有小说家王蒙，又有职业翻译家黄杲炘、张晖、飞白、李霁野和梁欣荣；既有偶尔试手的闻一多、徐志摩、钱锺书和张承志，又有皓首穷经的张鸿年和看起来也要皓首穷经的眭谦；既有水稻种植资源学家程侃声（废名对他评价甚高），又有麻省理工学院的物理学家黄克孙，以及驻伊朗大使馆的外交官邢秉顺。《鲁拜集》的汉译，可谓高手云集，佳作辈出，一派流芳炫彩的景象。自中国译介外文书以来，这是从未有过的景象和奇迹。

这么多的中国译者，在很多方面，都呈现出很大的差异性。首先，来看他们在母本选择上的差异性。与各国的情形相似，中国多数译者以菲茨杰拉德英文译本为母本，只有张晖、邢秉顺、张鸿年等少数译者以波斯文祖本为母本。究其原因，可能有两个：其一，波斯文专家罕见，而英文专家常有；其二，波斯文祖本较为原始，而菲茨杰拉德英文译本则更加高级，——当然，就有伊朗学者，比如伏鲁基，可能不太认可这样的观点。

接着，来看他们在诗体选择上的差异性。直接以旧诗体——比如绝句——的形式，将鲁拜译入汉语世界，这似乎是个不错的主意。吴宓、黄克孙、傅一勤、江日新、腾学钦、眭谦就都用七言绝句，李霁野、王虹则兼用五言绝句和七言绝句。钟锦最是奇妙，他拼集唐人七言绝句，自己不用一个字，居然也完成了译介任务[1]，他的译本堪称“百衲本”（可以独步中外呢）。柏丽和郭沫若也很奇妙，前者兼用七言绝句和新诗体，后者却兼用新诗体和骚体。到杨虚，则全用骚体。殷离所唱的两句鲁拜，不知金庸何处得来，亦以骚体译成，——林语堂将《鲁拜集》与《离骚》并列，笔者却认为，《鲁拜集》与《离骚》殊不相类，就殷离所唱的两句鲁拜来看，似乎更接近屈原的《天问》。这是闲话不提。新诗体不以格律作为必然要素，而旧诗体，早就形成了苛刻的格律规范。凡是选择新诗体的译者，都加强了格律；凡是选择旧诗体的译者，都放宽了格律（以至于接近了所谓“打油体”）。加强与放宽，殊途而同归，都是为了迁就鲁拜的松散格律。这真是一个有趣的现象。

最后，来看他们在某种敏感度上的差异性。鲁拜作为诗体，并无题材上的规定性，比如只能写鲜花、醇酒和美妇人。但是鲁拜盛行于伊斯兰教区，在穆斯林看来，这种诗体亦应肩负顺从真主的任务。菲茨杰拉德英文译本并无此种敏感，中国译者以此为母本，就有可能更加彻底地丧失此种敏感。对菲茨杰拉德的负责，不一定就是对莪默的负责。以对菲茨杰拉德英文译本第九十九首的转译为例，胡适的“要是天公换了卿和我”，徐志摩的“假如我能勾着这运神谋反”云云，在张承志看来，“均为失真之笔”。这是因为，穆斯林，苏菲主义者，都不可能使用“自

① 比如，钟锦就借来唐人韩偓的“阳精欲出阴精落”、褚载的“星斗离批烟霭收”、吴融的“待得华胥春梦觉”、张籍的“朝光瑞气满宫楼”，共计四句，“转译”出了菲茨杰拉德英文译本第一首。

代造物”的口吻。如果遵循这样的立场，那么黄克孙的汉文译本庶几接近某种本意：

梦游昨夜到天池，
欲借神明剑一枝。
斩碎三千愁世界，
从头收拾旧须弥。

黄克孙对“苏菲味儿”的传递，几乎没有任何问题；但是他的译法，亦即“衍译”，类似于菲茨杰拉德的译法，亦即“创造性翻译”，也许在张承志、穆斯林或苏菲主义者看来，仍然有可能干扰到对鲁拜的双重认知：作为情歌的鲁拜，以及作为哲学的鲁拜。这种哲学，乃是三者的混合：伊壁鸠鲁主义、火教哲学和伊斯兰思想。所以呢，穆斯林译者更愿意以波斯文祖本为母本，用更加粗糙而直接的硬译，准确地捕捉鲁拜中的启示，“以另一种目的，也在一直攀援波斯-阿拉伯的梯子”。这些穆斯林译者，不必都是诗人或作家，有可能是商人、铁匠、裁缝或出租骆驼的人。

8

还是从哲学和宗教学，回到文学，继续我们的话题。

对菲茨杰拉德英文译本的转译，似乎以郭沫若和黄克孙译本最为通行，并曾分别得到闻一多和钱锺书的称赞。闻一多最是热情，却有保留地称赞了郭沫若，他认为后者锤打译文的成绩好于解读原文[①]。钱锺书最是刻薄，却毫无保留地称赞了黄克孙，他认为后者译诗雅贴比美菲茨杰拉德原译。菲茨杰拉德论及译事多次说，“宁为活麻雀，不做死老鹰”，他自谦为“活麻雀”，而钱锺书却称赞黄克孙是“活老鹰”[②]。自谦，当然要打折扣；称赞他人，不免就有搭头。去掉折扣与搭头，方可客观评价黄克孙与菲茨杰拉德。

笔者谈及郭沫若和黄克孙译本的重要性，意在为征引这两个译本，出示更加充足的合理性。读者诸君，这两个译本，就要帮助我们实现本文的夙愿：至少在汉语世界里，还原殷离所唱鲁拜之全豹。还是回到殷离所唱的两句鲁拜，第一句，“来如流水兮逝如风”，见于菲茨杰拉德英文译本第二十八首；第二句，“不知何处来兮何所终”，则见于菲茨杰拉德英文译本第二十九首。金庸所用的译文，或译自菲茨杰拉德，或化用自郭沫若。暂且不管这个问题；现在，我们已经急不可待，要来阅读这两首迷人而伤心的鲁拜。首先引来郭沫若译文：

我也学播了智慧之种，
亲手培植它渐渐葱茏；

① 参读《我默·伽亚谟之绝句》，《闻一多全集》卷三，生活·读书·新知三联书店1982年版，第369—387页。
② 参读封底推荐语，黄克孙衍译《鲁拜集》，书林出版有限公司2009年版。

而今我所获得的收成——
只是“来如流水，逝如风”。

飘飘入世，如水之不得不流，
不知何故来，也不知来自何处；
飘飘出世，如风之不得不吹，
风过漠地又不知吹向何许。

然后引来黄克孙的译文：

辜负高人细解蒙，
希夷妙道未能通。
此心本是无根草，
来是行云去似风。

浑噩生来非自宰，
生来天地又何之。
苍茫野水流无意，
流到何方水不知。

当然，殷离所唱的两句鲁拜，尤其是第二句，其语意还见于菲茨杰拉德英文译本第三十首，以及波斯文祖本的若干首，比如神秘的1207年抄本[①]的第四十五首，“我们从何处来，向何处走”云云。这里不再，也没有必要悉数胪列。笔者只是想要特别说明：殷离所唱的两句鲁拜，也许恰是莪默——还有其他鲁拜作者——反复重写而递相互文的名句。

9

《鲁拜集》所引发的全球性竞赛，除了译介，还有仿写。菲茨杰拉德英文译本第一版，就收有菲氏的三首拟作。从第二版开始，菲氏删去了这些拟作。尽管如此，菲茨杰拉德英文译本，仍然导致了仿写——或新写——鲁拜的怒潮。西方来的鲁拜，中亚来的柔巴依，当然也会拍打着汉语的崖岸。

就笔者向来关注的新诗而言，沈苇，还有孙谦，均曾大规模使用这种诗体。沈苇写了三十三首，孙谦则写了两百首，前者咏叹了新疆的历史、地理和风物，后者则小心翼翼地触摸着尘世或阴影中某种“本体”。沈苇是惊讶的，兴奋的，明快的，沉浸的；孙谦则是敬畏的，顺从的，惶恐的，清苦的。博尔赫斯曾经谈到，《鲁拜集》“以黎明、玫瑰、夜莺的形象开始，以夜晚和坟墓的形象结尾”。沈苇基本上遵循了这个惯例，以黎明开始，以新月收尾；而孙谦，却以落日开始，以阴影中的光明收尾。孙谦恰是一位穆斯林，或者像他说的那样，是一位还没有全部做到

① 伊朗学术界则认为，这个古抄本实际上要晚于1207年。

的苏菲主义者。他的相关写作，从形式，到内容，都呈现出某种去莪默-菲茨杰拉德的特征。他用苦行主义和神秘主义，取代了享乐主义、颓废主义和虚无主义。孙谦放弃了鲁拜和乐园，选择了柔巴依，其柔巴依最终体现为对真主的聆听，对波斯和中亚苏菲主义诗歌传统——比如鲁米（Jalalu'l Din Rumi）——的传承。

也许这个话题，多么奇妙地，还可以追溯到伟大的苏轼（1037—1101）。苏轼生年，略早于莪默，其卒年，略晚于《福乐智慧》和《突厥语大辞典》，——他很有可能接触到了鲁拜或柔巴依。苏轼写过一组绝句，诗题很长，交代了前因后果：《回先生过湖州东林沈氏，饮醉，以石榴皮书其家东老庵之壁云："西邻已富忧不足，东老虽贫乐有余。白酒酿来因好客，黄金散尽为收书。"西蜀和仲，闻而次其韵三首。东老，沈氏之老自谓也，湖人因以名之。其子偕，作诗，有可观者。苏轼（字和仲，又字子瞻）提及的回先生过湖州东林沈氏，发生在熙宁元年（1068年）八月十九日。查考《回仙碑》《侯鲭录》《吴兴备志》和《吴兴掌故》可知，沈东老本名思，字持正，其子偕，曾与苏轼相见于晋陵[①]，——也许正是沈偕向苏轼讲述了回先生其人其事其诗。这个回先生，又叫回道人，自称回山人，姓得有些古怪，长得有些离奇（"其目碧色粲然"），很有可能乃是来自西域的回教徒（亦即伊斯兰教徒或穆斯林）。其人好酒，其诗谈酒，态度和风格，与孙谦大异，倒是与莪默如出一辙。那么，

① 参读王文诰辑注、孔凡礼点校《苏轼诗集》，中华书局1982年版，第588—589页。

回先生所作，还有苏轼拟作，“世俗何知贫是病，神仙可学道之余。但知白酒留佳客，不问黄公觅素书”云云，则七言绝句耶，鲁拜耶，抑或柔巴依耶？

10

《鲁拜集》所引发的全球性竞赛，除了译介和仿写，还有插图和装帧艺术。画家，装帧艺术家，舍《圣经》而取《鲁拜集》，可能是因为前者缚手缚脚，而后者更有助于他们恣意释放视觉想象力。

根据吴伟的搜罗和研究，自美国的维德（Elihu Vedder，1836—1923）以来，已有不少于一百四十位知名画家为《鲁拜集》作插图。维德继承了英国布莱克（William Blake）——既是诗人，也是画家和装帧艺术家——以来的传统，未将插图与文字分列，而让文字成为插图的一个局部。维德以后，让笔者惊艳的画家，还有英国的詹姆斯（Gilbert Zames），美国的兰德贝格（Florence Lundborg），从法国迁居英国的杜拉克（Edmund Dulac），英国的盖迪斯（Ewan Geddes），英国的鲍尔弗（Ronald Balfour），以及英国的贝特曼（John Yung Bateman），据说最近还有泰国裔的普塔皮帕特（Niroot Puttapipat）。这些醉心于《鲁拜集》的画家，推陈出新，流光溢彩，形成了一大胜景。就画风而言，大体上出现了三种倾向：西风，东风，波斯风。这里要特别提及兰德贝格，还有鲍尔弗，他们的黑白线条画，像及了天才的比亚兹莱（Aubrey Beardsley），——像笔者这样的资深比亚兹莱迷，看到这两位的插图，仍然疑心乃是比氏所作而此前未及见者。

画家与装帧艺术家的合作，造就了作为艺术品——而不仅是书籍——的《鲁拜集》。其中，被公认为传世极品的，乃由盖迪斯作插图，由桑格斯基和萨克利夫公司（Sangorski & Sutcliffe）做装帧的三个版本。第一个版本（1910），羊皮封面，画着一只金蓝绿三色孔雀，红宝石书扣，日本犊皮纸印制，编号发行二十五部，其中十部镶嵌了宝石。第二个版本（1910），犊皮纸烫金封面，画着一只孔雀，饰金书顶，手工纸和光面纸印制，编号发行五百五十部。第三个版本（1911），布料烫金封面，画着一只孔雀，饰金书顶，手工纸和光面纸印制，开本小于第二个版本，当时主要面向一般读者发行。这三个版本，尤其是前两个版本，早就已经成为内行的秘藏。

《鲁拜集》的汉文译本，大都选用西方插图。中国画家，迄无作为。在这场全球性竞赛里，为了弥补英国画家比亚兹莱的缺席，笔者期盼中国画家冷冰川的进场。如果冷冰川能够出手，定然可以媲美于维德以后的任何西方画家。中国装帧艺术家倒是已经出手，照笔者看来，短期内不可能比肩于桑格斯基和萨克利夫公司。笔者见过四川人民出版社的一个版本（2017），明式喜相逢缠枝牡丹花纹真丝织锦和岩井茶绿色纯棉细布封面，银线书名，进口特种无酸纸印制，但是内页版式却乏善可陈。该书采用乐园本波斯文祖本（1462），张鸿年、宋丕方汉文译本，伊朗细密画大师马赫穆德·法希奇扬（Mahmoud Farshchian）插图。另有海豚出版社的一个版本（2015），力图呈现维德插图石印本（1884）原貌，真皮或仿皮封面，烫亚金书顶，手工撕裁毛边，开本小于石印版。这个版本编号发行五百部，第一至三号，尼日利亚山羊皮封面，手工制作，由谢泼德（Rob Shepherd）在英国监制；第四至十号，中国羊皮封面，由谢泼德在中国监制；第十一至五百号，仿皮封面。该书采用菲茨杰拉德英文译本，郭沫若汉文译本，维德插图。这个版本，似乎算不得中国的艺术品。

11

前文曾经提到谢泼德，这位先生，与《鲁拜集》有着很深的渊源。1998年，谢泼德书籍装帧公司（Shepherds Book-binders ）收购了桑格斯基和萨克利夫公司。九十七年前，亦即1901年，两位天才的装帧艺术家，桑格斯基（Francis Sangorski）和萨克利夫（George Sutcliffe），创建了这家后来声名远播的装帧公司。

1907年，桑格斯基认识了斯特恩豪斯（John Stonehouse），后者在没有征得其雇主萨瑟兰（Henry Sotheran）同意的情况下，委托前者重金打造一部旷世《鲁拜集》，——以纯手工方式对成品书进行再装帧，满足私人订制，这正是欧洲的一个小小的传统。1909年，桑格斯基及其团队开始工作。他们可能是以前述石印本为底本，经过两年匠造，于1911年完成了这项复杂而艰巨的微雕工程。按照谢泼德的描述，这部书的封面，以蓝色羊皮裱贴成三只孔雀（请注意，是三只孔雀），以红宝石嵌作眼睛，以绿松石嵌入顶冠，以托帕石嵌入若干长翎，孔雀外围嵌入若干宝石，四围以棕色或绿色羊皮裱贴成长藤，以紫水晶嵌作累累葡萄；前封里，以彩色皮革裱贴成一条蛇，盘踞于一大片苹果叶丛，以象牙嵌作蛇牙，以祖母绿嵌作蛇眼睛；前衬页，四角都画着玫瑰；后衬页，四角都画着有毒的龙茄；后封里，以小牛皮裱贴成一颗骷髅，以象牙嵌作人牙，四围都画满了有毒的罂粟花；封底，以桃花心木、椴木、乌木、银丝和珍珠母裱贴成一把伊斯兰特有的四弦琴，四围则嵌有若干宝石，——由此也可以看出，桑格斯基对《鲁拜集》的会心，或已超过了很多所谓的莪默学者。谢泼德还提供了这部书的一组数据：“裱贴了四千九百六十七块皮面”，“烫金就花了两千五百小时”，“所烫的金叶达到一百平方英尺”，镶嵌了“一千零五十一颗宝石，包括红宝石、绿松石、紫水晶、托帕石、橄榄石、石榴石和一颗祖母绿”[①]。这部《鲁拜集》，堪称极品中的极品，巅峰上的巅峰，因而被另外命名为《伟大的莪默》（The Great Omar）。

就在《伟大的莪默》竣工的夏天，亦即1911年夏天，有个纽约商人维斯（Gabriel Weis），恰好在伦敦，于是求购于萨瑟兰。要命的是，维斯出价八百英镑，萨瑟兰却要价九百英镑。1912年春天，斯特恩豪斯试图将此书运往美国。要命的是，美国海关

---

① 参读谢泼德《随泰坦尼克沉没的书之瑰宝》（*Lost on the Titanic*），李凌云译，海豚出版社2015年版。还可参读谢泼德《艺术中的灰姑娘：西方书籍装帧》，李凌云译，海豚出版社2017年版。

要征税，萨瑟兰却不愿缴税。萨瑟兰将此书运回伦敦，想要再卖给维斯。要命的是，萨瑟兰要价七百五十英镑，维斯却出价六百五十英镑。萨瑟兰大怒，拿去拍卖，竟然被维斯以四百零五英镑得手。维斯亦欲将此书运往美国，4月10日，载有此书的大船从南安普顿开往纽约。要命的是，这艘大船叫作泰坦尼克号（Titanic）。最昂贵的书，最奢华的船，传奇般地，一起沉没于茫茫大西洋。让人扼腕长叹的不仅如此，当年7月1日，桑格斯基忽然溺毙，享年只有三十七岁，——桑格斯基与《伟大的莪默》，都被大海，毁灭成不可重现的绝响。

至珍之物，难得善终；至美之人，颇有薄命。《伟大的莪默》让我们想起小昭，想起她与张无忌的惜别，想起大海，这大海也有情也无情，想起她终将归赴的波斯。这篇随笔就要收尾，那就让我们重温金庸那令人肠断的文字：“两人之间的海面越拉越广，终于小昭的座舰成为一个黑点，终于海上一片漆黑，长风掠帆，犹带呜咽之声。”

2019年5月2日

莎士比亚式悖论

——以《罗密欧与朱丽叶》为例

1

伟大作家的共性，也许呢，就在于大海般的丰富性——这种丰富性往往来自若干对犬牙交错般的悖论（paradox）。比如伟大的莎士比亚（William Shakespeare），他既是神话的，又是历史的；既是古典的，又是现代乃至后现代的；既是现实的，又是幻想的；既是严肃的，又是不正经的；既是典雅的，又是色情乃至最色情的——关于色情问题，后文还将较为放松地再次谈及。换句话来说，莎翁既是过去的，又是现在的，还是未来的。这种强悍而左冲右突的丰富性，彻底打消了任何读者试图将莎翁归类的念头。

这样的情形，每见于其他伟大作家。比如鲁迅，他用《彷徨》的感伤，替换了《呐喊》的狂飙，又用《故事新编》的后现代风，替换了《野草》的象征风——谁说得清楚呢，也许是超现实风。又如杜甫，其《饮中八仙歌》似是李白所为，《石壕吏》

似是白居易所为，《秋兴八首》似是李贺与李商隐的合体人所为。

就像杜甫偶尔预演了白居易、李贺或李商隐，莎翁也用《罗密欧与朱丽叶》（*Romeo and Juliet*）中的“春梦婆”[①]，预演了鲁迅《补天》中的“古衣冠的小丈夫”[②]。只不过，鲁迅的缩骨术远逊于莎翁：这个来去无端的春梦婆，她的车子是榛子的空壳，车篷是蚱蜢的翅膀，车辐是蜘蛛的长脚，车夫是灰色的小蚊虫，鞭子是蟋蟀的骨头，挽索是蜘蛛丝，缰绳是天际的游丝，拉车的则是几匹——不是马——而是蚂蚁。古衣冠的小丈夫上书批判了庞大女娲[③]的裸体，而春梦婆呢，却要来成就庞大罗密欧（Romeo）与庞大朱丽叶（Juliet）的好事。

2

那么，在莎翁那么多名剧里，这篇小文为何恰好选中《罗密欧与朱丽叶》？静下心来想想，可能既有笔者的原因，也有他者的原因。

先说笔者的原因。在少年时代，笔者曾惊艳于此剧的一个片段，亦即第三幕第五场，罗密欧与朱丽叶的对话。这是关于夜莺

---

① 参读《罗密欧与朱丽叶》，《莎士比亚全集》第4卷，朱生豪译，中国画报出版社2012年版，第23页。下引莎士比亚，凡未注明，均见此书。

② 《序言》，《故事新编》，《鲁迅全集》第2卷，同心出版社2014年版，第247页。

③ 套用自拉伯雷（François Rabelais）《巨人传》主角的名字“庞大固埃”。

和云雀的小辩论，情感与认知相反相成，悖论成为甜言蜜语的超级工具。这么多年来，这个片段，这个阅读的初夜，早已经成为笔者的潜意识。一直到今天，笔者都固执地认为：以悖论之修辞，写惜别之男女，任谁也难出莎翁之右。无论最终将如何贴近或远离这个片段，本文的面貌，将不可避免地带有初夜回忆录一般的色彩。

再说他者的原因。这个他者乃是莎翁的法兰西知音，没错儿，说的正是几乎同样伟大的雨果（Victor Hugo）。在谈到莎翁名剧的时候，雨果自有妙喻，“哈姆雷特是猜疑的化身，是莎士比亚作品的核心；两极则是爱情，罗密欧的晨之恋与奥赛罗的暮之恋。哈姆雷特是整个的灵魂，罗密欧和奥赛罗则是全部的肺腑。”[①]细察雨果之意，要谈论莎翁，定然绕不开《哈姆雷特》《奥赛罗》及《罗密欧与朱丽叶》。我们可以没心没肺地迷信雨果，就在这三部悲剧中做单选题。《哈姆雷特》与《奥赛罗》都是绝对悲剧（这是笔者杜撰的术语），所以呢，只能选中《罗密欧与朱丽叶》。在谈及这三部悲剧的女主角的时候，雨果也有说法，“在朱丽叶尸衣的皱褶中尚有光明；但在奥菲丽亚和苔丝狄蒙娜的尸布上就只剩下了阴暗，她们一个被轻侮、一个被猜忌。”也许可以狠狠心，把《罗密欧与朱丽叶》称为正剧（悲喜剧）？

---

① 雨果《威廉·莎士比亚》，丁世忠译，团结出版社2001年版，第129页。笔者已将丁世忠所用译名改为通用译名。下引雨果，亦见此书。

3

《罗密欧与朱丽叶》取材于莎翁身边的真事，如果不稍加撮述，我们就很难知晓，历史与戏剧中的家族冲突有何异同，也就很难知晓，非悖论的历史如何转化为悖论的戏剧。

莎翁处于一个什么样的历史时期呢？约克王朝（House of York）与兰开斯特王朝（House of Lancaster）的战争——史称玫瑰战争（War of the Roses）——已成回忆；而都铎王朝（Tudor Dynasty）与斯图亚特王朝（House of Stuart）的斗争正当如火如荼。这类两个王朝（或家族）的仇恨，恰是莎翁多部戏剧共有的背景。传记作家安东尼·伯吉斯（Antony Burgess），像雨果那样，也写过一部《莎士比亚》。他曾叙及莎翁的恩主南安普顿伯爵，并进而叙及他的敌友：与其毗邻的朗家族和丹弗斯家族。这两个家族的宿怨，就可以追溯到玫瑰战争。丹弗斯家族的约翰爵士，是个土豪兼法官，他设了法，终于把朗家族的沃尔特爵士及其仆人收监。沃尔特爵士出狱后，挑起了更大纠纷，导致双方仆人受伤或丧命。事情变得越来越不可控制，后来呢，丹弗斯家族两兄弟，查尔斯爵士和亨利爵士，与朗家族两兄弟，沃尔特爵士和亨利爵士，发生了后果颇为严重的械斗。朗家族的亨利爵士刺伤了查尔斯爵士，丹弗斯家族的亨利爵士则枪杀了朗家族的亨利爵士。这个绕口令般的案件的结局，不会超出我们的想象力：南安普顿伯爵适时出场，他提供了避难所，并帮助丹弗斯家族的两兄弟逃往了法国[①]。

莎翁把这个案件的发生地，从英国迁移到了意大利，迁移到了他在《罗密欧与朱丽叶》开场诗中首先言及的维洛那（Verona）——这个迁移本为避嫌，却让维洛那，凭空得了无量加持，并在数百年中成为全世界青年男女无限向往的圣地。这是闲话，按下不表；却说莎翁还将南安普顿伯爵改写为维洛那亲王，将朗家族和丹弗斯家族改写为凯普莱特（Capulet）家族和蒙太古（Montague）家族。罗密欧就是蒙太古的儿子，朱丽叶却是凯普莱特的女儿。这部戏剧的开篇，就写到这两个家族的仆人的矛盾。后来，凯普莱特夫人的侄儿，也是朱丽叶的表哥提伯尔特（Tybalt），刺死了维洛那亲王的亲戚，也是罗密欧的好友茂丘西奥（Mercutio）。而罗密欧呢，先是刺死了提伯尔特，后又误杀了帕里斯（Paris）——这个帕里斯也是朱丽叶的追求者，既然如此，哪怕他也是维洛那亲王的亲戚，都会在神秘的命运里成为罗密欧的剑下之鬼。

写到这里，我们或许已经看出，朗家族和丹弗斯家族，只有宿怨；而凯普莱特家族和蒙太古家族，有仇亦有情。戏剧呢，显然比历史更加迷乱。莎翁关于人物关系的设计，其匠心主要体现为，既在维洛那亲王阵营为罗密欧安排了对手（帕里斯），又在凯普莱特家族为他安排了情人（朱丽叶）。所以说，蒙太古家族与凯普莱特家族的敌意，罗密欧与朱丽叶的春心，已经为这部悲

---

① 参读安东尼·伯吉斯《莎士比亚》，刘国云译，广西师范大学出版社2015年版，第199—200页。下引伯吉斯，亦见此书。

剧筑就了最根本的像绞索般不断收紧的悖论。

仇家儿女相爱，在欧洲，乃是古老的文学母题（motif），在中国，似是明清以来始有的文学母题。明清以来的很多武侠小说，从清末民初王度庐的《鹤惊昆仑》，到当代金庸的《笑傲江湖》，或已逐渐将仇家儿女相爱的悲剧扭转为大团圆的喜剧。母题与套路，只隔一层纸。好在尚有《梁山伯与祝英台》，尚有田汉的《获虎之夜》，居然将莎士比亚式悖论坚持到了剧终。

4

前文已经牵扯到戏剧的宏观修辞学；下文的任务，不妨转入微观修辞学，龙虫并雕，最后回到戏剧学。比如，我们可以谈及夜莺-云雀悖论、药物悖论、生死悖论，或许还可以把色情问题作为切入点并进而谈及悲剧-喜剧悖论。而在谈及夜莺-云雀悖论以前，且让我们转而谈及另外两个小悖论：罗密欧的爱情悖论，以及朱丽叶的诅咒悖论。

先来看第一幕第一场。我们都知道，最先，罗密欧爱上的是罗瑟琳——这个女人守贞不嫁，丘比特的金箭就老是射岔。罗密欧不停嗟叹，对着蒙太古的侄儿班伏里奥（Benvolio），他发表了这样一通爱情悖论：“啊，无中生有的一切！啊，沉重的轻浮，严肃的狂妄，整齐的混乱，铅铸的羽毛，光明的烟雾，寒冷的火焰，憔悴的健康，永远觉醒的睡眠，否定的存在！”罗密欧认为，如果给他看别的佳人，不会有任何用处，除了帮助他记得罗瑟琳更美。凯普莱特家族将举行假面舞会，罗瑟琳得到了邀请，罗密欧便也决定冒险参加。在这个舞会上，罗密欧认识了朱丽叶，马上忘掉了罗瑟琳，“我从前的恋爱是假非真，今晚才遇见绝世的佳人”。我们已经忍俊不禁地发现，由爱情悖论，牵出了一个不乏喜剧色彩的罗瑟琳悖论——关于喜剧色彩，后文还将不断谈及。

再来看第三幕第二场。朱丽叶也爱上了罗密欧，不久，就传来了后者刺死了她表哥的消息。朱丽叶无限痛苦，对着乳媪（nurse to Juliet），她发表了这样一通诅咒悖论：“啊，花一样的面庞里藏着蛇一样的心！哪一条恶龙曾经栖息在这样清雅的洞府里？美丽的暴君！天使般的魔鬼！披着白鸽羽毛的乌鸦！豺狼一般残忍的羔羊！”“万恶的圣人，庄严的奸徒！”“造物主啊！你为什么要从地狱里提出这一个恶魔的灵魂，把它安放在这样可爱的一座肉体的天堂里？哪一本邪恶的书籍曾经装订得这样美观？”罗密欧的爱情悖论，有多么浮滑，朱丽叶的诅咒悖论，就有多么撕心裂肺。只剩下四颗牙齿的乳媪呢，老糊涂了吧，她只懂得诅咒，却不懂得诅咒悖论。当她祝愿耻辱降临给罗密欧，朱丽叶马上祝愿她的舌头长水疱——这就对了，乳媪，朱丽叶，就在无意间，联手完成了一个双剑合璧式的诅咒悖论。到底是女生外向，表哥终不如情郎。

接着来看第三幕第五场。天快亮了，鸟儿——也许是云雀——已经叫起来了。到底是云雀，还是夜莺呢？夜莺意味着什么？且偷欢。云雀意味着什么？将犯险。罗密欧与朱丽叶，来来往往，展开了左右为难而又无限缱绻的小辩论。来听朱丽叶如何表达挽留：“那刺进你惊恐的耳膜中的，不是云雀，是夜莺的声音；它每天晚上在那边石榴树上歌唱。相信我，爱人，那是夜莺的歌声。”来听罗密欧如何表达担忧：“那是报晓的云雀，不是夜莺。瞧，爱人，不作美的晨曦已经在东天的云朵上镶起了金线，夜晚的星光已经烧烬，愉快的白昼蹑足踏上了迷雾的山巅。”来听朱丽叶如何继续挽留：“那光明不是晨曦，我知道，那是从太阳中吐射出来的流星。”来听罗密欧如何接受挽留：“我愿意说那边灰白色的云彩不是黎明睁开它的睡眼，那不过是从月亮的眉宇间反射出来的微光；那响彻云霄的歌声，也不是出于云雀的喉中。”来听朱丽叶如何终而担忧：“天已经亮了，天已经亮了；快走吧，快走吧！那唱得这样刺耳、嘶着粗涩的噪声和讨厌的锐音的，正是天际的云雀。”

我们已经可以发现，这个片段，除了夜莺-云雀悖论，还夹杂着阳光-星光-月光悖论。莎翁欲写朱丽叶的挽留（情感），但写夜莺而已；欲写罗密欧的担忧（认知），但写云雀而已，但写晨曦而已；欲写朱丽叶的继续挽留（情感），但写星光而已；欲写罗密欧的接受挽留（情感），但写夜莺而已，但写月光而已；欲写朱丽叶的终而担忧（认知），但写云雀而已。云雀从来没有这么难听，晨曦从来没有这么难看；夜莺从来没有这么可疑，星光和月光从来没有这么不可信。衷肠与愁肠，春心与忧心，此起彼伏，千回百转，借来夜莺和云雀一举写尽，借来阳光、星光和月光一举写尽。世间妙文，竟至于斯。

也许——笔者难以确知——正是因为有了《罗密欧与朱丽叶》，杰出的哈罗德·布鲁姆（Harold Bloom）才得出了这样的惊人结论：“如果说塞万提斯发明了含混的文学反讽（它彰显于卡夫卡的作品之中），那么我们可以说，莎士比亚真正地发明了情感与认知的矛盾反讽并使之左右了弗洛伊德。我日益吃惊地发现，莎士比亚的出现会使弗洛伊德的原创性消失。”[①]

5

夜莺–云雀悖论属于微观修辞学，下文将要谈及的药物悖论，则有可能从微观修辞学逐步转向社会学或哲学。

在这部悲剧里面，先后出现过两种药物。第四幕第一场，好心的劳伦斯神父（Friar Laurence）送给了朱丽叶一瓶安眠药。这瓶安眠药可以让人陷入死亡般的酣睡，并在四十二小时后还魂。第五幕第一场，皱着眉头的寒酸的卖药人（an apothecary）卖给了罗密欧一瓶毒药。这瓶毒药可以让人立刻死亡，哪怕有二十条命。莎翁——如同很多伟大作家那样——对植物学了若指掌，安眠药与毒药，并非全然凭空捏造。根据玛格丽特·威尔斯（Margaret Willes）的研究，朱丽叶得到的安眠药应该是“颠茄”（又叫“沉睡的龙葵”，也许不至于如此神效），而罗密欧得到的毒药应该是“乌头”（又叫“狼毒”）。毒药，安眠

① 《经典的中心：莎士比亚》，哈罗德·布鲁姆《西方正典：伟大作家和不朽作品》，江宁康译，译林出版社2005年版，第55页。

药，各种寒热药，大都是植物的萃取物——这算是个植物学悖论吗？[1]

卖药人游刃于植物学悖论，却困心于社会学悖论。按照曼多亚——罗密欧的避难地——的法律，出售毒药，要处以极刑。卖药人既面临着法律-金钱悖论，还面临着良心-金钱悖论。恰是罗密欧，毫不费力地，说动他收下了金钱，售出了毒药。末了，罗密欧还抛给卖药人一个毒药-金钱悖论：你没有把毒药[2]卖给我，是我把毒药卖给你，因为金钱是更坏的毒药。

而劳伦斯神父——如同先知——却将一切悖论导向了哲学悖论，早在第二幕第三场，他就有过意味深长的独白：天地之间没有多余之物，毒草与灵葩各有玄妙，使用得当，恶木可以救人，使用不当，嘉禾可以害命，人心与草木相同，善意有可能带来恶果，恶意也有可能带来善果。云云。或许可以这样来说，《罗密欧与朱丽叶》的第二幕第三场，相当于《红楼梦》的第五回，而劳伦斯神父的独白，相当于金陵十二钗的判词，都有预告戏剧角色——或小说人物——命运的谶语功能。

6

安眠药和毒药，也就是颠茄和乌头，乃是《罗密欧与朱丽

① 参读玛格丽特·威尔斯《莎士比亚植物志》，王睿译，人民文学出版社2019年版，第1、34—36、77页。

② 罗密欧甚至认为，那不是“毒药”，而是替他解除痛苦的“仙丹”。

叶》第四幕和第五幕的顶级道具。朱丽叶服下了安眠药，葬于凯普莱特家族墓地。劳伦斯神父派出约翰神父（Friar John），送信给罗密欧，约定后者一起去救朱丽叶。命运却有了另外的安排：约翰神父被疑染疫，遭到了强制隔离，这就要命了，他并未完成送信任务。而罗密欧的仆人，也就是鲍尔萨泽（Balthasar），却将朱丽叶的死讯顺利地带给了主人。罗密欧对劳伦斯神父和朱丽叶的险计毫不知情，他从曼多亚赶回维洛那，提前进入墓穴，在吻别朱丽叶以后喝下了毒药。劳伦斯神父随后赶到墓穴，朱丽叶方才苏醒，她也在吻别罗密欧——后者的双唇还沾着些毒液——以后把短剑刺入了自己的前胸。

我们或许已经看出，《罗密欧与朱丽叶》有点像《牡丹亭》。《牡丹亭》的作者，明代戏曲家汤显祖——巧了，他与莎翁都卒于1616年——曾经在《作者题词》中写道："情不知何起，一往而深。生者可以死，死可以生。生而不可与死，死而不可复生者，皆非情之至也。"[①]杜丽娘之死，死而复生，最终与柳梦梅共享佳期。朱丽叶之死，死而复生，生而复死，最终与罗密欧同赴黄泉。《罗密欧与朱丽叶》有点像倒叙版的《牡丹亭》：对后者来说，死亡只是开头，恩爱才是结尾；对前者来说，恩爱才是开头，死亡却是结尾。前者由喜剧变成悲剧，后者却由悲剧变成喜剧。这两部参差同时的名剧，再次显示了中西文化的差异；而《罗密欧与朱丽叶》，最终必将深陷于"生者可

① 汤显祖《牡丹亭》，徐朔方、杨笑梅校注，人民文学出版社1982年版，第1页。

以死”与“死可以生”的旋涡式悖论，这是命运或造化小儿的悖论：此死而彼生，彼死而此生。

7

前文曾经提出一个问题：也许可以狠狠心，把《罗密欧与朱丽叶》称为正剧（悲喜剧）？现在呢，就来回答这个问题。就某种意义而言，不是绝对悲剧，也不是绝对喜剧，恰是正剧，才会涌现出更多悖论，亦即奇妙的悲剧–喜剧悖论。

首先，要迂回到对莎翁的某个判断。莎翁的姓（Shakespeare）与名（William，昵称威尔Will），都具有丰富的色情意味，似乎先天注定，他还真就成了一位色情乃至最色情的作家。就莎翁写到的范围（嫖妓、乱伦、手淫、同性恋等）和程度而言，正如西川所说，“在色情方面，莎士比亚大大超过了薄伽丘”[①]。傅光明先生曾谈到，有位很有趣的语言学家，埃里克·帕特里奇（Eric Partridge），甚至居然专门写过一部《莎士比亚的淫词浪语》（*Shakespeare's Bawdy*）。傅光明还曾谈到，很多语种——不徒汉语——在翻译莎翁的时候，都做了去色情的处理，从而试图建立一个斯蒂芬·马凯（Stephen Marche）所说的

---

① 《色情的莎士比亚》，西川《让蒙面人说话》，东方出版中心1997年版，第46页。

"无性的莎士比亚"[1]。然而，色情与幽默感往往互为表里，去色情或无性的结果，定然导致幽默感的大量流失。就《罗密欧与朱丽叶》的汉译本而言，朱生豪或梁实秋提供的节译本（洁本），在某种程度上，确实将这部悲剧更有力地推向了绝对悲剧。

其次，要迂回到对茂丘西奥的某个假设。《罗密欧与朱丽叶》的两个重要配角——茂丘西奥和乳媪——都是段子手，都有色情玩笑的天赋。当然，归根到底呢，其实还是莎翁的天赋。第一幕第三场，乳媪讲起她的丈夫，若干年前，在地震后搀起朱丽叶的情景："她额角上肿起了像小雄鸡的睾丸那么大的一个包哩；这一摔可不轻，她痛得放声大哭；'啊！'我的丈夫说，'你往前扑倒了吗？等你年纪一大，你就要往后仰了；是不是呀，朱丽？'她停住了哭声，说，'嗯'。"乳媪把这番话唠叨了好几遍，最后被凯普莱特夫人和十四岁的朱丽叶先后打断。在中国的戏剧或小说里，乳媪或其他下人绝不会对未出阁的小姐——当然也是女主角——开这种色情玩笑。而与茂丘西奥相比，乳媪就显得过于含蓄了。第二幕第一场，茂丘西奥——依靠脑补——讲起了他的朋友罗密欧，几分钟前，翻墙进入了凯普莱特花园后的情景："此刻他该坐在枇杷树下，盼望他的意中人正是他口中的枇杷。——啊，罗密欧，但愿，但愿她真的成了你到口的枇杷！"这是典型的朱生豪的节译本（洁本），据说原文直译应该是这样："此刻他该坐在欧楂树下，他希望他的情

---

① 参读傅光明《罗密欧与朱丽叶：一对殉情的永恒爱侣》，莎士比亚《罗密欧与朱丽叶》，傅光明译，天津人民出版社2018年版，第265页。

人就是欧楂。啊，罗密欧，啊，她就是欧楂，而你是大青梨！”根据威尔斯和傅光明的研究，“欧楂（openarse）”或“大青梨（popperinpear）”，恰是女根或男根的民间隐喻。朱生豪略去了“大青梨”，将“欧楂”改译为“枇杷”，也算得上是煞费苦心——因为在中国语境里面，自薛涛以来，“枇杷门巷”就专指“青楼”。如前所述，给整个悲剧，茂丘西奥带来了性的双关语和幽默感。但是呢，他过早地死于第三幕第一场。在谈到《奥赛罗》的时候，奥登（Wystan Hugh Auden）曾经这样说：“奥赛罗在实际谋杀苔丝狄蒙娜之前的任何一个时刻，他都可能控制嫉妒之情并发现真相，从而将悲剧转换为喜剧。”[①]那么，如果不是因为茂丘西奥的过早的死，《罗密欧与朱丽叶》会不会转换为喜剧呢？罗密欧——正如很多男主角那样——没有幽默感，朱丽叶——正如很多女主角那样——不懂或假装不懂性的双关语。只有像茂丘西奥或乳媪这样的配角，才会让悲剧在奔向绝对悲剧的中途充满了不确定性。现在呢，我们就可以得出一个有趣的结论：某个配角制造了悲剧的悲剧–喜剧悖论，而这个配角出现时间的长短，则决定了悲剧转换为正剧或喜剧的可能度。正是因为如此，王佐良先生认为，莎翁的艺术乃是混合的艺术：喜剧混合了喜剧和悲剧，而悲剧混合了悲剧和喜剧。

可借美国电影《绿皮书》（*Green Book*）作为旁证。《绿皮书》有两个关键人物，一个是黑人唐（Don Shirley），他优雅、

---

① 《世界》，奥登《染匠之手》，胡桑译，梵予校，上海文艺出版社2018年版，第234页。下引奥登，亦见此书。

博学、高尚、忧郁、不苟言笑、文弱，具有依赖性和抒情的天赋，精通钢琴和音乐艺术，对男性的兴趣大于对女性；一个是白人托尼（Tony Lip），他粗鲁、随便、冲动，爱吃炸鸡，具有幽默感和扭捏的自尊心，爱说脏话，爱占小便宜不贪大便宜，精通社会潜规则，关键时刻能够挺身而出。这部电影的悖论在于，黑人的白人化，白人的黑人化；悖论还在于，黑人雇了白人做他的司机前往种族歧视很厉害的南方。由于两个角色都活到了剧终，这个颠倒的种族悖论，终于将可能的悲剧转换为喜剧，并以令人忍俊不禁的方式批判了种族歧视。或许我们可以这样认为：最终呢，托尼从配角变成了主角，唐则从主角变成了配角。

所以说，悲剧-喜剧悖论既是个配角问题，又是个色情问题，还是个翻译问题。我们当然指望，在朱生豪和梁实秋以外，傅光明的全译本（足本）能将《罗密欧与朱丽叶》稍微拽回到正剧。

8

我们还可以稍微放开罗密欧，从传播学的角度，或者接受理论的角度，借来傅光明的资料，在本文中最后一次谈及朱丽叶。

在迷人的名城维洛那，在卡佩罗路（Via Cappello）二十三号，在一座中世纪院落里面，市民们早已认定了一栋13世纪罗马式两层小楼。大家都相信，这就是朱丽叶故居，当然还带有爱情的阳台。在故居后院，树立了一座朱丽叶青铜雕像。那里流传着一种茂丘西奥式的说法：要摸到这座青铜雕像的右乳房，才能祈得爱情的圆满。笔者认为，这是个古怪的悖论：难道一定要用轻度猥亵的方式，才能表达对贞女朱丽叶的迷信？

朱丽叶绝不会移情别恋，为了罗密欧，她还拒绝了帕里斯伯爵。尽管如此，每年呢，维洛那和“朱丽叶”都会收到数千封情书，朱丽叶俱乐部——由十几个自愿者组成——专门负责回复。到了1993年，朱丽叶俱乐部和维洛那市文化局设立了“亲爱的朱丽叶”最佳来信奖，定于每年2月14日——西方情人节——举行颁奖典礼。笔者认为，这也是个古怪的悖论：难道一定要用群起求爱的方式，才能表达对贞女朱丽叶的尊重？

9

单凭《罗密欧与朱丽叶》，我们已经清楚地看到：所有角色的悖论，都是戏剧、作者和这个世界的悖论。所有修辞学、哲学、戏剧学或传播学的悖论，都是人性的悖论。莎翁的丰富性——正如杜甫、汤显祖或鲁迅——就在于，最终，他还激活了读者或观众的更加无垠的悖论。

最后，让笔者引来雨果、奥登和伯吉斯——他们都曾经在前文现身——作为这篇小文的结束语。这三位才智之士，分别面对莎士比亚，却得出了如此接近的结论——雨果说：“诗人从自身出发，最终到达我们身边。”奥登说：“也许这正是莎士比亚这类戏剧的伟大价值所在，无论观众看到舞台上发生了什么，最终的效果都是‘自我揭示’。”伯吉斯说：“莎士比亚就是我们自己，是忍受煎熬的凡人俗士，为不大不小的抱负激励，关心钱财，受欲念之害……我们都是威尔。莎士比亚是我们众多救赎者中一位救赎者的名字。”

2019年8月21日

半首诗，半部诗学

——《中国新诗总论》读札

1

新诗芳龄，已逾百年，来一番瞻顾，已然如此迫切而重要。在谢冕先生主持下，经过多位学者襄助，已编纂出版了两部巨著：十卷本的《中国新诗总系（1917—2000）》[①]（下文简称《总系》），以及六卷本的《中国新诗总论（1891—2015）》[②]（下文简称《总论》）。这两部巨著，分别着眼于诗与诗学（理论与批评），让百年新诗得到了较为精确而丰富的呈现。笔者深信，这两部巨著，不仅是当前最公允、最赅备、最成体系、最有担当的重要选本，而且必将在较长的时间段以内被不断巩固为经典选本。

其实，《总系》前八卷着眼于诗，末两卷——亦即理论卷和史料卷——也以较大篇幅兼顾了诗学。某种意义上说，《总论》

① 人民文学出版社2010年版。
② 宁夏人民教育出版社2019年版。

就是对《总系》末两卷的有限扬弃和大规模增补，甚而至于，已经达臻了两骏连辔的程度。

《总论》仍然由谢冕担任总主编，分为六卷，第一卷（1891—1937）由姜涛先生担任主编，第二卷（1938—1949）由吴晓东先生担任主编，第三卷（1950—1976）由吴思敬先生担任主编，第四卷（1977—1989）由王光明先生担任主编，第五卷（1990—2015）由张桃洲先生担任主编，第六卷亦即翻译卷由赵振江先生担任主编。这七位编者，老中青联袂，可以说是荟萃了一时硕彦。

“吾爱吾师，吾更爱真理”。虽然任何人都没有资格自诩真理在握，笔者仍将赞美——并挑剔——这部巨著；在挑剔的时候，也就暂时顾不得七位编者所付出的巨大心力。

2

首先，要谈谈反方的缺席与有限出场。

新文化运动——白话诗运动——已经获得了充分的合法性，关于这个运动的历史书写，早就成为一种典型的雄辩书写。在这样的雄辩书写中，反方不断退场，乃至最终缺席。“必不容反对者有讨论之余地。”[1]想想看，胡适的反方安在？陈独秀的反方安在？梅光迪与任叔永安在？他们早已成为历史的逆流，学术的

---

① 陈独秀《再答胡适之》，《独秀文存》，安徽人民出版社1987年版，第689页。

背影，仅在被批判的时候才被挪用作瓦碎的宾语。

然而，随着新文化运动的大获全胜，其过度后果也开始逐渐显现。我们当然认可新文化运动的启蒙使命，却也不妨稍微反思这种启蒙的过度后果（甚至可以称为消极后果）。新文化运动的消极后果，总而言之，就是传统虚无主义，分而言之，就是语言上的白话原教旨主义和文化上的西方中心主义。从文学本体论的角度来看，本文更为关心的白话诗运动，原本不必额外负担新文化运动的启蒙使命，也不必额外承受这种启蒙的消极后果。然而，事实恰好相反：白话诗必须扮演启蒙的先锋，甚而至于，革命的先锋。胡适和陈独秀，从来不是就诗论诗，他们关于诗的过激主张，如果剔除了启蒙或革命诉求，幸存下来的诗学价值已经极为有限。

已经养成了习惯的雄辩书写，其可怕之处在于，对诗学价值与启蒙价值（或谓思想史价值）的评估往往缠夹不清。比如，我们肯定了胡适和陈独秀的启蒙价值，却在无意间大为拔高了其诗学价值。又比如，我们否定了学衡派的启蒙价值，却在无意间大为贬低了其诗学价值。学衡派，继承梅光迪与任叔永，恰是胡适和陈独秀的绝对反方。如果我们仅仅着眼于诗学价值，到了今天，定然会叹息着承认：学衡派诸公实在远超白话诗诸公。随着前述消极后果的不断显影，学衡派的诗学价值必将越来越醒目地突现在我们面前。

最为经典的例证，就是以文言写就《评〈尝试集〉》（胡先骕）。胡先骕正是学衡派的大将，他关于《尝试集》的论断，既能融化新知，又能昌明国粹，确实具有不激不随的态度和风度。关于《尝试集》，这篇两万字的雄文，算得上是最为详尽而公允的研究。然则诗学上的公允，却被视为启蒙上的保守，故而此文长期被弃如敝屣。笔者很兴奋地看到，几经犹豫，姜涛还是将这篇雄文选入了《总论》。在长期缺席以后，这算是学衡派的有限出场。

学衡派的主帅，并非胡先骕，而是更加了不得的吴宓——他却反而彻底地缺席于《总论》。吴宓曾多次论及白话诗或新诗，虽然大异于胡适和陈独秀，却别有超越时代和地域的意义（亦即文学本体论意义）。可以参读的诗论，至少当有亦以文言写就的《论新文化运动》《论今日文学创造之正法》《论诗之创作》《诗韵问题之我见》《挽徐志摩诗附识》。而吴宓的《空轩诗话》，虽然以同时代旧体诗为讨论范围，却向我们推荐了一位与新诗相关的重要人物——常乃悳，此君擅长七言歌行体，所作《论新诗》，乃是以旧诗论新诗的妙文，先后论及胡适、康白情、俞平伯、冰心、刘大白、郭沫若、汪静之、徐玉诺、陆志韦、吴芳吉，堪称以七言歌行体写就的新诗草创史。虽然常乃悳——包括吴宓——对新诗很失望，“旧统已溃新未成，诗运国运亦同尔”，却也有展望，“诗成雪泪望将来，早见韩潮与苏海”[①]。可见学衡派，并非保守派，而是会通派，他们全都精通左右互搏之术。对这段历史，姜涛素有研究，然而笔者仍然不

---

① 《常乃悳将军歌与论新诗》，《吴宓诗话》，商务印书馆2005年版，第240—241页。

满足于他的分寸感。学衡派诸公，对新文化运动——白话诗运动——给出了及时而有针对性的提醒。到了今天，或可将当时的无效提醒，大张旗鼓地转换为及时的有效提醒。

3

第二，要谈谈理论与批评。

无论古今中外，理论与批评，都是诗学之双翼。单就新诗而言，理论与批评，却有南阮北阮之别。批评文集是有很多，新诗史亦有不少，体系化的理论专著却甚为鲜见。《总论》也呈现了这个瘸腿般的事实：我们从不缺乏批评的包厢，却似乎并未建立理论的堂庑。

体系化的理论专著，屈指数来，也就那么几部。我们已经看到，朱光潜的《诗论》，王力的《汉语诗律学》（更多讨论古典诗律），都已经进入了《总论》的视野。吴晓东选入了《诗的境界——情趣与意象》（朱光潜），而吴思敬选入了《中国格律诗的传统和现代格律诗的问题》（王力）。除了《诗论》与《汉语诗律学》，值得关注的理论专著，笔者以为尚有蓝马的《前文化导言》，李震的——不是《母语诗学纲要》，而是——《神话写作与反神话写作》（虽然此文沾染了一点儿二元论的恶习），也许还有敬文东的《感叹诗学》与《味觉诗学》（但是这两部书都超出了《总论》的时间下限）。

关于蓝马的《前文化导言》，长期以来，坊间以讹传讹，学界将错就错，现在已经成了一笔糊涂账，一宗无头公案，笔者非常乐意借此机会还原真相。1986年，蓝马与周伦佑商议创办《非非》，约定由蓝马起草《前文化导言》，周伦佑起草《非非主义宣言》。蓝马如期完成《前文化导言》，分为七节："前文化与文化""前文化语言与文化语言""前文化思维与文化思维""前文化的文学观和艺术观""前文化与非非艺术""前文化的美学原理"，以及"非非诗歌中的前文化还原"。然而周伦佑却没有完成任务，两人商议，临时抽出《前文化导言》第五节，当作《非非主义宣言》，署名"蓝马执笔"；又临时抽出《前文化导言》第七节，经周伦佑小改，当作《非非主义诗歌方法》，署名"周伦佑、蓝马"。《前文化导言》最终只保留了前四节，与《非非主义宣言》《非非主义诗歌方法》，一起刊发于《非非》创刊号，看上去就像彼此毫无瓜葛的三篇文章。1987年，蓝马续写完成最后三节："作为精神命运的取向活动的前文化观念""作为文化成就的内化结果的文化观念"，以及"太阳法则与矛盾法则"。至此，《前文化导言》有了十节，可以说，既是诗学专著，又是哲学专著，还是语言学专著。蓝马当时读过维特根斯坦（Ludwig Josef Johann Wittgenstein），却不知巴特（Roland Barthes）为何方神圣，然而他却以维特根斯坦式文体，未卜先知般地阐述了巴特式问题。笔者的意思是，《前文化导言》乃是一部具有高度原创性[①]的理论专著，暗合并呼应了20

① 蓝马却对笔者说，其观点，早就被佛陀说得更加深刻而圆通。笔者经查《金刚经》，确证"非非"亦是旧词。

世纪世界哲学的语言学转向。就在参差同时，蓝马还完成了《什么是非非主义》《前文化系列还原文谱》《形容词与文化价值》《非非主义第二号宣言》《语言作品中的语言事件及其集合》《语言革命——超文化》《新文化诞生的前兆》等文章，均可作为《前文化导言》的注脚[①]。如果说周伦佑是中后期非非派的心脏，那么蓝马就是早期非非派的灵魂，《总论》对他的罔顾，也许是一个较为重大的遗憾。

4

第三，要谈谈细读与宏观诗学。

细读与宏观诗学并非截然对立，可以说，前者是雕虫，后者是雕龙，前者是后者的柱础，而后者是前者的帷幕。但是，为了论说的方便，笔者权且将细读的对象设定为某件作品，而将宏观诗学的对象设定为某种程度上的共性问题或苗头性问题。也就是说，细读乃是修辞或语义分析，而宏观诗学则必然落实到问题或向度研究。

在白话诗和新诗的草创期，谈论问题，选择向度，才是要事与急务，故而不得不热衷于雕龙的壮举。与这样的草创期相适应，笔者很是期待，《总论》应该更多地展示宏观诗学成果。这七位编者，果然也以很多次重彩，较为清晰地呈现了百年来宏

① 蓝马听取笔者建议，已将《前文化导言》恢复原貌。参读《海水与浪花》，《蓝马诗文集》，作家出版社2011年版。

观诗学的大关节：白话，自由体，新形式与新格律，象征派，现代派，散文化，大众化与民族化，政治讽刺诗，朗诵诗，象征、玄学与现实的综合，古典加民歌，革命现实主义和革命浪漫主义，孤悬的现代性（台湾），再启蒙，人性与主体性，女权，叙事性，后现代性，唯修辞，以及静悄悄的传统和汉语自觉，——可惜仍未涉及越来越重要的生态诗学。这些大关节有先后，有反复，有交叉，有回旋，却基本上重现了诗与诗学的真相。

几乎到了最近三十年，在雕龙的壮举而外，才有了雕虫的闲暇，顺势也就出了几位颇具细读能力的学者（比如孙玉石、陈超、江弱水、臧棣、西渡和更年轻的一行）。值得注意的是，王光明和张桃洲先后选入了孙玉石关于建立解诗学的两篇文章，张桃洲甚至直接选入了对《诗八首》（穆旦）和《镜中》（张枣）的细读文章，究其用意，似乎关注细读客体（穆旦与张枣）甚于细读主体（王毅与冷霜）——这甚至可以牵出另外的话题，比如，《总论》虽然并重研究者与被研究者，但是也不排除顾此失彼的单方面考量。

而诗人论，则介于细读与宏观研究之间。笔者个见，对重要诗人，均当选入至少一篇诗人论——而且还当是对这个诗人素有专攻的学者所结撰的诗人论。姜涛选入《徐志摩论》（茅盾），开了个好头，可惜各卷的跟进并不均衡。笔者乐意给出这样一个诗人名单，并期待在《总论》里面读到精湛的诗人论：郭沫若、鲁迅、徐志摩、戴望舒、冯至、艾青、卞之琳、穆旦、余光中、洛夫、痖弦、昌耀、北岛、多多、顾城、柏桦、张枣和海子。

《总论》各卷，对这些重要诗人的关注并不均衡。如果将“诗人论”的范围扩大到“诗人专论”，甚至还可以看得更加清楚。比如，穆旦专论，吴晓东选入三篇，王光明选入一篇，张桃洲也选入三篇。穆旦研究乃一门过了头的显学，选入周珏良、王佐良和李怡的专论可矣，倘若还有篇幅，不妨选入《伪奥登风与非中国性：重估穆旦》（江弱水）——这篇专论算是反方，旨在泼冷水，却也可以帮助我们认识更加立体的穆旦。说到江弱水，就牵扯出另外一些遗憾：《总论》并没有关注江弱水或赵毅衡的卞之琳研究，就像也没有关注骆一禾的昌耀和海子研究，戈麦的北岛研究，柏桦、钟鸣和宋琳的张枣研究，敬文东的宋炜研究（这些研究颇具龙虫并雕之功），乃至孙玉石、张闳和张洁宇的《野草》研究[①]。

5

第四，要谈谈诗与非诗。

新诗的活力来自旧诗文类边界的松动，换言之，来自非诗。

---

① 《总系》也仅从《野草》中选入一篇《我的失恋》。《野草》共计二十四篇，其中二十二篇以散文体写成，一篇以戏剧体写成，一篇以新诗体写成。《我的失恋》系《野草》中最弱的一篇，恰好被选入，原因就在于该篇以新诗体写成。这首诗有个副标题，“拟古的新打油诗”，体现了鲁迅对旧诗与新诗的双重调侃。尽管如此，在笔者看来，《野草》整个儿乃一部新诗集，而且还是一部最伟大的新诗集。从《总系》只选入《我的失恋》，《总论》不选入关于《野草》的专论，可以看出《野草》作为新诗集还没有在较大的范围里形成共识。

对旧诗来说，新诗就是非诗。百年来的诗人与学人，对这个问题，自然心知肚明。他们的跨文类兴奋，甚至跨学科兴奋，助长了新诗原本就不可限定的触角。新诗——或非诗——既然非熊非罴，就必然与其他文类边界肇成频繁而强烈的摩擦。

以《总论》前两卷为例，姜涛选入的《论散文诗》（仲密，亦即周作人）、《诗与自由诗》（林庚），吴晓东选入的《抒情的放逐》（徐迟）、《诗的散文美》（艾青）、《新诗应该是自由诗》（废名）、《新诗戏剧化》（袁可嘉），都有效地怂恿了新诗对散文、小说甚或戏剧的僭越。以《总论》第一卷和第三卷为例，姜涛选入的《论节奏》（郭沫若）、《新诗的音节》（饶孟侃）、《诗的格律》（闻一多）、《诗的韵律》（林庚）、《音节与意义》（叶公超）、《论节奏》（陆志韦），吴思敬选入的《自由体与歌谣体》（冯至）、《论民歌》（何其芳）、《新诗的格律》（孙大雨）、《谈谈诗歌的格律问题》（卞之琳）、《诗的节奏》（罗念生）、《新民歌的一二艺术特点》（袁水拍），则有效地怂恿了新诗对听觉艺术的僭越。吴思敬以其选入的多篇文章，甚至还不动声色地提醒了我们：新月派的若干遗民——比如孙大雨和卞之琳——把他们的未竟事业（新诗的听觉理想），巧妙地合拍了在建国初期颇为流行的“古典加民歌”大实践。

正是在五六十年代，古典加民歌，引导了不由自主的新诗。古典加民歌，主要是民歌，因为工人阶级和农民阶级对古典还是感到隔膜。古典来自传统，民歌来自草根。到了80年代，却出现了非草根非传统的音乐样式：摇滚、蓝调和民谣——这些音乐样式似乎具有爵士乐、黑人音乐或美国乡村音乐背景。这些非主流音乐的副产品——文字脚本——亦即通常意义上的“词”，很多时候具有这样的资格：反过来要求新诗甚或新诗经典的席位。当年，谢冕和钱理群两位先生主编《百年中国文学经典》[①]，就曾大胆选入崔健的词：《一无所有》和《这儿的空间》[②]。崔健乃中国的摇滚教父；除了崔健，值得关注的人物，还有窦唯、郑钧和张楚，乃至黄家驹和罗大佑；杨碧薇博士还向笔者推荐过腰乐队的刘弢、舌头乐队的吴吞和万能青年旅店的董亚千。笔者的意思已经很清楚，如果着眼于新诗研究，《总论》可以不关注赵元任如何给《教我如何不想她》，或周云蓬如何给《九月》插上音乐的翅膀，却不可不关注“词”之惊艳。在这个方面，笔者以为，至少要虑及李皖的一系列研究。

还得重提闻一多——他的《诗的格律》，多么奇妙，还过早地怂恿了新诗对视觉艺术的僭越。后来，在这个方面，新诗确有不少花拳绣腿。尽管亦有成功的案例，比如陈黎的《战争交响曲》，笔者仍然附议《总论》对相关研究的暂付阙如。

6

第五，要谈谈诗人之文与学人之文。

---

① 北京大学出版社1996年版。

② 似乎还应选入《一块红布》。

关于诗人之文与学人之文，可以说，原本是个伪问题。因为在八九十年代——台湾当然早在六七十年代——全面引入欧美论文范式以前，诗人就是学人，学人之文就是诗人之文，两者并无云泥或霄壤的区别。欧美论文范式横行中国以后，诗话传统被扰乱，加上社会分工愈来愈细，出现了并非诗人的专业化学人，文章也就大体上积淀出四种面孔：诗人之文，诗人的学人之文，学人之文，学人的诗人之文。这个绕口令，也可以置换成另一个绕口令：学院派，非学院派，学院里的非学院派，学院外的学院派。学院派，学人之文，已经逐渐盲从了欧美论文范式。这里可以举个形象的例证：比如钱锺书的《谈艺录》乃“诗话”，《管锥编》乃“文话”，均未采用欧美论文范式，他绝不可能凭这两部著作在今天的任何大学里评上教授。

说得稍微有点儿远；现在呢，回过头来谈谈，前述四种面孔在《总论》里的闪现频率。《总论》前半部，大都是诗人之文，或学人的诗人之文；后半部，大都是学人之文，或诗人的学人之文——比如张桃洲选入的《89后国内诗歌写作：本土气质、中年特征与知识分子身份》（欧阳江河）。我们此刻观察的重点，在于《总论》后半部，在于后半部的某种“例外”或“意外”：比如王光明选入的《生活、书籍与诗》（舒婷）、《远帆》（王小龙）、《黑夜的意识》（翟永明）、《伟大的诗歌》（海子）、《三个世俗角色之后》（韩东），张桃洲选入的《我因为爱你而成为女人》（唐亚平）、《从隐喻后退》（于坚）、《秋天的戏剧》（钟鸣），都是现身说法式的诗人之文。这样的“例外”或

"意外"，在一定程度上，反过来扰乱了欧美论文范式的横行。当然，笔者也希望两位先生能关注李亚伟、骆一禾或余怒的文章，比如《英雄与泼皮》《春天》，或《话语循环的语言学模型》。最为罕见——也最堪珍视——的面孔，亦即学院里的非学院派，或学人的诗人之文，却几乎已经绝迹于《总论》的后半部。在这里，经过慎重思考，笔者不惮于推荐《禅机诗话》（赵毅衡）。

7

第六，要谈谈汉语与文体。

前述欧美论文范式与诗话，正如科学与艺术，两者的差异，并非肉身或仪式上的差异，而是灵魂、心性、神色或风姿上的差异。欧美论文范式对诗话的取代，不仅意味着硬性汉语对弹性汉语的取代，而且意味着科学对艺术的取代，逻辑对诗的取代，理性对感性的取代，甚或养父对生父的取代。基于传统和汉语已成废墟的痛定思痛，自学衡派以来，屡有诗人和学者发出嘀咕（而不是大声疾呼）。

按照一般的观点，自然不能不提郑敏。这位长寿的诗人，早年西游，晚岁东归，她的诗学唏嘘不能不引起我们的重视。张桃洲选入的《世纪末的回顾：汉语语言变革与中国新诗创作》，堪称西游后的痛悔，东归前的顿悟，曾经引发较为广泛的讨论。在郑敏此文以前，余光中已经发表《哀中文之式微》《论中文之西化》和《中文的常态与变态》。继郑敏此文以后，沈奇陆续撰成《汉语之批评与批评之文章》[①]《“汉语诗心”与“汉语诗性”散论》和《当代新诗批评的有效性及文体自觉》。从对汉语的返乡，到对文体的创新，孰谓余光中与沈奇无功？至于柏桦，甚至已经明确树立了圭臬——我们可以参读《从胡兰成到杨键：汉语之美的两极》。惜乎余光中、沈奇和柏桦的相关文章，也没有进入《总论》的视野。

余光中所力倡的“中文的常态”也罢，沈奇所力倡的“汉语诗心”也罢，甚至吴子林所力倡的更具文化整体主义色彩的“毕达哥拉斯文体”[②]也罢，都是为了在西方中心主义而外，在白话原教旨主义而外，艰难地恢复汉语的尊严，恢复文体的自由，恢复诗与诗学的中国身份。这是当代诗学的棒喝，亦是百年诗学的蝶变。

8

第七，要谈谈翻译与比较诗学。

《总论》第六卷亦即翻译卷，乃是计划外产物。赵振江因

---

① 笔者并不会因为此文论及笔者而对此文避而不谈。当然，笔者所谓感性诗学，也暗通沈奇所谓诗话。

② 参读吴子林《“毕达哥拉斯文体”——维特根斯坦与钱锺书的对话》《“走出语言”：从“论证”到“证悟”——创构“毕达哥拉斯文体”的内在机制》和《“投入智慧女神的怀抱”——“毕达哥拉斯文体”的哲思路径及其意义》，《清华大学学报》2017年第3期、2018年第5期和2019年第5期。

另外的学术计划，早已与韩志华合编成《中国译诗论》，却因故未能出版单行本，就被谢冕临时决定收入《总论》。我们已经看到，第六卷与前五卷有些隔膜，而各卷编者似乎缺少沟通，终于损及《总论》全书的有机性。笔者认为，或已导致三个方面的问题：其一，出现了较为重大的遗漏。也许跟韩志华的师承有关系，第六卷宁愿选入四篇辜正坤，三篇黄杲炘，也不愿意选入一篇吴宓、邵洵美、余光中、叶维廉、北岛、王家新或西川的译诗论。由此也可以看出，《总论》的诗论涵盖了台湾，但是译诗论却遗漏了台湾。在这里，笔者愿意重点推荐《翻译：神思的机遇》（叶维廉）。其二，出现了较为明显的错置。比如吴晓东选入的《黎尔克[①]的诗》（吴兴华），张桃洲选入的《译诗中的现代敏感》（黄灿然），全都应该——却并未——移入第六卷。其三，也就不难理解，相同的文章，比如《翻译对于中国现代诗的功过》（卞之琳），何以居然同时见于第四卷和第六卷。

另外一个不算多余的问题则是，“翻译卷”，可否调整为“翻译和比较诗学卷”？如果有了这样的分卷设计，吴思敬选入的《从比较的方法论中国诗的视境》（叶维廉），王光明选入的《艾略特和中国现代诗学》（黄维樑），张桃洲选入的《日本俳句与中国“小诗”的生成》（罗振亚）[②]，如果都有必要，就可以移入翻译和比较诗学卷。特别是王光明选入的《诗可以怨》

---

① 今通译作“里尔克”。

② 姜涛已选入《论小诗》（仲密，亦即周作人）。罗文与此文，似乎有些重复。

（钱锺书），因与新诗无涉[①]，在第四卷中显得甚为尴尬，正好一并移入翻译和比较诗学卷。除了上述人物，还可以采补其他若干人物的比较诗学成果，比如《摩罗诗力说》（鲁迅），《中西诗之比较》（吴宓），以及陈世骧、叶嘉莹、余光中、程抱一、赵毅衡、张隆溪、奚密、钟玲、柏桦、江弱水等诗人或学者的相关研究。

列出翻译和比较诗学卷，还可以兼顾志在新诗研究的海外汉学家，比如顾彬（Wolfgang Kubin）、汉乐逸（Lloyd Haft）或柯雷（Maghiel van Crevel）。笔者个人浅见，或应重点关注汉乐逸的卞之琳研究和柯雷的多多研究。

9

第八，要谈谈北京与外省（或中心与边缘）。

《总论》的七位编者，谢冕、赵振江、吴晓东和姜涛都来自北京大学，吴思敬、王光明和张桃洲都来自首都师范大学。毫

---

① 钱锺书曾多次直接或间接地揶揄新诗。间接地揶揄新诗，见于《围城》。小说中人物曹元朗和苏文纨（被叙述者），都做白话诗，都受到了钱锺书（叙述者）和方鸿渐、唐晓芙（被叙述者）的冷嘲。至于整个儿新诗（甚至具体到徐志摩），也受到了董斜川（被叙述者）的热讽。参读《围城》，人民文学出版社1991年版，第68—75、82—83页。根据索隐派的研究，方鸿渐和唐晓芙的原型分别是钱锺书和杨绛（一说赵萝蕤），而曹元朗、苏文纨和董斜川的原型分别是叶公超、赵萝蕤和冒效鲁。冒效鲁是钱锺书好友，他的态度，或许接近钱锺书。直接地揶揄徐志摩，见于钱锺书英文论著，可参读谢泳《〈围城〉的五个索隐问题》，谢泳《钱锺书交游考》，九州出版社2019年版，第53—58页。

无疑问，新诗研究的中心恰在北京。这个学术团队，不仅在北京——而是在全国——都具有极为耀眼的代表性。此外，七位编者都居住在北京，也为浩瀚、烦琐而漫长的编纂工作提供了极大的合作便捷。

虽说如此，笔者仍然觉得，这个学术团队或应增补一两位外省学者（包括台湾学者）。大陆外省学者，一时半会儿不便荐贤；但是台湾学者，似乎可以虑及张默、奚密或简政珍。如果真的能够如此这般锦上添花，也许可以更为彻底地掐断那根若有若无的游丝——是的，笔者说的正是《总论》在地域、人际、师承、趣味或学术风格上的那么一点儿北京中心主义色彩。

而就已经成形的《总论》来说，在较小的程度上，也的确呈现出对外省的简慢。在此文的前面各节，笔者对此种简慢已有微言，并先后列出多位外省诗家作为补充。

除了外省诗家，还有外省场域，比如成都和贵阳，比如贵阳的野鸭塘。关于成都，前面各节已经说得太多；关于贵阳与野鸭塘，也许可以推荐《早期民间文学场域中的传奇与占位考察：贵州与北京》（柏桦）。关于台湾，虽然《总论》已选入较多文章，仍然不应该遗漏《台湾的超现实主义》（奚密）——我们不能不承认，超现实主义呢，真为台湾诗带来过浓墨和异彩。也许，最有意思的场域还是异域，这里暂且从简，稍微提及《静静的海流：关于“海外大陆诗派”》（赵毅衡）。

10

说了这么多理想主义的呆话，并非吹糠见米，全是吹毛求疵，自己也不免有些难为情。也许下面这个事实能够让笔者聊以自慰：笔者只能看见成书后的遗珠之憾，却不能悉知七位编者在成书中的割爱之难；也就是说——这样说又有些自夸——笔者写入这篇小文的烦言，或许早就是七位编者的遗憾或隐痛。

至少，我们共同的挚爱还是新诗。

新诗百年，只是童年。截止目前，新诗只是浩繁的半首诗，而新诗的理论与批评也只是浩繁的半部诗学。《总系》与《总论》，尤其是《总论》，尝脔知鼎，已经较好地还原了半首诗和半部诗学的真相。当然，我们更期待一个青壮年时期，期待汉语英雄和文体英雄，乃至生态诗学英雄，来斧正诗与诗学的完成和不断完成，并有资格致敬于中国古典诗和古典诗学的伟大传统。

2019年9月5日，峨眉山麓

“一万句克哲的约会”
——吉狄马加《不朽者》初窥

1

吉狄马加的长诗，《不朽者》，可谓言简而旨遥。序诗而外，共有一百零三首。每首少则两行，多则五行，而以四行居多。诗人说，一共写了九天。

序诗及正文各首相对独立，又能彼此应答，乃是一种碎锦式，念珠式，或冰糖葫芦式结构。中国古典小说，《水浒传》前半部，《西游记》，《儒林外史》，都有采用这种结构。尤其是《儒林外史》，甚至没有核心人物。在谈到《儒林外史》时，鲁迅先生说：“虽云长篇，颇同短制。”[①]也就是说，《儒林外史》本是由短篇小说粘接而成的长篇小说。而《不朽者》，亦是由短诗粘接而成的长诗。笔者甚至认为，《不朽者》与其说是长诗，不如说是组诗或大组诗。

《不朽者》正文各首，一方面，呈现出一种无序性；另一方

① 鲁迅《中国小说史略》，东方出版社1996年版，第176页。

面，又呈现出一种有机性。无序性，也就是说，除了序诗和跋诗（第一百零三首），其余一百零二首可以互换位置，而不至于影响到大组诗的线性（如果真有某种内在的线性）。有机性，也就是说，全部一百零四首，如同百鸟，拱卫着丹凤一般的大主题，——序诗对此已有交待：在黑夜，“我”是北斗七星，在白天，“我”有松明，“你看我把生和死都已照亮”[1]。生，死，贯穿始终：这让诗人还有机会，用有机性，冰释了无序性。

至于刚才提及的“松明”，乃饱含树脂的松枝，用来点火和照明，极富彝族风情，或将引出下文的某些线索。

2

这篇小文的开篇，曾隐约提及“一”，提及“三”，提及“九”。这个熟稔而神秘的数字序列，具有创世色彩和造物色彩，来源于彝文典籍，又暗合了汉文典籍。

首先谈“一”。来读《不朽者》第三十七首：“从群山之巅出发，/难道无垠可以一分为二。/不是咒语所能阻止，/谁能分开那无缝的一。”由此可以看出，“一”，就是指“无缝”，就是指“无垠”，——这既是《不朽者》的基调，还是很多彝族史诗的开端。笔者曾敛衽拜读过三部彝族典籍：一部教育诗，《玛牧特依》；两部史诗，《梅葛》和《勒俄特依》，前者主要传唱于

---

① 《不朽者》，吉狄马加《从雪豹到马雅可夫斯基》，长江文艺出版社2016年版，第182页。下引吉狄马加，凡未注明，均见此书。

云南楚雄地区，后者主要传唱于四川凉山地区。这两部史诗，虽然有重合，还是大致呈现为两个序列，而不能简单地鉴定为一部史诗的两个版本。《梅葛》上来就说，“远古的时候没有天，远古的时候没有地”[①]，就是开篇于“一”；《勒俄特依》上来也说，“远古的时候，上面没有天，有天没有星；下面没有地，有地不生草；中间无云过，四周未形成，地面不刮风”[②]，虽也开篇于“一”，却已隐约出现了“二”和“三”。

接着谈“二”和“三”。来读第六首：“我在口中念诵二的时候，/二并没有变成三；/但我念诵三的时候，/却出现了万物的幻象。”由此可以看出，“二”，就是指“有缝”，就是指彝族史诗中初次出现的“天”和“地”；“三”，已经由实数变虚数，乃是自“二”至“万物”的摆渡和提速。

至于前文曾有提及的“九”，当然是虚数，就是指“万物”。“万物”是怎么来的？与《勒俄特依》相比，《梅葛》讲得似乎更为有趣：造天的五兄弟杀死了一只老虎，把它的四根大骨做成撑天柱（第五十一首与此有关，只不过，一只老虎变成了四只老虎；第九十九首，则同时出现了虎踪和豹踪），并把它的左眼做成了太阳，右眼做成了月亮，牙齿做成了星星，其他骨血器官分别做成了云彩、雾气、海水、大江、小河、草树、金属矿物，连它身上的虱子都变成了猪牛羊和各种雀鸟。这种兴致勃勃

---

① 《梅葛》，云南人民出版社1959年版，第1页。下引此书，不再注明。

② 《勒俄特依》，冯元蔚译，中国国际广播出版社2016年版，第1页。下引此书，不再注明。

的“巨虎叙事”，颇有拉伯雷（François Rabelais）“巨人叙事”的酣畅和趣味性。

诗人认为“万物”都是“幻象”，其潜在语义，可能是说只有“一”才是“不朽者”。“一”是“不变”，“二”是“变”，“三”是“变”，“万物”都是“变”，只有“变”才是“不变”。这样的哲学思想，让笔者反复沉吟，不免由彝族而汉族，牵扯出某些汉文典籍。

3

《不朽者》第三十七首和第六首，既是对《梅葛》和《勒俄特依》的当代缩写，也可以说，是对《老子》第四十二章的当代重写，——只不过，这种缩写或重写，已经将冗长的史诗，枯燥的哲学，蝶变为生动的新诗（现代诗）。《老子》第四十二章，可以说是尽人皆知：“道生一，一生二，二生三，三生万物。”[①]老子所说的“一”“三”和“万物”，可以与《不朽者》互阐。老子所说的“二”，在很大程度上，也可以与《不朽者》互阐。这是因为，老子所说的“二”，被刘安——及其门人——诠释为“阴”和“阳”，这对范畴，小则以指“牝”和“牡”，中则以指“坤”和“乾”，大则以指“地”和“天”。

刘安所著《淮南子》里面，有篇《天文训》，不仅对《老

---

① 朱谦之《老子校释》，中华书局1984年版，第174页。

子》有所诠释，还记载了颇为具体的创世和造物神话："天地未形，冯冯翼翼，洞洞灟灟，故曰太昭""清阳者薄靡而为天，重浊者凝滞而为地""天地之袭精为阴阳，阴阳之专精为四时，四时之散精为万物"[①]云云，与《梅葛》和《勒俄特依》高度互文。刘安生当西汉，彝族史诗自古流唱，两者谁是上游，可能已经永远难以确考。但是，这并不妨碍笔者用《天文训》来诠释《不朽者》："无缝""无垠"，也就是"太昭"。《天文训》也与《不朽者》高度互文，来读第一百零一首："头上的穹顶三百六十度，/吹动着永恒的清气和浊气。/生的门和死的门，都由它们掌管。/别人只能旁观。"

笔者准备暂时离开《不朽者》，继续深入上面的话题，转而谈到《梅葛》与徐整《三五历纪》的高度互文。《梅葛》中的"老虎"，很有可能就是《三五历纪》中的"盘古"："首生盘古，垂死化身，气成风云，声为雷霆，左眼为日，右眼为月，四肢五体为四极五岳，血液为江河，筋脉为地理，肌肉为田土，发髭为星辰，皮毛为草木，齿骨为金石，精髓为珠玉，汗流为雨泽，身之诸虫，因风所感，化为黎氓。"徐整生当东汉三国，晚于刘安，《三五历纪》的若干片断，因被欧阳询《艺文类聚》征引而得到残留。盘古也是巨兽，据云"龙首蛇身"。"盘古"与"老虎"的差异，仅在于后者没有参加开天辟地。看来盘古神话，见于汉族，见于苗族，见于壮族，也可以说见于彝族。根据

① 刘安《淮南子·天文训》。参读陈广忠译注《淮南子》，中华书局2012年版，第103—192页。

吕思勉和朱大可先生的考证，盘古神话，最顶级的源头还是印度的《摩登伽经》：“自在以头为天，足为地，目为日月，腹为虚空，发为草木，流泪为河，众骨为山，大小便利为海。”[①]这里引来，姑备一说。

4

上文谈到的若干比较神话学话题，虽然很有意思，毕竟不是本文鹄的，所以必须尽快回来说正题：彝族史诗有很多序列或版本，吉狄马加及其《不朽者》，显然从属于《勒俄特依》序列，证据就是两者都以浓墨写到了“支呷阿鲁”[②]。

来读《不朽者》第二十二首：“谁让群山在那里齐唱，/难道是英雄支呷阿鲁？/不朽者横陈大地之上，/让我们把返程的缰绳攥紧。”支呷阿鲁是彝族的先祖和英雄，出生于布鲁洛则山，——第九十四首，就有提及这座山。支呷阿鲁相当于汉族的后羿，后羿射日，支呷阿鲁射日也射月，直到最后只剩下独日独月。笔者无端地觉得，支呷阿鲁的地位，可能比后羿更为重要。在彝文化语境中，支呷阿鲁当然就是“主要英雄”；而在汉文化语境中，后羿只能算是“次要英雄”，——他的妻子嫦娥担心天谴，逃离人世，独居月宫，这类民间故事，就曲折地传达了汉文化语境对后羿的挑剔。

---

① 参读朱大可《华夏上古神系》，东方出版社2014年版，第520—526页。
② 冯元蔚译作“支格阿龙”。

诗人将支呷阿鲁指认为不朽者，是在第二十二首；而将诗人指认为不朽者，是在第十二首："死亡和分娩，/对诗人都是一个奇迹，/因为语言，他被放进了/不朽者的谱系。"这里所谓诗人，可以是毕摩[①]，可以是德古[②]，可以是阿什拉则[③]，也可以是远古或当前的"我"。支呷阿鲁留下了不绝的后裔，诗人留下了不灭的诗篇，所以说，两者都是非凡的不朽者。

现在可以这样来做个小结：第十二首，第二十二首，已为《不朽者》直接点题。而第三十五首，第三十六首，则为《不朽者》间接点题。来读第三十五首："额头是太阳的箭镞，命令我：/杀死了死亡！"[④]这首诗的字里行间，弥漫着英雄气，诗人的英雄气，可以视为最简短最有力量的不朽者宣言。

5

支呷阿鲁是支呷阿鲁，诗人是诗人，"我"是"我"：但是，不，很多时候，吉狄马加会让三者叠于一身，——从这个角度，当能更好地理解上文言及的"诗人的英雄气"。来读《不朽

① 彝族中的祭司、智者和文化传承者。

② 彝族中的智者、仲裁者和习惯法执行者。习惯法，是彝族的民间法，各寨的习惯法不尽相同。

③ 彝文创造者，毕摩老大哥，其他毕摩的经书都来源于他。相当于仓颉。

④ 张枣也有此种气度，他多次写道："我死掉了死。"参读张枣《德国士兵雪曼斯基的死刑》和《死囚与道路》，张枣《春秋来信》，文化艺术出版社1998年版，第65、132页。

者》第三十四首："只有光能引领我们/跨越深渊，长出翅膀。"再来读第四十二首："我的骏马跃入了云层/蹄子踩在了羽毛上。"这两首诗，要说呢，并没有提及支呷阿鲁，出现的骑手是"我"或"我们"。然而，只要是彝人，一眼就认出：这匹骏马，遇险能过，正是支呷阿鲁的神马。可见《不朽者》的神话原型有显也有隐，隐的时候，几乎让汉族读者难以觉察。

吉狄马加——以及更多彝人——早已走出了凉山，"但我回不去"，失去了马，失去了马鞍，也失去了某种"身手"。来读第二十八首："他们骑马巡视自己的领地，/就是在马背上手端一杯酒/也不会洒落下半滴。/而我们已经没有这种本事。"而诗人吉狄马加，已经掌握了另外的飞行器，亦即"灵魂的翅膀"和"词语的马蹄铁"，——分别见于第八十二首、第一〇〇首，还可以参读第六十七首。要有这两个飞行器，诗人才能够再次与支呷阿鲁合体。除了支呷阿鲁，还要与阿什拉则合体，——后面这次合体，见于第五十五首。《不朽者》中的"我"，如前所述，几乎都是某种意义上的合体。比如，"我"与"造物主"的合体，"我"与"英雄"的合体，"我"与"智者"的合体，"我"与"同胞"的合体，"我"与"大地""河流"或"群山"的合体，——这种种合体，一点儿也不让人感到僭越。面孔下面，还有面孔，声音背后，还有声音。来读第九十首："我的声音背后还有声音。/那是成千上万的人的声音。/是他们合成了一个人的声音。/我的声音。"

这可以追溯到诗人早期的抒情诗，比如著名的《自画像》。

此诗连续运用多个“我是”句式，将“我”等同于“历史”“婴儿”“朝向左睡的男人”“朝向右睡的女人”“来自远方的友情”“母亲喉头发颤的辅音”“正义和邪恶的抗争”“爱情和梦幻的儿孙”或“没有完的婚礼”，甚而至于，将“我”等同于“一切背叛”“一切忠诚”“一切生”和“一切死”。“我是”句式填平了主体和客体之间的鸿沟，类似于佛家破解梵我之障，道家破解天人之隔，可以立即增加抒情的底气和音量。因此，这种句式，宜于写颂歌。舒婷的《祖国啊，我亲爱的祖国》，亦连续运用多个“我是”句式，将“我”等同于“老水车”“矿灯”“稻穗”“路基”“驳船”“悲哀”“痛苦的希望”“花朵”“理想”“胚芽”“挂着眼泪的笑涡”“起跑线”及“黎明”。笔者当年初读此诗，深感陌生，莫名惊诧，不知句式何所来，不详诗人何所本。很显然，这是“非汉族”的句式。也许，舒婷就套用自土著或少数民族（比如彝族）。笔者无意于探勘舒婷与吉狄马加之间的影响通道，只是想把论述推向这样的落脚点：《祖国啊，我亲爱的祖国》与《自画像》，两首诗恰好都是颂歌。形式与内容，相互为命运，何幸复睹于此。

从《自画像》《我，雪豹……》到《不朽者》，吉狄马加已经建立了一系列的“复数我”。如果重申吉狄马加在当代少数民族诗人中的符号化意义，就可以清楚地看到，少数民族诗人（比如彝族诗人），更在意强化个人的先祖崇拜或民族代言人身份。而汉族诗人，反而厌倦了“复数我”，转而着迷于“此我”与“非我”，有的甚至醉心于“无我”的危险旅行。除了《祖国啊，我亲爱的祖国》，另外大半个舒婷也并非例外。谈论自身的“民族性”，汉族诗人已经难以启齿，却正是少数民族诗人的热衷和光荣。对于汉族来说，民族容器越装越多，个人容器却越装越少。对于少数民族来说，民族容器越装越少，个人容器却越装越多。《不朽者》第三首，正话反说，忧心忡忡，就痛述过这样的紧迫感：“我没有抓住传统，/在我的身后。/我的身臂不够长，有一截是影子。”从这个意义上讲，少数民族诗人，比汉族诗人，肩起了更无私更无穷的负重。

6

为了讨论吉狄马加的寻根热望，有必要引来《不朽者》第九首：“我不是唯一的证人。/但我能听见三星堆，/在面具的背后，有人发出/咝咝的声音，在叫我的名字。”这首小诗对三星堆文明的认领，呼应了一个大胆的考古学假想。博学而敏思的钟鸣先生，曾如是陈述这个考古学假想：“彝族疑为夏代的核心族团，古彝文是夏代的官方文字，殷革夏命后，这个族团（谁呢？）便迁往南夷高地，或分‘三苗’于‘四海’，却在祖夷之地留下辉煌的三星堆？”[①]“夏”虽然留下了少量可疑线索，但是，似乎没有留下文字，以至于西方学者——比如汤因比（Arnold Joseph Toynbee）——常会做出类似后文的判断，“夏

① 钟鸣《三星探玉录》，钟鸣、周南泉主编《三星探玉》，上海书店出版社2011年版，第20页。

代是传说的朝代；商、周政权是真实的存在，它们的历史性得到幸存下来的物质文化遗骸证明”[①]。前述考古学假想之所以大胆，就在于将古彝、夏和三星堆视为一体，可望打消西方学者的疑问，并最终破解夏商周断代工程的最大难题。

这里有必要补述彝族的简史及概况。西南自古就有土著，僚、越、濮（可能就是“僰”）皆是也。后来古羌族南迁（一说伏羲族西迁），以部落为单位，分别与西南各土著交融，形成了“越嶲夷”“青羌”“侮”“昆明”“劳浸”“靡莫”等部族，有“六夷”“七羌”“九氐”之称。彝族自称为“ꆈ”，发音为“尼”，被汉族歧称为“夷”或“西南夷”。彝族全盛时分布很广，可能远远超出今天的蜀南、滇东和黔西，否则便没有资格与“华”并称为“华夷”。如果钟鸣的考古学假想得到证实，“华夷”，甚至就等同于“华夏”。“夷”而为“彝”，是在1956年，毛泽东所改，意在废歧称也，求吉利也，盖因“彝”者有“房”有“米”有“丝”。

《不朽者》颇有叙及“祖夷之地”。来读第七十二首：“妇人背水木桶里游着小鱼，/屋后养鸡鸡重十二斤。/曾是炊烟不断的祖居地，/但如今它只存活于幽暗的词语。”彝族领地不断减缩，甚至被迫迁徙，线路遥迢，已经不可确考；而由广汉入成都，由成都入凉山，则似乎没有太大的争议。三星堆遗址在成都以北的广汉，金沙遗址在成都，凉山在成都以南，而金沙恰

① 汤因比《历史研究》，上海人民出版社2005年版，第37页。

好是三星堆的下游文明。彝族入凉山，盖因汉族日盛，故而彝族昔有谚语云："石头不能当枕头，汉人不能当朋友。"彝族口耳相传，追忆发祥地，讲述迁徙史，早已成为一个文化传统，甚至早已成为荣格（Carl Gustav Jung）所谓"集体无意识"。再来读第十八首："吉狄普夷的一生，/都未离开过自己的村庄。/但他的每句话里，/却在讲述这个世界别的地方。"第十八首，第七十二首，两首诗，两个"但"，胜似百回千转。笔者曾多次采访青年诗人阿苏雾里，他说彝族历代智者即便从未出山，也都熟知远方的地理和物产。比如，他们会这样讲述成都，"灯火最亮，大米最多"，——这里面颇有潜台词，不是艳羡，而是深陷于回忆的伤感和怅然。

中国历史学家多持中原中心论，以及汉族中心论，难以接受"彝-夏说"，也就较为罔顾"三星堆-金沙文明"[①]。钟鸣的考古学假想遭到强烈反驳，却获得了彝族——当然包括吉狄马加——的广泛认可。很多彝人，从未出凉山，从不识汉字，看到三星堆的器形与图案，却都理所当然地视为"自家物"。三星堆或金沙的面具纹、神树纹、眼形纹、花蒂纹、手形纹、水波纹、房屋、人首纹、虎纹、鸟纹或蝉纹，今天仍然屡见于彝族服饰、器物、

---

① 笔者曾采访张远山先生，后者坚称：其一，夏商周的统治者，均为黄帝族；其二，夏都不在三星堆（四川广汉），而先后在石峁（今陕西神木）和二里头（今河南偃师）；其三，彝族不是夏的统治者，而是被统治者伏羲族之后裔；其四，三星堆-金沙文明，正是古彝族文明。参读张远山《伏羲之道》，岳麓书社2015年版；《玉器之道》，中华书局2018年版；作者正撰《青铜之道》，将三申前述主要观点。

建筑或经卷。比如，毕摩经卷中的孔雀鸟像，与三星堆的铜鸟堪称毕肖。彝族女性的约纳和（绵羊角纹头帕），与金沙的蛙形纹金箔堪称毕肖。他们还会强调，毕摩经卷中的十月太阳历图案，与三星堆的青铜太阳形器或金沙的太阳神鸟造型均堪称毕肖。

7

也许只有两种情况，吉狄马加才愿意抽身于“无限”，将民族之“我”，简化成单数之“我”：第一种情况，作为儿子，对母亲倾诉深情；第二种情况，作为个人，对民族进行反省。

先谈第一种情况。对母亲倾诉深情，是吉狄马加的一个母题。对这个顶级母题的重写，反复重写，几乎是诗人一刻也不能休歇的功课。母亲赐给诗人的组诗，另有《献给妈妈的二十首十四行诗》，而《不朽者》，与这个组诗构成了局部互文。来读第七十七首：“彝谚说，粮食中的苦荞最大，/昨天我还吃过苦荞。/但我的妈妈已经衰老，/还有谁见过她少女时的模样？”前两行明引彝谚；后两行则暗用彝谚：“爸爸威风时，儿子看不到；妈妈漂亮时，女儿看不到。”这则彝谚是在讲，儿女成人，父母垂老，儿女恨不见父母的威风和漂亮。再来读第十三首：“火焰灼烫我的时候，/无意识的一声叫喊，/竟然如此陌生。/我不知道，这是我的声音。”“叫喊”的后面，省去了“阿莫”[①]，顿时

① 彝语，意为“妈妈”。

趋于低回；“无意识”的后面，来不及“意识”，当然感到陌生。妈妈从天而降，儿子手忙脚乱。这是儿子的妈妈，唯一的妈妈；这是妈妈的儿子，唯一的儿子。儿子，妈妈，都不再是复数。《不朽者》多达一百零三首，而此诗，让笔者最是伤心而断肠。

再谈第二种情况。对民族进行反省，是吉狄马加的一个侧面。诗人的写作、演讲、学术交流和诗性政治活动，一个重要目的，就是重建民族自信。诗人深受现代文明之熏育，故而深知，反省乃自信的反证，无损于更加骄傲和高贵的自我认同感。来读第四首：“我无法擦掉，/牛皮碗中的一点污迹。/难怪有人从空中泼下大雨，/在把我冲洗。”单就《不朽者》来看，诗人的反省，生态而外，主要还有两个方面：一个是等级，一个是仇恨。来读第二十五首：“我们曾把人分成若干的等级。/这是历史的错误。但你能不能/把本不属于我的两件东西，/现在就拿走。”这是在反省等级。彝族早有地域之分，“东爨谓之乌蛮，西爨谓之白蛮”，后来渐滋等级之别，“其统治者称黑彝，被统治者称白彝”[①]，历史上还长期细分为“兹”“莫”“毕”“戈”“卓”[②]。诗人提到的“两件东西”，应该与此相关。再来读第五十三首：“我们是雪族十二子，/六种植物和六种动物。/诸神见证过我们。但唯有人/杀死过我们其中的兄弟。”这是在反省仇恨。按照《勒俄特依》的说法，雪族十二子，其中无血六种是黑头草、宽叶树、针叶树、水筋草、

---

① 吕思勉《中国民族史》，东方出版中心1987年版，第194—207页。
② 彝语，意为“君”“臣”“师”“匠”“民”。

铁灯草和藤蔓，有血六种是蛙、蛇、鹰、熊、猴和人。十二子里面，只有“人”才精通仇恨，精通彝族所谓“打”和“诅咒”。还可参读第五十八首和第八十八首，而从第五十八首到第八十八首，诗人的反省——“向你耳语：忘记仇恨”——已经由本民族，扩大到全人类。

8

吉狄马加的《不朽者》，以及其他作品，大都以汉语写就。甚至先以汉语写就，然后回译为彝语。对于诗人来说，汉语，如同印第安人的英语。英语，汉语，都是强势语种。强势语种，也就意味着强势文化。为了巩固民族文化的尊严，诗人的写作，天然应该首选母语。然而，彝语不能通行于汉语世界，必将导致诗人的外宣式诉求归于完败。这就是吉狄马加——乃至所有土著诗人——不得不面对的语言两难。就像印第安诗人哈久（Joy Harjo）选择了英语，最终，吉狄马加也不得不选择了汉语。在全球化背景下，这既是土著诗人的语言策略，也是他们难以摆脱的语言宿命。

更为关键的问题则是，诗人如何启用汉语，或启用何种汉语？正是《不朽者》，让笔者恍然大悟：这并非汉族所熟知的汉语，而是在彝文化里面反复浸泡过的汉语。从某种意义上讲，这是彝语的灵魂，注入了汉语的肉身。想来诗人运笔之际，就同时驾驭着两个语种。所有刺激、惊险和炫酷，都来自这样的表演：

一位骑士，分身有术，同时驾驭着两匹越来越民主的骏马。彝语剪裁着汉语，并造就了后者的细胞分裂。汉语，及其携带的汉族中心论，也并没有给诗人带来不便。诗人通过汉语，反而让我们辨认出了盐一般的彝语，就像妈妈用马勺“从金黄的河流里舀出蜂蜜”。

《不朽者》及吉狄马加其他作品，大都具有这样的诗艺特征：排比句，画面感，比兴，叙事性，以及被叙事性捎带出来的抒情性。这样的诗艺特征，在汉语作品中，主要见于古老的《诗经》。由此可以引出一个文化人类学大课题：童年汉语的种种特征，无存于成年汉语，却每见于少数民族（比如彝族）。与此紧密相关的结论则是：汉语童年文学已成“标本”，而少数民族童年文学（比如史诗），因了口耳相传，未被文字锁死，迄今仍是眼波流转风情万种的“活体”。这样的“活体”，经由一代代“吉狄马加”的弘扬，有可能挽留或追回汉语的童年特征，以及汉文学的初民特征，而不是为汉语世界的猎奇者带来某种异域风情。

吉狄马加为汉语和汉文学带来了双重特征，也带来了双重语义空间。如果依据彝族的典籍、传说、谚语、歌谣、习惯、禁忌或民间信仰，对《不朽者》中的诸多词和词组，比如“松明”“群山”“口弦”“宝刀突然断裂”“柴火”“石头”“羊角”“火塘”“雪”“神枝”“母鸡啼鸣”“野鸟”“黄蜂歌唱”“老虎”“白色的梯子”“鹰爪杯”“死后留下三魂”，作出民族学或民俗学释义，受众就会进入一个极为丰富的彝文化空间。如果这种神通般的释义，在汉族读者这里成为不可能，受众就会进入一个特别新奇的汉文化梦游空间。是的，汉语将会尽量完成对彝语的猜度，汉文化也将会尽量完成对彝文化的猜度。但是，请放心，诗人在写作的过程中，已经拿捏了分寸：汉族读者的梦游，几乎不会遇上翻不过的坎。

9

吉狄马加的写作，可以大略分为两类：民族史写作，对话录写作。民族史写作，表现为迷醉并反观彝族文明。对话录写作，表现为将橄榄枝呈递给其他土著文明。很显然，对话录也就是文化多边主义。最近二十年，诗人逐渐进入“对话录时期”，——当然“对话录时期”“民族史时期”，并非截然划分，而是互有交错。我们越来越清楚地看到，诗人与全球土著文明热情互动，并向聂鲁达（Pablo Neruda）、桑戈尔（Léopold Sédar Senghor）和帕斯（Octavio Paz），以及整个儿非洲和拉美，无数次表达过敬意并领受了他们的恩赐。而《不朽者》，却是诗人在进入对话录时期以后，偶返民族史写作的重要成果，也是当代文学尤其是当代少数民族文学的重要成果。

如果必定要有个小结，笔者乐于如是扼述：《不朽者》既是神话之诗，又是历史之诗；既是信仰之诗，又是哲学之诗；既是民俗之诗，又是大地之诗；既是生存之诗，又是死亡之诗；既是集体之诗，又是个我之诗；既是民族之诗，又是人类之诗。

《不朽者》第九十九首写道："我拒绝了一个词的宴请，/但却接受了一万句克哲[①]的约会。"诗人拒绝了宴请，哪怕一个词；转而接受了约会，哪怕一万句。而《不朽者》，正是献给彝族文明——也献给全球土著文明共同体——的"一万句克哲"，而且出色地做到了"从五千年以外来包抄现代性"[②]。

这篇小文临到收尾，自察其主要向度，似乎仍然呈现为文化研究（cultural studies）而非文学研究（literary studies）。这是小文的沮丧，却是《不朽者》的凯旋。对《不朽者》展开纯度很高的美学分析，实话实说，既困难，又不太道德。因为这件作品没有一点儿花拳绣腿，已经简洁和质朴到木纹般的程度：也许大多数批评家，都只能暂时搁下修辞学考量，转身走向文化研究，并在比较的视野中，重新热切地思考和关注彝族的过去、现在和未来。

2019年11月12日

---

① 彝族诗体，以对话为主要形式。

② 敬文东《颂歌：一种用于抵抗的工具——吉狄马加论》，《吉狄马加研究专集》，作家出版社2012年版，第503页。

何以让我们意外

——在宁夏诗歌研讨会上的即兴发言

接近六个月以前，应谢冕和吴思敬教授的邀请，我曾首次来到迷人的宁夏，参加由北京大学和首都师范大学主办的《中国新诗总论》首发式。现在，应单永珍先生的邀请，我又再次来到热情的银川，参加由宁夏文学艺术院和固原市文联主办的宁夏诗歌研讨会。我特别开心，而又引为荣幸。

在正式发言以前，我要表达两个感谢：一个呢，要感谢主办方邀请我参加这个盛会；一个呢，要感谢张铎先生在刚才的发言中提及陈子昂及其《登幽州台歌》。

关于陈子昂，《旧唐书》《新唐书》都说他是“梓州射洪人”。唐代的梓州，治所就在今天的三台县。至于射洪县，今天已经划入遂宁市。陈子昂，已经由梓州的骄傲，变成了遂宁市的骄傲。而我，恰好来自陈子昂的故乡——四川省遂宁市。如果我们采信大多数学者的说法，将《登幽州台歌》定为陈子昂的作品，那么，他就算得上是一个“小的大诗人”。这个说法，来自意大利美学家克罗齐（Bendetto Croce）。我曾经与杨碧薇博士讨论，一致认为，应该把“小的大诗人”分为两类：一类是“局部的大诗人”，一类是“片面的大诗人”。即便陈子昂只是个“局部的大诗人”，他也永远是射洪县——乃至中国——的骄傲。

就像陈子昂的诗，被宁夏阅读；宁夏的诗，也正在或将在有井水的地方流传。自接受单永珍先生的邀请以来，感谢在座各位诗人惠赐诗集，让我得以较为集中地阅读了宁夏当代诗。我的总体感受是，宁夏有很好的氛围，有多到让人吃惊的习诗者，也不乏重要或比较重要的诗人，他们提供了丰富而独特的美学产品，并在当代诗的版图上呈现为一个醒目的板块。当然，醒目不醒目，宁夏诗人也不是那么在意，就像沈奇教授刚才讲到的那样，置身边缘而又能保持一种“自若”的风度。

这次研讨会分派给我的任务，是拜读梦也、杨森君和王怀凌三位先生的作品。当然，在接下来的时间里，我偶尔也会谈到其他的宁夏诗人。

首先，这三位诗人都能与眼前的地理建立较为深刻的联系。比如草原和银川之于梦也，阿拉善之于杨森君，西海固之于王怀凌。可以这样说，相同或相似的地理属性，在一定程度上，甚至赋予这三位诗人——乃至更多宁夏诗人——以表面纹理上的某种共性。这种共性，塞上诗人习焉不察，对“非宁夏”的眼睛来说却是一种赫然。但是，这种共性，仍然覆盖不了锥子般的个性。或者说，这三位诗人，没有对这种共性形成过度依赖。他们的写作，并非意在为外界提供某种异域风情或边陲特征，而是在紧扣地理（或地域）的同时，呈现了属于自己的官能和心灵感受。从这个意义上讲，地理就是身体，身体就是心灵。反过来说也同样成立，心灵史就是身体书，身体书就是地理志。

其次，这三位诗人都能与心底的历史建立较为深刻的联系。宁夏史，尤其是西夏史，相对而言，具有独立性或封闭性。宁夏诗人很难罔顾这块土地的历史，但是呢，以诗为触角介入历史却非常困难。日本作家芥川龙之介说："我们不会命令蝴蝶必须吃掉牛排，但会要求抒情诗也要有无产阶级思想。"借来这个妙喻，我们也可以说，抒情诗面对历史，正如蝴蝶面对牛排。但是，宁夏却真有这样的蝴蝶。比如今天主持研讨会的杨梓先生，及其《西夏史诗》，一万三千三百多行，就把一只蝴蝶豢养成了一头巨兽（一部巨著）。这部巨著，作者写了十年，放眼整个新诗史，也不可谓不为"悲壮"。杨梓启用"史诗"，而前述三位诗人却仍然使用"抒情诗"。那么，抒情诗应该如何介入历史？前面提到克罗齐，这里还要再次提到。克罗齐有句名言，"一切真的历史都是当代史"，也许可以用来回答前面的问题。抒情诗，甚至史诗，都应该着眼于历史的"当代史意义"和对历史的"个人化想象"。我已经有所发现，这三位诗人，都能够在不同的程度上，处理好"历史"与"我"的千丝万缕。

当然，我更想深究的，还是诗人间的差异性。这三位诗人有何不同？我想从接受美学（reception aesthetic）的角度，亦即从作者（writer）与读者（reader）的关系来讨论这个问题。第一，如果腹稿已经饱满到十分，王怀凌会写出七八分，梦也会写出六七分，而杨森君却只会写出五六分。所以说呢，王怀凌的读者可以坐享硕果，而杨森君的读者必须砸开坚果。与王怀凌的读者的相比，杨森君的读者虽欲慵懒而不能。杨森君似乎更能激起读者的参与性：读者既体现为在被动阅读上怀有动机，又体现为在参与创作上怀有动机。诗人只负责提供一种“召唤式结构”，而“最后的文本”将由作者和读者共同来完成。第二，这三位诗人，都能较好地满足一般意义上的“读者期待”。你们要好诗吗？喏，这就是！这个没有问题；问题在于，“作者期待”与“读者期待”的大面积重合。我认为，这在理论上不是不可能，而出现这样的情况，意味着某种流行感冒般的美学，已经让作者和读者成功地实现了共谋（或者说对表）。对于写作来说，这足以令人扼腕遗憾。我个人认为，诗人的一项天职，就是为我们带来意外。这三位诗人，在一定程度上，都能给读者带来满足；而杨森君，似乎给读者带来了相对较多的意外。有的读者喜欢意外，有的不喜欢，故而似乎也没有什么高下之判。

那么，何以让我们意外？“何以”，可以解释为“为什么”“用什么”或“凭什么”。我个人认为，答案不会是愤怒、孤独和痛苦。人类的思想与情感，尤其是情感，千百年来并没有太大的变化。陈子昂或杜甫的愤怒、孤独和痛苦，也会轻易地重见于梦也、杨森君或王怀凌，甚至轻易地重见于今天街头的路人甲，但是这个路人甲很难——或者说绝难——成为当代的杜甫。所以说，意外，只能苦心追求角度的意外、节奏的意外、修辞的意外、词汇或语法的意外。

说着说着，就说到了语言。我认为，洗练也罢，流畅也罢，精彩也罢，都是我们追求的目标（猎物），也都是我们警惕的对象（猎手）。“洗练”“流畅”“精彩”三个词，在我看来，既非褒义词，也非贬义词，全都是中性词。一个诗人，如果写得洗练、流畅而精彩，可能也就同时面临着巨大的危险。我在诗学札记《屠龙术》中就曾经写道：“熟而又熟，生而又生，熟而能生，生而能熟：此诗之四境也。”年轻诗人可能很难理解我的这种观点，同样的道理，他们也可能很难理解诗和艺术中的“险怪”与“枯涩”，很难理解为什么有的艺术家酒后泼墨，有的书法家要从垃圾箱里面捡回早就用坏了的秃笔。但是呢，我就是这样，看起来非常奇怪地，总是试图在诗里面寻找一种“迟疑”的东西，甚至一种“痉挛”的东西。痉挛，似乎与超现实主义（surrealism）有关，我记得当年袁可嘉先生就曾经谈到。痉挛，直觉，梦幻，非理性，自动写作，都是超现实主义的热衷。不是布勒东（André Breton）的诗，而是达利（Salvador Dalí）的画，最能印证这种标新立异的热衷。但是，我说的“痉挛”，可能与超现实主义有所不同，倒是颇为接近诗人古马先生刚才讲到的“独创性”，或者说颇为接近苏俄形式主义（Russian formalism）提出的“陌生化”（defamiliarization）。那么，字和词，为什么会出现“迟疑”和“痉挛”？按照我的粗浅体悟，可能至少有以下六种情况：其一，语言与范式语言发生了冲突；其二，语言在试着接受命运转嫁过来的嶙峋；其三，语言在拿捏最小最细腻的分寸感；其四，语言在反思自身的局限性；其五，语言在犹豫如何缺位于那些难以企及之处；其六，语言终于胜利地败北于想象力自身。因此，“迟疑”和“痉挛”，都极为罕见而高级。

我最后谈到这个问题，并非站在岸上的指手画脚。近段时间以来，我习诗成瘾，获疑亦多，很希望包括梦也、杨森君和王怀凌在内的各位方家能够有以教我。

2019年11月30日整理

序言：

为程一身《读诗课》作

我有幸曾与程一身先生两次会面：2013年5月24日，初见于长沙；2018年11月16日，重见于常德。他很沉静，但是你能察觉到，他也很渴望交流的契机（或者说奇迹）。在较长一段时间，我都不知道，程一身就是肖学周。前者乃是笔名，后者才是本名，这个笔名看起来也像本名。奇怪的是，他几乎同时使用这两个名字，这就不得不让我想到一个葡萄牙作家。在札记集《屠龙术》里，我曾经写到过这位作家："'我'在'非我'中跋涉。佩索阿（Fernando Pessoa）建立了复杂的异名书写系统，已发现至少七十二个异名，最习见的乃是阿尔伯特·卡埃罗、阿尔瓦罗·德·冈波斯、里卡多·雷耶斯。"

肖学周曾就读于北京大学，师从王岳川教授；复就读于河南大学，师从耿占春教授。由此也可以看出：如果学校和导师不能得兼，他更为看重的还是导师。从硕士，到博士，肖学周逐渐动用了笔名程一身。那么，本名，笔名（或者说异名），该怎么来分工呢？也许是这样：肖学周意味着学者身份，而程一身意味着诗人或翻译家身份。比如说，《朱光潜诗歌美学引论》的作者，

《为新诗赋形——闻一多诗歌语言研究》的作者，似乎只能是肖学周；而《北大十四行》的作者，《坐在你身边看云》和《白鹭》的译者，似乎只能是程一身。《白鹭》的作者就是圣卢西亚诗人沃尔科特（Derek Walcott），《坐在你身边看云》的作者恰是葡萄牙作家佩索阿。佩索阿译者甚众，但是沃尔科特，似乎主要携带着程一身的心气进入了汉语。由此可以看出，程一身，肖学周，只是一个人的双翼：感性与理性的双翼，诗意与语义的双翼，修辞与知识的双翼，或者说创造力和判断力的双翼。

这部《读诗课》，很有可能，会让程一身和肖学周叠成一张面孔。然而，他还是署名程一身。这就意味着，此书并非严格意义上的学术著作，而是诗人谈诗或译者论文式的轻松读物。事实正是如此，这是作者课堂教学的产物，类似于洪子诚教授当年主编的《在北大课堂读诗》。所不同者，其一，《在北大课堂读诗》只讨论当代诗，而《读诗课》既讨论当代诗，又讨论古典诗和外国诗；其二，洪子诚让某位学生的主讲带动了其他学生的讨论，而程一身则组织、引导和参与了所有学生的讨论。程一身对诗人和诗的选择，比如叶芝（William Butler Yeats）的《当你老了》、弗罗斯特（Robert Frost）的《割草》、希尼（Seamus Heaney）的《期中休假》、米沃什（Czesław Miłosz）的《礼物》，陶渊明的《饮酒》、李商隐的《夜雨寄北》、昌耀的《斯人》、陈先发的《鱼篓令》，等等，全都无愧于“经典”的称号。另有少量入选作品，也可望加快“经典化”的进程。正是通过这些作品，或者说类似的作品，洪子诚在显赫的北京大学，而程一身在落寞的常德，都试图建设一个以诗为轴的公共话语空间，或者说，接受美学空间。接受美学空间，也就是读者反应空间。程一身是主要读者，他的有福的学生——比如“夏思思”“廖芷琪”“有个同学”“蒋鹏”或“黄霁”——则是次要读者。主要读者，次要读者，都不是终身制，有时候就会悄然交换身份。这不是老师的课堂，而是众声喧哗的胜景——我不得不反复赞美：“真是妙极了！”从课堂，到最终整理成读物，学生的讨论却被大量删减，这难免成了程一身和我共有的遗憾。即便如此，《读诗课》仍然较好地保留了现场的魅力：真情流露，灵光乍现，误读的胆略，民主的芬芳。

程一身所使用的工具，说来也不复杂，就是细读（close reading）和结构分析。细读，用的是显微镜；结构分析，用的是望远镜。这两个工具，分发给了他的两只眼睛。为了不让两只眼睛产生激烈的争吵，他从关键词引出关联词，将细读落实为关键词分析，又将结构分析落实为关联词分析。这样呢，显微镜和望远镜，就奇妙地实现了相安，新批评（new criticism）的孤树和结构主义（structuralism）的森林，也就奇妙地实现了相融。怎样选定关键词，还有关联词？程一身的敏感，往往切入了这样六个剖面：人称结构、声部结构（他称为艺术结构）、抒情结构、叙事结构、时间结构和空间结构。比如，在讨论昌耀《斯人》的时候，他从“斯人”“谁”和“一人”，引出了一对关联词；在讨论《饮酒》的时候，从“人境”和“南山”，“问”和“辩”，引出了两对关联词；在讨论张枣《镜中》的时候，从“镜中”和

“窗外”，“她”和“皇帝”，“悔”和“梅”，引出了三对关联词。这些关键词和关联词的拈出，为透彻解读作品，既觅得了新颖的角度，又奠定了坚实的柱础。全书抛出很多观点，不乏奇兵逆袭，很多时候简直让我拍案惊奇。比如“悔”和“梅”，程一身认为，俩字形体接近，读音接近，故而成为一对关联词。按照这样的理解，“悔”和“梅”的切换，也就可以阐释——或过度阐释——为“心”和“木”的切换。必须是梅花，而不是杏花！这个新颖到令人狂喜的发现，不但让我刮目重读这件作品，而且还在六个以外新增了这样两个剖面：听觉结构和视觉结构。张枣的音韵学玄机和训诂学玄机，“为新诗赋形”，最终没有逃过程一身的敏感——这可是经过闻一多先生训练过的敏感，而闻一多的诗学要旨，恰好指向听觉结构（音乐美）和视觉结构（绘画美和建筑美）。此外，程一身关于王家新的《田园诗》乃是反田园诗，《夜雨寄北》乃是寄内诗的分析，也给我留下了很深刻的印象。

但是，且慢！既然这是个读者反应空间，那就同时是个开放性空间，是个向我也发出了邀请的空间。我作为读者，或者说学生，至少愿意举两次手，谈及异于程一身的两个观点。其一，关于《饮酒》的主体与客体之关系。程一身认为，“采菊东篱下，悠然见南山”，这是写主体（“我”）看到了客体（“南山”），“悠然”是主体的修饰语。我的观点恰好相反：“见”通“现”，这是写客体显形于主体，“悠然”是客体的修饰语。按照这样的理解，“悠然见南山”就应该读如“南山悠然现”。

王国维先生所著《人间词话》，则更为极端，他甚至引用这两句诗来作为“无我之境”的例证。王国维的引用有些囫囵，实则呢，“悠然见南山”算得是“无我之境”，而“采菊东篱下”定然是“有我之境”。其二，关于《夜雨寄北》的成稿时间和空间。程一身认为，“君问归期未有期，巴山夜雨涨秋池”，为诗人入蜀后写于巴山，当时其妻并未去世。我的观点略有不同：巴是巴，蜀是蜀；巴山是巴山，蜀山是蜀山；巴和蜀都是确指，巴山和蜀山却是泛指；此诗为诗人入巴后所作，非入蜀后所作也。李商隐入巴，当在848年（宣宗大中二年），自江陵、宜昌、秭归、巴东至夔州而返，当时王氏的确健在。李商隐入蜀，当在851年（宣宗大中五年），往投西川节度使柳仲郢，寄居梓州（今四川三台）而非所谓巴山也，其时王氏已经仙游。这个问题并没有太大的争议，可参读杨柳先生所著《李商隐评传》及刘学锴、余恕诚两位先生所著《李商隐年表》。如果此诗确系寄内诗，我倾向于认为写于848年的泛巴东区域（今重庆巴东）。

与其吹毛求疵，不如披沙拣金。请广大读者忽略我的考据癖，并转而信任和重视下面这样一个经过深思熟虑的断言：这部《读诗课》不仅可以作为文学创作的借镜，还可以作为文学批评的进阶，宜于普通读者和专业读者共选为案头书。

2020年1月15日

我的早晨，我的大学

——《诗探索》八记

1

《诗探索》最早被我见到，乃1996年第1辑，总第21辑，中国社会科学出版社出版。从末页的售书章来看，得自蓬溪县新华书店。按照当年习惯，我在扉页写下了购入日期。是的，“1996年7月21日”。很少有人听说过蓬溪县，更少有人听说过庭英乡。然而，只有这样一块僻壤，才有这样一口古井：它浇灌了我的肉体，并牵萦着我的灵魂。这口不算太深的古井，古井四围的槐树和酸枣树，还有庭英乡中心小学、初级中学，蓬溪县中等师范学校：这就是我所受过的全部教育。我后来回到庭英乡中心小学，当了两年语文老师，居然也就艳遇了这个刊物。

那时候的我，肉体动荡，内心迷惘，既没有土豆，也没有星空。还要等到当年9月，才能去往遥远的成都，脱产进修于四川省教育学院（一所袖珍版的成人高校）。我急切地翻开了这期《诗探索》；同时呢，想象着四川省教育学院的高户。后者并不能让我过于分神；是的，此时此刻，我读到了天外来客般的王家新先生和程光炜先生，读到了洪子诚、吴晓东、李怡、陈旭光、谢冕、鹿国治、南野、邵燕祥、韩子勇、李振声和郑敏，当然也读到了簇新的臧棣和几乎更加簇新的钟鸣。这是文字的脱缰，这是思想的撒野，这是奇异派的赶集。这个刊物让一个乡村少年傻了眼，出了神，开了窍，忽而对四川省教育学院及其教授充满了天真的期待。

即便是今天再次重读，这期《诗探索》，仍然足以令人流出热泪或鼻血（两者都是童年和激动的副产品）。比如，“人们可以‘被代表’吗？在今天显然不能，但他们有意无意仍在使用一种‘覆盖性话语’，而这只能导致对个人的简化和取消”。又如，“在艺术的领域，我想没有对所有人的真理，而只有对个别人的真理，宣称占有了普遍、绝对真理，那只能是一种虚妄”。就在这些文字的下面，我曾画过一道波浪线，现在仍然愿意再次画出一道波浪线。这样看起来，在较长一个时期，我都低估了这个刊物对于发育灵魂的意义。

前文摘引的两小段文字，都出自这期《诗探索》的卷首文：王家新先生的《夜莺在它自己的时代》。是在1997年，最迟1998年，我在成都购得了他的同名随笔集。这部随笔集，列入了东方出版中心的“诗人随想文丛”。这套随笔集，作者除了王家新，还有于坚、西川、王小妮、陈东东、钟鸣、徐敬亚、翟永明和海男，——很快，他们大都成为我的明星。正是这些活力四射的读物（钟鸣到手稍晚，但是来势凶猛），让我忽而察觉，当代诗和当代诗学或已出现令人窃喜的可能，汉语或望在课本和教育以外求得弥足珍贵的转机。

2

1980年12月，在北京，谢冕先生创办了《诗探索》[①]。昨年，亦即1979年4月，也是在北京，陈翰伯、陈原和范用等三位先生创办了《读书》。就在《读书》的卷首文，李洪林先生——经范用先生小改——已提出，“读书无禁区”[②]；而在《诗探索》的发刊词，谢冕先生亦提出，“艺术的探索不存在禁区”。时代已经莅临，氛围已经浓郁，这两个刊物同气相求，争先恐后，都冲着文化的交流和思想的解放。

就在此前一两年，我只有两三岁，忽而患了急性肾炎。母亲不知从何处觅得一张偏方，也就是杜仲树的皮，还有猪的腰子，挽救了可怜的小生命。这个脆弱如兔的小生命，大病初愈，对诗与北京毫不知情；而谢冕先生及其同侪，正勠力搭建和捍卫着美学的最高尊严。

也许还应该提及这样一个事件：1947年，上海，曹辛之先

---

① 《诗探索》发刊词《我们需要探索》（执笔谢冕，署名本刊编辑部）认为：“诗歌之有专门的理论批评的刊物，在我国，似乎还是第一次。”其实1976年，在台湾，痖弦和梅新就创办了《诗学》，早于《诗探索》。到了1992年，在台湾，尹玲、白灵、向明、李瑞腾、渡也、游唤、苏绍连和萧萧创办了《台湾诗学》；2005年，在北京，谢冕、孙玉石、洪子诚又创办了《新诗评论》，均晚于《诗探索》。

② 参读《〈读书无禁区〉及以后》，沈昌文《也无风雨也无晴》，海豚出版社2014年版，第122—128页。

生创办过《诗创造》。“创造”也罢，“探索”也罢，都是新诗的天职。而且，恰是这个曹辛之，既为《诗创造》，又为《诗探索》设计了封面。这两个刊物在名称上的呼应，以及在封面上的关联，就像一个隐喻，预言了谢冕先生即将三申的一个重要观点：20世纪80年代文学，不过是二次启蒙，不过是在严峻的中断以后，再次捡起五四新文学留下来的接力棒。

《诗探索》的主编，自谢冕先生以降，还有杨匡汉先生，尤其是吴思敬先生。这就意味着，北京大学，中国社科院，首都师范大学，都已经参与这个刊物的联办。余生也晚，读书未广，行路未远，不识韩荆州，不拜万户侯，不知错过了多少风流。然则，最近十余年，居然有缘而有幸，先后拜识谢冕等三位先生。2008年3月，应邀参加罗江诗歌节，得以拜识吴思敬先生。2009年10月，应邀参加洛夫国际诗歌节，在衡阳，得以拜识谢冕先生，重见吴思敬先生。2012年11月，应邀参加沈奇诗集《天生丽质》研讨会，在西安，得以拜识杨匡汉先生，重见谢冕和吴思敬两位先生。此后，在绵阳、深圳、北京或银川，我又多次重见谢冕或吴思敬先生。若要问我对这两位先生的观感，前者如同夏日朗照，后者如同春风轻拂。

3

洛夫国际诗歌节闭幕后，次日凌晨，会务组——或者说命运——做出了这样的安排：来自香港的黎活仁先生及其弟子，吴思敬先生，还有我，定由同一辆面包车送往长沙。从衡阳，到长沙，全程四小时。黎活仁先生及其弟子，早有心照，不留口碑；倒是吴思敬先生，心口相得，言笑自若。当时的氛围显得有点儿吊诡：黎活仁先生及其弟子，似乎被谁没收了嘴巴，只在曦色中保全了几对好奇的大耳朵；而吴思敬先生，趺坐孤岛，点化顽石，——对，这块顽石就是我，这块顽石还剩有一点儿嘴巴。

吴思敬先生讲了一个故事，提了一个问题，让我至今记忆如新。讲的故事，关乎某位诗人归国看望老父。据云前后遭遇，奇妙地交错着观照与反观照，主流与非主流，诗与政治，乃至个人与庞然大物。说着说着，先生忽而有点伤感。几年后，我印证般地读到这位诗人的相关自述："我在自己的故乡成了异乡人。"[①]提的问题，关乎哪些青年批评家值得重视。这位深耕新诗数十年的前辈批评家，怎么会向眼前的毛头小伙子，恳切地提出此种恍若至简的问题呢？记得当时，我回避了吴思敬先生的所有高足，斗胆推荐了几位外省青年批评家（比如昆明的王凌云）。从这个故事，到这个问题，我再次领略到了眼看快要失传的春风：自谢冕先生而吴思敬先生，不仅通过《诗探索》，总是亲密地关注着青年，关注着青年的"生气"和"敏感"。

临到长沙，就要惜别，吴思敬先生忽然向我约稿，"也许可用于《中国诗歌研究动态》"。对，不是《诗探索》，而是《中国诗歌研究动态》。

---

① 《序》，北岛《城门开》，生活·读书·新知三联书店2010年版，第1页。

4

我最早呈交给吴思敬先生的小文，就是《左边是哪一边》。2008年11月，柏桦先生那部传说中的奇书《左边》在成都全文发表；次年4月，在南京正式出版。接受了柏桦的提醒，当然，也听从了内心的指令，我不由自主地自置于某种“气团”，很快就读完了这部奇书并写出了这篇小文：“《左边》不惟是一个诗人的心灵史和表达史，更是一代诗人的心灵史和表达史，是当代中国最接近《人·岁月·生活》的苦行与幻美之书。”吴思敬先生收稿后，忽然改变了决定：对，用于《诗探索》，而非《中国诗歌研究动态》。这个新决定，不是没前提：他降低了对于学理性的要求，姑息了我的个性化文字，迁就了我的随笔式风格。

这篇小文很快就发表于《诗探索》2010年第1辑，——从初次渴饮这个刊物，到如今交上作业，不觉已是十四个春秋。此后，吴思敬先生不吝页码，陆续发表了多篇拙文（必须老实承认，有的并不成熟）。由读者而作者，我与这个刊物缘分日深。从某种意义上讲，这个刊物见证并呈现了我对一个时代的补习。这个时代，就是热烈而光荣的80年代。

我亟欲在这里重提《诗人之死》，此文耗时一年，得字三万，次第论及海子、骆一禾、方向、戈麦、顾城、麦可、马骅、余地和马雁，可以视为80年代的挽歌，先是发表于《诗探索》2012年第3辑，后又发表于《今天》2013年第3辑。吴思敬先生相告，在有关会议上，谢冕先生曾两次谬赞此文。到了2014

年与2015年之交，我以此文为代序，编选出版了《永生的诗人：从海子到马雁》。这部孤冷之书的《后记》，写得甚是沉痛，这里且引来两小段："青年诗人自戕，在这个方面，则显得尤为痛楚而高迈。此间种种悲剧，或为个人之悲剧，或为时代之悲剧，或为语言之悲剧，都见证了必将为后世深究和推重的种种幽微。""拙文绝无猎奇与猎艳之心，本意是提前深究和推重那种种幽微，写来却自有难处，自有苦衷，不免时时存有欲言又止欲说还休之尴尬，恳请各位君子体谅，并相信有心人自会在隐忍或断裂之处读出历史。"①

5

只要提及柏桦，就会说到张枣。2010年3月8日，张枣因肺癌不治而逝世，享年仅四十八岁。同年4月12日，我草成了短文《挽张枣》。我对张枣，当日迄于今日，认知都甚为肤浅。吴思敬先生勉励后学，却称此文兼有"深度""感情"和"文采"。经我们往来通邮，商定在《诗探索》2011年第3辑推出"纪念张枣小辑"，除了拙文，还发表了张光昕的长文《茨娃密码》。张光昕可谓少年高手，既有极高的天赋，又有极细的敏感，还有极新的句法，这次提交的长文，算得上是细读的典范，——几年后，我又读到了江弱水的长文《言说的芬芳》，也是解读张枣的

① 胡亮编著《永生的诗人：从海子到马雁》，北岳文艺出版社2015年版，第181页。

十四行诗组《跟茨维塔伊娃的对话》。两篇长文，一时瑜亮，这是闲话不提。

此后，在吴思敬先生指导下，由我提出选题并组织稿件，陆续在《诗探索》推出了若干个小辑。2013年第1辑，推出了“孙静轩研究小辑”，发表了我与林贤治的文章。林文《孙静轩后期诗歌片论》，标题为我所加，节选自他的专著《中国新诗五十年》。为何选用这篇旧文？因为此文提及了孙静轩的长诗《告别二十世纪》。这部遗著命运多舛，流落无踪，迄今未见天日。孙静轩的意义，既在其诗，亦在其人。对这个问题，欧阳江河先生说得最是有趣：70年代末，80年代初，蜀中青年诗人因为拜访孙静轩才得以相互认识①。孙静轩遽尔游仙，身后寂寞，这个小辑虽然用心良苦，却也未能唤起更加广泛的重视。

2014年第4辑，推出了“陆忆敏研究小辑”，发表了胡桑、我与陆忆敏的文章。陆忆敏女士的前期作品颇有名篇，论者甚蕃，成果亦多，我就建议胡桑先生重点讨论其后期作品，——尽管在我看来，前与后，已是诗分唐宋，不可同日而语焉。同年，《今天》冬季号也复制推出了这个小辑，与《诗探索》相比，增发了陆忆敏后期作品二十八首。到2015年，我汇校出版了《出梅入夏》，迄今乃是陆忆敏唯一之诗集，附收了柏桦、崔卫平、钟鸣、李振声、余夏云、胡桑等六家专论。这些工作和动作，让这位隐逸女诗人复现于诗界。钟鸣先生激赏陆忆敏，尤其是《墨

① 参读《欧阳江河：八十年代像场天花》，新京报编《追寻八十年代》，中信出版社2006年版，第68页。

马》，当年曾力推于民刊《象罔》。当他看到《出梅入夏》，不免喜形于色，公开留言不吝赞美："陆忆敏乃白话文诗以来最杰出的女诗人之一，窃以为可与五四时期徐芳、当代翟永明并为现当代汉语新诗三女杰。徐芳当年诗出，曾让胡适先生自叹不如，大陆鲜有介绍研究；翟永明据蜀而得大巧若拙，居当代名气之魁，但研究水平均与作品不能对等；陆忆敏发江南江东之气，袭吴越之清风，飘逸高妙，惊若天人。而且数十首完成后绝尘封笔，宛若武侠隐士。三人叹为观止，乃吾诗辈之骄傲。"

6

从2017年到2018年，我接踵出版了几部小书：《琉璃脆》《虚掩》和《窥豹录》。有关方面乘机举办了一个研讨会，这个研讨会不是因为我，而是因为与会嘉宾（比如柏桦）而呈现出某种较为罕见的重要性。是的，他们谈及了若干个火烧眉睫的话题：去西方中心主义，去白话原教旨主义，汉语自觉，批评文体学，片断与跨文体，感性批评，小评传写作，开放式（召唤式）结构，细读，问题意识，南方性与蜀学传统，野蛮生长，还有古典诗学的现代转型。

吴思敬先生因故未能参加这个研讨会，但发来贺信，并委托沈奇先生当众宣读。他也很关注着这个研讨会的成果，会同孙晓娅博士，先后在《中国诗歌研究动态》总第21辑和《诗探索》2019年第2辑分别推出了"胡亮诗学研究小辑"，发表了沈奇、茱萸、庞惊涛、丁瑞根、杨碧薇、蒋蓝、刘朝谦等七家专论，《窥豹录》的序跋，以及小文先生整理的《胡亮诗学研讨会纪要》。

如此逾分的礼遇，让我深感羞愧；而与会嘉宾的良言，又让我备受鼓舞。比如，杨碧薇博士回忆说：“六七年前，我还蛰居于海南岛。一天，我读到了《诗人之死》，并记住了胡亮这个名字。就像捡到了什么意外的宝贝，我马上把这篇文章推荐给身边的几位朋友，不出我所料，大家都对其赞不绝口。甚至有那么一段时间，我们陷入《诗人之死》的气氛里，每次聚会，热闹之余总免不了涌起些伤情。这或可从侧面证明：《诗人之死》的言说具有某种宗教般的魔力，而胡亮正是那位老练沉稳的巫师。”

杨碧薇当年读到《诗人之死》，并非经由《诗探索》；但是，我毫不怀疑，《诗探索》一定帮助这篇长文找到过像她这样的高级知音。

7

吴思敬先生还曾多次邀请我参加学术研讨会，最近两次，都关乎《中国新诗总论》。这部六卷本巨著，由谢冕先生担任总主编，姜涛、吴晓东、吴思敬、王光明、张桃洲和赵振江等六位先生担任分主编。2019年5月，在银川，举行了首发式；同年10月，在北京，举办了研讨会。我出席了首发式，却缺席了研讨会。

我缺席了研讨会，仍然慎重地提交了论文：《半首诗，半部诗学——〈中国新诗总论〉读札》。这篇论文，无知者无畏，从多个角度挑剔《中国新诗总论》，不意反而得到谢冕和吴思敬两位先生的认可。这就是谢冕先生，这就是吴思敬先生，这就是念兹在兹的《诗探索》：除了亲密地关注着青年，还能宽容异己观点，甚至渴欲促成“两刃相割”的美学胜景。

从某种意义上讲，《诗探索》的小传统，恰好来自北京大学的大传统。我手上存有《诗探索》总第11辑，出版于1984年，发表过刘士杰先生采写的《冯至谈当前诗歌创作》。冯至先生又坦率，又激动，又偏执，“说什么‘崛起’”，不点名地批评了谢冕先生及其同侪对于青年的热情奖掖。1983年，徐敬亚发表《崛起的诗群》；1981年，孙绍振发表《新的美学原则在崛起》；1980年，谢冕发表《在新的崛起面前》。谢冕先生正是“崛起论”的领衔人物，而又能光风霁月如此——他亲手发表了《冯至谈当前诗歌创作》，并且还是作为当期《诗探索》的卷首文。恰如我们所熟知：冯至先生曾经，而谢冕先生则始终，任教于海纳而鲸吞的北京大学。

所以，恰是缘于对《诗探索》襟抱的信任，而非出于自恋，我才在得到如下消息的时候丝毫没有感到意外：吴思敬先生决定在《诗探索》开设专栏，发表《中国新诗总论》研讨会的成果，并将重点推出《半首诗，半部诗学——〈中国新诗总论〉读札》。

8

如果说《读书》是“以书为中心的思想评论刊物”，我倾向于认为，《诗探索》是“以诗为中心的思想评论刊物”。这两个杂志，都是所谓“小杂志”（little magazine）[①]。何谓小杂志？我的理解，可能小异于《读书》老掌柜沈昌文先生：小杂志，不仅意味着开本小，页码少，学科偏，话题冷，同时意味着她只能心心相印地服务于“无限的少数人”。

我长期蛰居僻壤，读书只到中等师范学校，没有受过全日制普通高等教育。既非学士，遑论硕博。那又有什么关系？我攻读过大自然，选修过《诗探索》：她既是我的早晨，诗歌的早晨；也是我的大学，思想的大学。

2020年1月29日

① 参读《一份常常引起争议的刊物》《一部分人的刊物》，沈昌文《八十溯往》，海豚出版社2011年版，第95—102页。

郊寒未远，岛瘦不迟

——《敬隐渔研究文集》出版记

2015年11月6日，《敬隐渔传奇》首发式在四川遂宁举行。该书为张英伦先生所著，于当年6月，由上海文艺出版社印行。

张英伦先生是资深的作家、学者和翻译家，生于1938年，安徽蚌埠人氏。1957年，他考入北京大学西语系，学习法语和法国文学。1962年，考入中国科学院研究生院，师从罗大冈教授专攻法国文学。1966年，供职于中国社科院外国文学研究所，与冯至、卞之琳、罗大冈、李健吾、罗念生、杨绛、柳鸣九等共事。1988年旅法，受聘为法国科学研究中心研究员。著有《法国文学史》《雨果传》《莫泊桑传》《大仲马传》等，译有《莫泊桑小说选》《茶花女》《玛尔戈王后》《鲍狄埃诗选》《梅塘夜话》等，编有《外国名作家传》《外国名作家大辞典》《外国中篇小说丛刊》《外国小说大观》等。

《敬隐渔传奇》首发式的主办方，乃是遂宁市文化广电和新闻出版局，——参加这个首发式不久，按照命运的派遣，我也被调入了这家单位。在首发式上，张英伦先生向主办方慷慨捐赠了关于敬隐渔的若干文献，包括敬隐渔的小说集《玛丽》（上海商务印书馆，1925年12月），《欧罗巴》（*Europe*，第41期，1926年5月，载有敬译《阿Q正传》），以及庄重而高雅的《罗曼·罗兰友人之书》（*Liber Amicorum Romain Rolland*）。这些文献，极为珍贵，都是张英伦先生以高价拍来。

这部《罗曼·罗兰友人之书》，却与敬隐渔何关？1926年1月29日，《罗曼·罗兰友人之书》由法国罗普塔尔出版社印行，乃是著名出版家罗尼格（Emil Roniger）献给罗曼·罗兰六十诞辰的礼物。这部书共有三位编辑，高尔基（Maksim Gorkiy）、杜阿梅尔（Georges Duhamel）和茨威格（Stefan Zweig）；共有一百三十一位作者，包括爱因斯坦（Albert Einstein）、弗洛伊德（Sigmund Freud）、圣雄甘地（Mahatma Gandhi）、泰戈尔（Rabindranath Tagore）和黑塞（Hermann Hesse）。编辑和作者，可谓大师星聚而巨匠云集。一百三十一位作者，只有一位来自中国，就是寂寂无名的敬隐渔（法文名“让-巴蒂斯特”），——《罗曼·罗兰友人之书》收录了他以法文写就的散文《初访罗曼·罗兰》。

《罗曼·罗兰友人之书》有个敬隐渔简介：“作家，中国上海。”实则敬隐渔乃是吾蜀民国人物。敬隐渔，原名显达，字雪江，遂宁人氏，生于1901年，约卒于1933年，享年不超过三十三岁。他是诗人、作家、翻译家、中法文化交流史上的先驱者，生前主要居留在遂宁、成都、上海、巴黎（Paris）和里昂（Lyon），与罗曼·罗兰（Romain Rolland）、鲁迅、郭沫若等中法文豪都有交往。他曾首次将罗曼·罗兰的《约翰·克利斯朵夫》译成汉文（没有最后完稿），介绍到中国；还曾首次将鲁迅的《阿Q正传》

译成法文，介绍到欧洲。曾得到罗曼·罗兰、郭沫若、茅盾、成仿吾等人的高度评价，被目为创作、翻译和学术研究的“天才”。综合各方面史料来看，很有可能，敬隐渔最后因为身体或精神疾病蹈海而死（一说投湖而亡）。

遂宁是敬隐渔的故乡，蓬溪是我的故乡，后者辖于前者，所以说敬隐渔也算是我的乡贤。民国时期，遂宁人氏，也许只有敬隐渔，尚能留痕于文学史或文化史。我以弱冠之岁，从1996年，到1998年，负笈于成都，购得王锦厚先生的《五四新文学与外国文学》，就知道了敬隐渔及他与罗曼·罗兰的奇缘。从成都回蓬溪，我住了四年，然后举家迁往遂宁。到了2006年1月10 日，诗人和翻译家陈树才先生来访，我就向他请教过关于敬隐渔的问题。陈树才是郭宏安先生的博士，而郭宏安则是李健吾（亦即刘西渭）先生的门生。就法国文学的翻译和研究而言，李健吾、郭宏安、陈树才构成了一个醒目的谱系。敬隐渔与李健吾同辈，张英伦先生则与郭宏安同辈。陈树才当然知道，却并非详尽地知道敬隐渔。到了2013年11月15日，我为自己主编的《元写作》第五卷撰写《编后记》，没忍住，曾顺带向敬隐渔致敬，并发出了“其人可悯、其才可赞、其志可嘉”的浩叹。也正是在此前后，我与诗人张丹女士——现为四川师范大学文学院博士生——曾多次讨论编译出版敬隐渔文集和研究文集的相关事宜。

就在我们兴致勃勃地描绘着这个乌托邦的时候，张英伦先生的《敬隐渔传奇》，已于2015年6月印行。张英伦先生旅居法国，遍游欧洲，精通法国文学和中国现代文学，富有传记写作经验，对敬隐渔饶有兴趣，可以说是研究后者的最佳人选。他历时五年，行程万里，从遂宁到上海，从法国到瑞士，既考察了田野，又查阅了若干图书馆和档案馆，终于完成了这部填补空白的《敬隐渔传奇》。这部书资料翔实，考证精确，视野开阔，评价公允，结构匀称而文字优美。在首发式上，我向张英伦先生建议，该书没有虚构，堪称良史，或可更名为《敬隐渔评传》。他局部地采纳了我的建议，后来修订《敬隐渔传奇》，就更名为《敬隐渔传》，又编译出《敬隐渔文集》，于2016年9月，由人民文学出版社同时印行。《敬隐渔文集》囊括了作者的旧体诗词、新诗、小说、散文、评论、书信和译文（包括法译和汉译）——作者的法文作品和法译作品，也经张英伦先生译成汉文。敬隐渔将《阿Q正传》节译成法文，张英伦先生又将法文回译成汉文，而不直接采用鲁迅先生的原文，是为了让中国读者感知敬隐渔的节译和改译风格。匠心如此，令人叹服，苦心如此，让人感佩。

我也是恰在拜读这两部书以后，心动而手痒，才试写了《可能的七里靴——介绍敬隐渔的诗与译诗》，——完稿时间是2017年1月18日。经张英伦先生谬赞和力荐，复经王锦厚先生审读，这篇论文后来刊发于《郭沫若学刊》2017年第2期。近年学术界以贬低郭沫若为时尚，也便有人热讽，笑我居然为《郭沫若学刊》供稿。尔等不苦读，不深思，每以道德家欺人，我也懒得给他们细讲何为郭沫若。这是闲话休提。

也正是在此前后，因这两部书的面世，国内敬隐渔研究已然掀起了一个小小的热潮。我便与张英伦先生先生商议，欲辑录相关成果，汇编出版《敬隐渔研究文集》。按照我的最初设想，这部文集将会厘为四卷：卷一收录敬隐渔与罗曼·罗兰的通信；卷二收录鲁迅、李劼人、郭沫若、孙伏园孙福熙兄弟、郑伯奇、茅盾、成仿吾、周全平、林如稷林文询父子、沈从文、梁宗岱、戴望舒、叶灵凤、傅雷、罗大冈、戈宝权等人涉及敬隐渔的文字（包括日记、书信、回忆录、散文和论文），这些文字既有褒扬，又有怀疑、误会乃至贬斥，既有史实，又有错讹，均可一并存为史料；卷三收录最新研究成果；卷四收录张英伦先生编订的《敬隐渔年谱（1901—1933）》。

张英伦先生大体上赞同我的设想，却又认为，卷二文字较为零碎，又有错讹，并非湮没无闻，可以不必编入《敬隐渔研究文集》。我尊重张英伦先生的决定；我们最终将研究文集编为三卷，亦即史料卷、论文卷和年谱卷。史料卷收入敬隐渔、罗曼·罗兰、鲁迅、巴萨尔耶特（Léon Bazalgette，《欧罗巴》主编）等人的相关通信，以及罗曼·罗兰的相关日记，原文大都为法文，由张英伦先生译为汉语。论文卷收入胡亮、冯铁（Raoul David Findeisen，瑞士汉学家）、袁莉、张英伦、朱穆、钟沁、廖久明、陈俐、刘志侠（旅居法国学者）、王锦厚、王细荣等十一位当代学者关于敬隐渔的十四篇最新研究成果。卷三年谱，收录张英伦先生编订的《敬隐渔年谱（1901—1933）》，——窃以为这个年谱还可以再作展开，比如，详细引用前述国内外有关史料并注明出处。从最终编定的《敬隐渔研究文集》来看，关于敬隐渔的诗与译诗，小说的创作与修改，汉译《约翰·克利斯朵夫》，法译《阿Q正传》和《函谷关》，与罗曼·罗兰的交往，与鲁迅的交往与误会，《敬隐渔传》的价值与特点，等等，都辑录了最新最重要的研究成果。这些研究成果，不免也有遗憾。比如，瑞士汉学家冯铁的《敬隐渔的法文翻译与他的法文写作——以郭沫若著〈函谷关〉为例（1924年译）》（译者为何昊佩），原文质量想来甚佳，汉文质量却不敢恭维，我甚至怀疑译者或有使用翻译软件。又如，复旦大学外文学院研究生钟沁的《初见伟人：寻求精神救助的“新力”——品读〈雷芒湖畔〉》，有提及希腊文明，却没有提及希伯来文明，对敬隐渔自小接受的异域文化资源或有误判。好在瑕不掩瑜，终是一件功德。2019年12月，该书由江苏文艺出版社精装出版，正好作为敬隐渔出生一百二十虚年的献礼。

《敬隐渔研究文集》，以及《敬隐渔传》和《敬隐渔文集》，堪称敬隐渔研究的重要成果，早期中法文化交流史研究的生动个案，既是遂宁地方文献的必备书目，又是中国现代文学和翻译文学的罕见史料。即便这样说来也不算过分：这几部书，填补了中国现代文化史研究的一个醒目空白。

我所期待的敬隐渔研究四大工程，亦即年谱、评传、文集和研究文集，经张英伦先生十年努力，现在已然全部完成，——当然，《敬隐渔研究文集》还可以继续增补修订。就《敬隐渔研究文集》的编撰而言，上文已有暗示，主要也应该归功于张英伦先生。我的动议，建议，襄助出版，虽然与有荣焉，却不能成为掠美张英伦先生的借口。所以，我要借这篇小文的一角，代表个人，也代表敬隐渔的同乡后辈，向张英伦先生致以最真挚的谢意和敬意。张英伦先生早就满头飞霜，到今年，已是八十三岁高龄，我们祝愿他永远健康。

2020年4月29日

换器官指南

——蒋浩《佛蒙特札记》细读

1

在谈到本文的当然主角——诗人蒋浩——以前，先要提及大名鼎鼎的卢斯（Henry Robinson Luce）。卢斯是传教士、新闻人和出版商，曾创办《时代周刊》（1923）、《财富》（1930）和《生活》（1936），其一生也，既登上了名之巅，又登上了利之巅，故而曾被列入美国最有影响力的七个人。卢斯与中国亦有渊源：他出生于山东蓬莱（一说烟台）。可能正是顾及此种渊源，几年以前，卢斯基金会开始邀请一些汉语诗人，入驻美国佛蒙特工作室（Vermont Studio Center）：为期四周，开展创作、翻译和交流项目。

佛蒙特工作室位于佛蒙特州约翰逊镇，这个森林小镇有山有水，水则基训河，山则阿巴拉契亚山脉。山上有一所学院；谷中有一家中餐馆，一家咖啡厅，一家理发室，一家超市，两座教堂（“神职人员正闲得蛋疼”[①]），一家图书馆，还有一间瑜伽房。工作室的主体建筑，曾是一家红色的木结构油坊，后来才被改造为一个滨水的艺术空间。从工作室特设的冥想室，及上文提及的瑜伽房，就可以看出，此处颇有嬉皮士运动（The Hippie Movement）遗风。昔日的油坊东家，今日的工作室主人，蒋浩猜，很有可能就是一个晚期嬉皮士。这似乎也在证明，榨油，画画，也可以是艺术的左右手。这是闲话不提；却说佛蒙特工作室，能同时接纳五十多位艺术家，十多位诗人或作家，已经成为美国——也许是全世界——极为著名的艺术家驻留中心。

佛蒙特工作室及卢斯基金会，早在2016年，就向蒋浩发出了邀请。主办方还为他安排了合作方，华裔译者江诚欣小姐。由于这位小姐的时间不巧，蒋浩不得不推迟到次年才入驻。2017年9月3日，蒋浩飞抵纽瓦克，转机飞抵伯灵顿，4日入驻佛蒙特工作室，10月8日从拉瓜迪亚飞回中国。完成工作室的相关工作以后，飞回中国以前，蒋浩还曾逗留于一个小镇，一座大城，小镇是新迦南（New Cannan），大城是纽约（New York，其实应该译为新约克）。从这些大小地名——以及佛蒙特所在的新英格兰（New England）——的偷懒的命名，可以看出，美国不但直接抄袭了英国，还通过《圣经》间接抄袭了叙利亚-巴勒斯坦（Syria-Palestine）。偷懒与仍旧，当然比创新更加一帆风顺。就其名，几乎全是偷懒与仍旧；究其实，美国——还有美国诗——

① 《熊、刺猬或豪猪之死（给王寅）》，蒋浩《佛蒙特札记》，非正式出版，第25页。下引蒋浩之诗，凡未注明，均见此书。

从来都在孜孜创新。那么，我们的“蒋浩”呢？从中国到美国，从海口到佛蒙特，从海滨到群山环抱，从汉语到英语，从字到字母，从美国想象到中国记忆，从美国记忆到中国现实，经此一圈循环，他会在异国他乡变成一个“新蒋浩”（New Jianghao）吗？要回答——哪怕是不及格地回答——这个问题，都需要我们静下心来细读他的新作《佛蒙特札记》，共包括十五首长短诗：最早的一首题目用英文，*Anchorage*①，成稿于2017年9月4日；最晚的一首题目带古风，《丁酉秋，过纽约》，成稿于2018年1月18日。

2

蒋浩的作品历来字字为营，步步为营，武装到牙齿，其修辞②的密度远大于意义的浓度。修辞主动，语义被动，后者似乎只是前者的副产品。修辞解除了语义的五花大绑，语义来源于并最终服务于修辞。也许对于蒋浩来说，与其“言不尽意”，不如“意不尽言”，与其“意在言外”，不如“言在意外”。“永远不要去追问一首诗的意义，因为它本身并不靠有无意义而存在。”③他的念兹在兹，不是语义，而是字的生死劫，词的梦

① 意为“抛锚”（吾友胡志国教授音义双关地译为“安客”），伯灵顿机场附近的旅馆。

② 蒋浩有诗集《修辞》，上海三联书店2005年版。

③ 《方言》，蒋浩《似是而非》，江苏凤凰文艺出版社2019年版，第218页。下引蒋浩之文，凡未注明，均见此文。

游，与乎修辞的绿野仙踪。如果说，语义是西瓜，修辞是芝麻，蒋浩偏要丢了西瓜捡芝麻。诗人，多么任性地，只是一个修辞主体而已。到蒋浩完成长诗《游仙诗》，此种倾向，已经趋于极致，让很多读者茫然不知所措。这种诗艺上的穷讲究（穷尽讲究），赋予其诗以一种稀有的价值观，不妨称之为形式主义价值观：买椟还珠而已，刻舟求剑而已，缘木求鱼[①]而已，大海捞针而已，猴子捞月亮而已。如果往细了说，蒋浩的修辞要术，不是有一套，至少有两套：一个是能指游戏，一个是奇喻魔术。曾被他反复动用的这两样看家本领，是否与“海南的雨”，一起登上了去美国的航班并且“在纽约稍作徘徊”呢？

先来说能指游戏。关于这对著名的术语，“能指”与“所指”，笔者也不欲在此引来索绪尔（Ferdinand de Saussure）或巴特（Roland Barthes）的相关解释，而是想要自作主张地如是说明：字词之三维，音，形，义，能指关乎前面两维，所指关乎后面一维。蒋浩的做法，似乎也简单，就是通过能指的滑动，带动所指的滑动，通过两者的滑动形成了一种听觉和视觉的贯珠，然后才是气咻咻赶上来的语义的贯珠。批评家对阿什贝利（John Ashbery）的图解，一个海难场景，“液态的能指海洋——随机性，固态的漂浮物——意义”[②]，该是多么地贴切于蒋浩的此类

---

① 蒋浩有诗集《缘木求鱼》，海南出版社2010年版。

② 马永波《向阿什贝利致敬》，《约翰·阿什贝利诗选》，河北教育出版社2003年版，第7页。据说马文部分观点，来自外国学者，却似乎忘记了注明出处。

作品。先来读*Anchorage*：“黑出租车黑司机黑手举着白纸：/本地拼写的拉面状拉风口音，/消解了横平竖直的汉语性。”从“黑出租车”，到“黑司机”，到“黑手”，是能指和所指的正向滑动。从“黑”，到“白”，是所指的反向滑动。从“拉面”，到“拉风”，既是能指的有序滑动，也是所指的无序滑动，中途就翻越了至少一座克莱山或曼斯菲尔德山。再来读*Maverick Studios*①：“公共性比个人性更人性的玩笑是：/干这行全凭热心和苦心，/腿长并不让诗艺见涨。”这些诗句再次让我们领教，如何通过能指游戏，在字与字之间，在词与词之间，形成喜出望外的若干细小沟壑（或褶皱）。此种能指游戏，恰是汉字游戏。蒋浩降落在美式英语中间，遍地字母，“消解了横平竖直的汉语性”；但是他又通过能指游戏，消解了此种消解，并在美式英语中间挽回了一点儿“汉语性”。或许还可以这样来表述，此种能指游戏，本来就是蒋浩的惯用伎俩。来读他的旧作《寻根协会（回赠臧棣同题）》：“但我爬得快极了，/山头我过去的风头未及白头，/而前面只剩下下面。”②蒋浩干吗这样做？也许，他只是为了反对钱锺书反对过的“把常然作为当然和必然”③？

再来说奇喻魔术。毫无疑问，奇喻与能指，这次都被蒋浩塞进了行囊。奇喻就是在八竿子打不着的两样事物之间，强行

① 可勉强译为“学前牛犊写作坊”，或“初生牛犊写作坊”，隶属于佛蒙特工作室。

② 《缘木求鱼》，前揭，第5页。

③ 《中国诗与中国画》，钱锺书《七缀集》，上海古籍出版社1994年版，第2页。

发明一种惊艳到惊险的相似度。因而，奇喻是开头最荒唐、收尾最美满的拉郎配。在很大程度上，可以说，奇喻具有创世纪特征，乃是高级想象力的奇妙结晶。笔者早已发现，奇喻既是蒋浩的旧作——也是其新作《佛蒙特札记》——的独门暗器。来读*Anchorage*："揉皱的夜色如手纸"，"裹紧毛毯胜于钻进保温杯"。从"毛毯"到"保温杯"，尚有理路可寻；从"揉皱的夜色"到"手纸"，已是脑洞大开。再来读*Maverick Studios*："字母O的小圆脸像画了烟熏妆"。从"O"到"烟熏妆"，本体与喻体之间，跨度实在太大，或已超过了跨海大桥。跨海太容易，如果与跨文化相比。*Anchorage*和*Maverick Studios*，乃是《佛蒙特札记》的前头两首，此后十三首，蒋浩逐渐弃用能指游戏，却将奇喻魔术贯穿始终。比如，他把住在山下而不到山上散步，比作"在书中睡觉而不知文字已远游"；把溪声、虫鸣、鸟叫和露滴间的落叶，比作"句读"；把乌鸦的突然的叫声，比作"一座跨度很长的弓形桥"；把血迹，比作"一枚回形针别在公路中间的两根黄线上"；把落日的余晖，比作"长颈瓶"。这种种奇喻，不但沟通了"有形"与"有形"，还沟通了"有形"与"无形"，甚至沟通了"听觉形象"和"视觉形象"，——也就是说，奇喻与通感，殊途而同归。蒋浩所制造的修辞美景，尤其是奇喻美景，说实话，一下子就让人想到但恩（John Donne）。但恩的圆规奇喻，跳蚤奇喻，以及花色繁多的各种发明，让他成为了玄学诗的鼻祖，现代派的远祖，以及英语世界的奇喻大师。笔者乐于承认，蒋浩不逊于但恩，堪称汉语世界的奇喻大师。这样的结论甚至还包含这样的潜台词：奇喻比能指更加炫目，魔术比游戏更加扣人心弦和沁人心脾。

3

乘坐飞机和修辞的惯性，蒋浩抵达了佛蒙特工作室。字闯进了字母，字母打量着字，字与字母之间将会发生什么？这是一次跨文化的旅行：跨得过，就是故事，跨不过，就是事故。蒋浩由一个“修辞主体”，静悄悄地，转变为一个“文化主体”。不管诗人愿意与否，在佛蒙特，他都只能“孤身”代表汉语和汉文化。王寅及其夫人还要再过半个月，才能赶来会合。会合了又怎样？他们仨，仍是“孤身”。蒋浩一边寻求“个体身份认同”，一边不自觉地寻求“集体身份认同”。由此展开的写作，注定绕不开两种文化的磕磕绊绊。这是新诗的新材料，也是蒋浩的新课题（有点像个烫手山芋）。笔者已经看到，《佛蒙特札记》呈现了两种文化——字与字母——的阻隔、试探、误读和转译。为了让本文更好玩，笔者把这四种情况，分别称为碰壁记、破冰记、变形记和还魂记。

且容笔者分头来细说，其一，碰壁记。来读《午餐闲谈片段》：“No problem！No idea！/她不大懂东方人的什么都不想/才是想，没问题才有问题。”“我”来自中国，“她”与“他”都来自美国。午餐是多语种的午餐，闲谈是入驻诗人、作家与艺术家之间的闲谈。“No problem”，意为“没问题”，“No idea”，意为“不知道”。字母进入了字的耳朵，听者有心，很快做出了东方式的反应：一种反方向的反应，一种一百八十度的大转弯。这就是字母在字中——或者说字在字母中——的碰壁记。

其二，破冰记。“他”就是那位丹佛艺术家，长着注水梵高脸，正困惑于泥塑维尼熊的干湿度。他曾在中国展出过装置作品，故而对蒋浩颇有兴趣，向后者询问在写作中的趣味性操作。蒋浩自陈了两种相反的尝试：“有包浆的半拉子”，“胸有成竹之前的竹子”。潼南–海南[①]诗人蒋浩，以及这位丹佛艺术家，似乎都已经做好了准备。他们要相向而行，要翻山越岭：一座山岭耸立在字与字母之间，一座山岭耸立在诗学与艺术学之间。那结果并非难以想象，这位丹佛艺术家未必听懂，未必听不懂：“诗很怪，这河里的石头因水变而变。”这脱口而出的“变”，恰是无论何时，无论何地，诗与艺术所共有的“不变”。这就是字母在字中——或者说字在字母中——的破冰记。

其三，变形记。来读《九月二十六日登曼斯菲尔德山（For Thomas Moran）》：“突然，你盯着后视镜中一闪而过的飞瀑，/喊起来：‘范宽！’”这首诗中的“你”就是Thomas Moran（汉文名穆润涛），东亚文学博士，佛蒙特米德尔伯里学院（亦即明

---

① 蒋浩现在的居住地乃是海南，他的生长地却是潼南。潼南乃巴蜀之界，现辖于重庆。蒋浩的自潼南至海南，有点像苏东坡的自眉州至儋州。故而《自然史》曾这样写道：“而喇叭只是风的一个入口，/响在蜀州像是要熄在儋州。”参读蒋浩《游仙诗·自然史》，华东师范大学出版社2016年版，第198页。

德学院）资深汉学家。穆润涛曾译过蒋浩，收入葛浩文（Howard Goldblatt）所编《推开窗：当代中国诗歌》（*Push Open the Window*）。他觉得蒋浩的诗，很难懂，却很有意思。蒋浩入驻佛蒙特工作室以后，穆润涛曾两次看望前者，并一起登上了曼斯菲尔德山。从“飞瀑”，到“范宽”，跨度也算不小。穆润涛为何喊起来，为何会像这样喊起来？一则，穆润涛的汉学修养显然包含关于范宽的若干信息；再则，范宽画过若干溪山图；三则，穆润涛在曼斯菲尔德山看到了飞瀑；四则，飞瀑进入后视镜如同进入卷轴；五则，蒋浩与范宽均来自中国；六则，穆润涛试图较为应景地展现其汉学敏感。毫无疑问，在穆润涛这里，范宽很有可能已经被高度符号化和脸谱化：一位喜欢飞瀑的中国古代画家。也许在穆润涛看来，北宋三大家，范宽，董源，李成，就没什么区别。蒋浩对穆润涛，既有热肠，也有冷眼。就在这首诗里面，在飞瀑出现以前，他就曾叙及穆润涛的“虚构中国学”，以及后者如何将汉文坟典“西化为东方美”。也就是说，很有可能，穆润涛的“中国”只是“中国想象”，“范宽”也只是“范宽想象”；那么他的“蒋浩”，当然也就是“蒋浩想象”。从编译出《神州集》的庞德（Ezra Pound），我们早已知道，“想象”和“误读”甚至会通向柳暗花明般的“创造性背叛”，——庞德就曾这样，对李白和作为诗人的刘彻（亦即汉武帝）动过手脚。这就是字在字母中的变形记。

其四，还魂记。来读《隔壁（For Chengxin Jiang）》：“汉字和字母在河面上下颉颃，/像灰褐色的北美鹭迎迓着银白色的南海鸥”。这首诗中的“你”就是Chengxin Jiang（江诚欣），生于新加坡，长于香港，就读于美国大学，译过季羡林的《牛棚杂忆》，现为芝加哥大学社会学博士。按照佛蒙特工作室的安排，她的任务，就是要把蒋浩转译为英语。笔者对这样的转译感到灰心，孰料江诚欣的会心，居然沟通了蒋浩的七窍心。江诚欣译出的蒋浩，近二十首，既包括旧作中的名篇，比如《海的形状》，又包括新作中的佳篇，比如《即兴》和《克莱山日出》。“南海鸥”对“北美鹭”，原文对译文，那是相当地满意。如果说《九月二十六日登曼斯菲尔德山（For Thomas Moran）》揭示了美国和中国在山水文化上的异貌，那么《隔壁（For Chengxin Jiang）》就呈现了英语与汉语在修辞境界上的同心。“谢谢你，你美妙的译文发明了原作，/流水又打印出源头，/群山装订了她，/被这面墙再次固定在你我之间。”这就是字在字母中的还魂记。

两种文化和语言之间，看起来，除了险隘，也有通衢？也许，蒋浩并不这么认为。即便有了江诚欣的“美妙的译文”，他对他在英语中的远游和壮游也并不乐观。来读《十月七日深夜在拉瓜迪亚机场等早班机去华盛顿转机到北京回海南即兴》[1]：“我的母语像我正在等待的飞机，/典我到这里，又要押我回去。”“典押”拆为“典”和“押”，分头叙述去美国与回中国，允称文字学和叙述学的两全其美。想来蒋浩早已知道，他的

① 这个诗题颇得宋人诗题的叙事学趣味。

读者不在美国，美国读者不需要他的诗。拉瓜迪亚-华盛顿-北京-海南：归去来兮，归去来兮，这才是蒋浩的的线路（或者说路线）。

4

那么，有没有一种“语言”，可以畅通于任何“语境”？不是笔者急于明言，而是蒋浩早有暗示——这种苦功通神的语言就是大自然。山水，草木，鸟兽，诸如此类的“单词”，可以畅通于任何文化、语种和人种。《佛蒙特札记》，毫无疑问，已经毫不犹豫地起用了这些单词。从某种意义上讲，这既是蒋浩对旧作——比如《自然史》——的接力，也是他对盛行于美国的自然文学（nature writing）——比如《沙乡年鉴》——的较劲。鉴于本文下节还将重点论及《佛蒙特札记》中的大自然之诗，在这里，笔者只欲考察蒋浩的这样两个关注点：一个是天人相融，一个是天人交战[①]，前者以嬉皮士的生活为例，后者以豪猪、松鼠和负鼠的死亡为例。

美国的嬉皮士（Hippie），以及垮掉派（The Beat Generation），都很信奉禅宗和生态主义思想。他们尊重人性，也尊重生态；追求自由，也追求自由的前提。他们曾逗留于佛蒙特所在的新英格兰山林，身体力行一种陶渊明所谓“纵浪大化

① 在中国文化语境中，“天”，可以解释为“大自然”。

中，不喜亦不惧”式的荒野生活。《九月二十六日登曼斯菲尔德山（For Thomas Moran）》第九至十五行，以及《从克莱山通往古尔德山九月的秘密小径》第十节，都有描绘这些“长发摩托”的简朴生活：“露着白屁股”，“吸着大麻”，“饮着溪水”，“抟土造屋”，“磨石为镜”，“坐在这些树下、石头上、溪水边、/草地里修禅”。大麻一度未被美国政府列为违禁品，故而，也曾被嬉皮士错误地选择作为一种所谓的自由之途。这是闲话不提；我们更应该看到，正如蒋浩之所描述，嬉皮士尽可能减少了对大自然的伤害。此种简朴生活，“天人相融”，当然就是自然文学的一个重要母题。

除了嬉皮士的生活，当然还会谈到豪猪、松鼠和负鼠的死亡。《熊、刺猬或豪猪之死（给王寅）》有叙及豪猪的死亡；《从克莱山通往古尔德山九月的秘密小径》第二十五节也有叙及豪猪的死亡，第二十八节还有叙及松鼠和负鼠的死亡。这些死亡，都是汽车所致。《熊、刺猬或豪猪之死（给王寅）》乃一首叙事诗，就像一首破案诗，死者身份的确定可谓一波三折：“你夫人指了指那边，告诉我，/山路上死了只小熊”，“看到她身上那些硬长且直的褐色针式毛发时，/你和我都认为她是刺猬”，“我在工作室查了资料，/确认了死者就是豪猪”。这只被撞死的动物，只有一个所指，却无辜得到了三个彼此猜疑的能指。所有动物对于人类来说都是他者（the other），叫啥名字，似乎并不重要。这就从反面得到了证明：这个世界，毕竟还是一个人类中心主义（anthropocentrism）世界。诗人却非要较真不可，他再三查证，终于将死者锁定为豪猪。他还再次前往现场，将路边的蓝色木质警示牌，“NO PASSING”[①]，挪用做这只豪猪的墓碑和墓志铭。这些细节非常值得玩味：也许，诗人不过是为了表达一份只有眼屎般大小的歉意？“人”对“天”的歉意，或者说，“文明世界”对“非文明世界”的歉意？人文主义与科学主义的冲突，由来已久，科学主义与生态主义的冲突，日益严重。“汽车”不容反对，“割草机”也不容反对，诗人的这种歉意也不过是无用的无力。动物、植物和环境受难，“天人交战”，定然也是自然文学的一个重要母题。

5

前文已谫论“人”与“天”的关系，现在来深究“我”与“物”的关系。按照中国古人的观念——“我”以外，皆为“物”。倘要“游物”，勿如“登山”：先是移步换景，继而随物赋形。蒋浩爱登山，好作“登山诗”（都是“恋物诗”）。若以其不同时期所写登山诗为例，即可讨论他在诗艺和交游上的“日日新”。这个角度，甚是迷人，却也只好按下不表。还是接着来读《佛蒙特札记》，其中包含四首登山诗：《克莱山日出》《黎明前在克莱山上直到日出》《九月二十六日登曼斯菲尔德山（For Thomas Moran）》和《从克莱山通往古尔德山九月的秘密

① 意为“禁止通行”。

小径》。这三座山，都位于佛蒙特州境内。克莱山和古尔德山是两座连在一起的山峰，紧靠约翰逊镇北面，曼斯菲尔德山是绿山最高峰，距离约翰逊镇尚有数里。这四首登山诗，都正中笔者下怀。尤其是第二首和第四首，前者包含十五节，后者包含三十节，每节都是一首四行诗，每首四行诗都相对自洽，而又在某个秘道上如此暧昧地手挽着手。故而这两首登山诗，可以视为小组诗，也可以视为小长诗。

现在必须面对这个问题："我"与"物"的关系，到底该怎样来条分缕析？也许，可以这样来打个比方。有两列穿云破雾的动车，一列叫"我号"，一列叫"物号"。"我号"拖着三个车厢，一个叫"唯我"，一个叫"非我"，一个叫"忘我"。"物号"拖着三个车厢，一个叫"观物"，一个叫"即物"，一个叫"唯物"[①]。这两列动车随时变换着车厢的编号和排序，有时同向行驶，有时相向行驶，有时交错而过，有时彼此相撞，有时甚至还重叠为一列动车（"我"即是"物"，"物"即是"我"）。两者的离合纠缠，任何可能都是小概率，故而就有——借用黄仁宇先生的书名——"关系千万重"。

明乎此，我们就可以重返《佛蒙特札记》。先来读《从克莱山通往古尔德山九月的秘密小径》第七节："这里的枫树也会像岛上的橡胶树那样，/自己在胸口挖个口，夜里会流出很多汁。/一个甜，一个粘，都不是我喜欢的。/我喜欢松树流出的汁液。

① 蒋浩有诗集《唯物》，秀威公司2013年版。

凝结后，擦拭过我父亲二胡上那两根褴褛不堪的马尾。”——这是“唯我”与“观物”的组合体，“我”要使唤“物”，“我”的主体性颇为居高。类似的佳例，还有此诗第一节。再来读第二十九节：“并不需要终日苦读。/我肯定错过了一些书，但更多的是我读错了书。/比如，我翻开基训河，读到的倒影和磨光的书脊都是克莱山；/而爬上克莱山，扔下的湖笔和裁开的线装却是基训河。”——这是“非我”与“即物”的组合体，“物”要拷问“我”，“我”的主体性开始走低。类似的佳例，还有《黎明前在克莱山上直到日出》第七节。再来读《从克莱山通往古尔德山九月的秘密小径》第四节：“倾斜草坡的凹陷处有一个指甲大的小小湖泊，/像你光滑袒腹上那个迷人的脐眼。/茵草如海，但我只要这一勺。/我抱住她，咬住她，在这草坡上一起滚。”——这是“忘我”，“我”混入了“物”，“我”的主体性想要等于“物”的主体性。类似的佳例，还有《黎明前在克莱山上直到日出》第十四节。再来读《黎明前在克莱山上直到日出》第二节：“傍晚时最先变黑的石头，/总是在黎明里又最先亮起来。/从他身上的皱褶凹陷处涌出的露水，/开始反射这熹微的光。”——这是“唯物”，“物”呕出了“我”，“物”的主体性似已取代“我”的主体性。类似的佳例，还有此诗第三节。这两首登山诗体现出来的上述可能性，都有反复性：也就是说，从“唯我”，到“唯物”，并非一条直线，而存有若干条回环的冤枉路。

蒋浩长期以来——非独《佛蒙特札记》——所追求的杂语狂欢，不支持笔者简单地挑明其在“通古”和“化古”方面的小心思，但是上文所叙“唯物”恰是古典诗——尤其是禅诗——极为常用的收尾卒章之法。以王维《辋川集》为例：《临湖亭》归结于“四面芙蓉开”，《欹湖》归结于“青山卷白云”，《北垞》归结于“明灭青林端”，《竹里馆》归结于“明月来相照”，《辛夷坞》归结于“纷纷开且落”，《漆园》归结于“婆娑数株树”。此种“唯物”，反而呈现了某种超人力量的“在场”。《佛蒙特札记》正是如此，“用传统来贪恋远景”[①]，屡屡归结于万物：除了豪猪、松鼠和负鼠，还有草与草地、松树、新月、石头、露水、雾、蘑菇、云、松果、椴树、野苹果、蛛网、星光、山脉、山谷、森林、槭树、枫树、湖泊、胡桃枝、溪流、落叶、落日、乌鸦、笔松、海棠树、菊花、云杉、明黄与暗绿。这恰是苏轼《前赤壁赋》所谓“无尽藏”：“自其不变者而观之，则物与我皆无尽也。”《辋川集》也罢，《佛蒙特札记》也罢，反而获具了某种几乎不可测量的超验性。

关于《黎明前在克莱山上直到日出》，以及《从克莱山通往古尔德山九月的秘密小径》，笔者还有话可说：这两件作品的若干节，已经归于零修辞和零文化，或者说已经放逐了修辞主体和文化主体。来读前者第十节：“野苹果从枝头落下来，/并不需要任何鼓励和惩罚。/我从树上摘一个吃，/又从地上捡一个吃。”——淡到无味，素到无色，透明到无底，失语到喃喃自语，糊涂到分不清主宾，简单到懒得有意义，“追求深刻不如沉

---

① 《今天，我为什么写诗？（应诗人萧开愚命题作）》，蒋浩《似是而非》，前揭，第171页。

默于神秘”。这不再是戎装蒋浩，而是赤身裸体的蒋浩；或者说这不再是蒋浩的出场，而是大自然的虚位以待。

6

《佛蒙特札记》曾有写到两位美国诗人：因时间上的巧合，写到了阿什贝利；因空间上的重合，写到了弗罗斯特（Robert Frost）。2017年9月3日，阿什贝利告别人世之时，也正是蒋浩抵达美国之日。阿什贝利生前主要住在纽约；至于弗罗斯特，原籍新英格兰，生于旧金山，后来迁居英格兰，晚年恰好定居佛蒙特。在弗罗斯特生前，州议院就宣布他为桂冠诗人，并命名一座山为弗罗斯特山。当蒋浩入驻佛蒙特工作室，这位诗人已经去世半个多世纪。弗罗斯特和阿什贝利，后者是城市诗人，沉醉于“精确到不得不晦涩”，前者是乡村诗人，着迷于“朴素到令人上当”，两位诗人堪称美国诗的两极。

蒋浩后来以《丁酉秋，过纽约》第六节，向杰出的阿什贝利致敬：“想去墓前献束花。我迷路了，/路还不够把我领到一朵花前。”又以《九月二十六日访明德学院罗伯特·弗罗斯特旧居（给亦来）》，向也许更加杰出的弗罗斯特致敬：“隔着玻璃看那幽暗的室内，/像贴着皮肤去听他身体里沉睡的器官。”其《从克莱山通往古尔德山九月的秘密小径》第十九节及第二十三节，所叙种种细节，比如清除水面的落叶，比如劈柴和码柴，也会让我们马上就联想到弗罗斯特的《牧场》及《柴堆》。

上文援引的两首献诗如同谶语，在佛蒙特，蒋浩果然把自己从阿什贝利写成了弗罗斯特。这只是打个比方而已，也可以说，他把自己从黄庭坚写成了王维。王维，黄庭坚，弗罗斯特，阿什贝利，各有一套器官。而蒋浩，或有几套器官。黄庭坚是王维的反对派，阿什贝利是弗罗斯特的反对派，蒋浩则是自己及所有诗人的反对派。蒋浩或许暂时无法比肩于四位前贤，但是他比他们更加执拗地问个不休：诗为何物？非诗为何物？笔者从《佛蒙特札记》已经看到——正如诗人的夫子自道——“我决定开始要用几套器官来写诗”[①]。他用修辞调戏了语义，用文化欺负了修辞，又纵容大自然杜绝了语义、修辞和文化。后一首诗挑衅了前一首诗，下一刻钟反对着上一刻钟，哪怕到最后，“我没有多的我在这清早/换下我”。昔我与今我，佳境与绝境，元诗与负诗，七十二变，十八般兵器，“共生一个世界”。这就是《佛蒙特札记》——乃至整个儿蒋浩——的复调世界。

2020年6月9日

① 《今天，我为什么写诗？（应诗人萧开愚命题作）》，前揭，第171页。

附　录

胡亮诗学研讨会纪要

2018年12月8—9日，胡亮诗学研讨会暨《琉璃脆》《虚掩》《窥豹录》首发式在四川省遂宁市举行。该活动由遂宁市文广新局、文联和文物局指导，成都《草堂》诗刊、四川宋瓷博物馆和遂宁市作家协会主办。

诗人、学者、西安财经大学文学院教授、北京大学中国诗歌研究院研究员沈奇，学者、中国社科院研究员、四川大学教授刘福春，诗人、学者、西南交通大学教授柏桦，诗人、四川省作协副主席、成都市文联主席、《草堂》及《青年作家》主编梁平，学者、四川省作协原副主席曹纪祖，诗人、作家、学者蒋蓝，诗人、学者、电影学博士、重庆大学教授暨文学系主任范倍，诗人、学者、文学博士、四川师范大学教授刘朝谦，诗人、经济学博士、四川大学教授暨经济学院副院长邓翔，诗人、作家、《草堂》执行主编熊焱，翻译家、西南交通大学教授林克，学者、成都师范学院副教授丁瑞根，学者、四川大学副教授石羽佳，江苏文艺出版社原社长黄小初，诗人、江苏文艺出版社副总编于奎潮（马铃薯兄弟），诗人、学者、文学博士、西华大学副教授暨人文学院副院长王学东，诗人、学者、文学博士、西南大学副教授余旸，学者、文学博士周东升，诗人、遂宁市作家协会主席蒲小林，民间学者庞惊涛，诗人、作家、学者、北京大学博士后杨碧薇，学者、中国艺术学院硕士刘孟箬，诗人安遇、尚仲敏、阳飏、哑石、凸凹、李永才、吕历、喻言、陶春、赵晓梦、胡马、王国平、熊游坤、雪君、茶心、樱然、吴小虫、阿依卓、张杰等应邀出席。

沈奇全程主持研讨会。

沈奇受托宣读著名学者、首都师范大学教授吴思敬贺信。吴思敬说：胡亮的研讨会，由于时间冲突，我不能前来参加，请代我在会上向胡亮表示祝贺。他是新世纪以来诗歌理论界的一匹黑马，身负公务员的重担，把有限的业余时间都付与诗歌评论事业，产量高，质量好，形成了独特的评论风格，才华横溢，为人可靠，极为难得，我看好他。即颂冬日快乐。

蒲小林代表主办方致辞。他说：胡亮虽然成长于遂宁本土，其诗学意义和诗学价值却众目俱瞻，他已是当代极具代表性的“70后”批评家。胡亮不学谁，不像谁，胡亮只成为他自己。在批评处于相对浮泛与沉寂的当下，胡亮诗学的脱颖，完成了仅属他个人的“旁逸斜出”。宋人叶绍翁诗云：“满园春色关不住，一枝红杏出墙来。”也许，胡亮正是中国诗学界的这枝“红杏”。故而，我们有理由相信，胡亮的诗学已然或者必将受到诗学界越来越多的关注与深究，而作为青年批评家，胡亮本人，也必将以其独特的文本价值、独具的诗学价值和闪耀于别具风情的字词纹理之间的光焰与理想，而在批评界当仁不让地占据应有位置。

黄小初代表《窥豹录》出版方发言。他说：我从事编辑工作三十多年，认识很多作家，参加过很多研讨会；但是认识胡亮，参加胡亮诗学研讨会，却有另外的意义。去年10月，我与胡亮相识于西昌，交换微信后，很快就读到了《窥豹录》（部分篇章），确实文采飞扬，独具慧眼，真是比诗还好看的诗论。才华横溢，又认真，这就很可怕。所以，我主动寻求与胡亮合作。此次出版的《窥豹录》，有才华，有学养，有立场，有操守，可说是一部毫无愧色的杰作，一部还没有离开就会怀念的天生经典。随着时间的推移，其价值，其魅力，还会越来越大。我没有能够出版胡亮的处女作，是我终生的遗憾；希望江苏文艺出版社能不断出版胡亮新著。

在研讨会上，柏桦、梁平等嘉宾作了口头发言，胡马、王学东等嘉宾提交了书面发言（或论文），范倍、陶春等嘉宾既作了口头发言又提交了书面发言（或论文）。本纪要勉强以问题为纲，以观点为目，择其要义胪列如后。

一、文化立场

柏桦认为：为什么胡亮式的批评那么少？因为当前中国高校论文的格式和文风，是美国式的，换句话说是美国人在教我们如何写，再推而广之，是西方人在教我们如何说。西方是我们心中永恒的优先的他者，说得通俗一点：西方是我们的“万世师表”。在西方文化面前，我们有着“双重焦虑”，亦即“典范焦虑”和“迟到焦虑”。西方式论文是我们的典范，对他们制定的规则，我们只有遵守和模仿，而且永远是亦步亦趋，久而久之，我们就失去了自行说话的能力。这正是曹顺庆教授曾经说过的“失语症”——在西方人面前，我们变成了“沉默的他者”。可否将《管锥编》作为汉语写作的规则呢？可否置疑鲁迅所说的“汉字不灭，中国必亡”呢？为什么必须是西方，必须是美国？可否将《管锥编》作为论文的规则？为了治疗前面谈及的“失语症”，为了从“西方标准”的围城中突围，胡亮式的诗性论文和随笔写作已然出现。胡亮游刃在中西之间，既要突破西方规则，又要承续中华古典精神。这似乎是个悖论，但是胡亮就是要在悖论里面求得生存。亦中亦西，中西合璧，诗话与文论兼济，这种颇有自我设计的、方向感很明确的写作策略，令我十分赞赏。总之，我很认同这种“胡亮式”的写作范式。丁瑞根认为：胡亮对这种内在的焦虑，内在的紧张，还表现得不够。但是他的文论特征，“不规范”，已经构成对文牍主义的故意冒犯。我们能够接受诗的“不规范”，何以不能接受批评的“不规范”？余旸认为：当代诗批评如果试图摆脱其专业领域限制，进而升进为一种高级的文化批评的话，它必须能够在“通古”的前提下朝向更为丰赡、充满了各种创造力与可能性的未来。胡亮明确地宣示自己的老派立场，亦即“去西方中心主义”，“去白话原教旨主义”。我自己做不到；但是又不免有些困惑：好的当代诗批评，是不是应该突破这种二元论思维呢？胡亮回应：“去西方中心主义”，不是“去西方”；“去白话原教旨主义”，也不是“去白话”。二元论思维是“革命”的产物和后遗症，以此作为“文化批评”的前提，当然就会得到站不住脚的观点。凸凹认为：西方诗学，东方诗学，现代诗学，古典诗学，这四个维度确立了胡亮的思想坐标和写作立场。陶春认为：要清晰而准确地认知胡亮的文化立场，必须读其《大江健三郎书店》：“中国文学传统和外国文学传统都应该是开放的传统，只有两者的不断互动，才能共同臻于更加深刻和丰富的境界。在文学的阅读、写作和批评方面，黄色时代（复古）早已式微，蓝色时代（崇洋）尚未消颓，接下来，我愿意参与建设一个中西古今相会通的绿色时代。”

二、汉语和文体学自觉

沈奇认为：我与胡亮相识十年，结下忘年之交，基于我们对“文章千古事”的共同体认。恰是“文章”，而非“西方思维”，乃是我们共同的价值观。我当初读到胡亮，很吃惊，似乎这家伙在代表我说话。我们都认为，现代汉语，乃是“汉语的废墟”，已经降解为“一种外语”，具有浓重的“声音的阴影”。胡亮却能不困于这种“外语”和“阴影”。现在是该提出这个问题了：何以学院派如此纠结，而胡亮如此潇洒？我早就认为，并经由胡亮得到再证：文章，情怀，有时候比立场还重要。“文质彬彬”，“文”在前，“质”在后啊，——我们可曾深思过老祖宗留下来的这个成语？柏桦认为：我想借胡亮抛出一个问题：写作究竟应该用什么样的语言？说到底，语言最重要。写作的语言，批评的语言，需要很多人去努力试验。胡亮是这个试验中的一环，有意思的一环，他已经形成了“杂于一”的学术随笔式的批评风格。有科学，也有诗性，两者实现了巧妙的融合。这个意义，不可小觑。马铃薯兄弟认为：胡亮的文体，在学理之外，还有文理和情理。他的文字之美扑面而来，有思想，有激情，又能节制，可谓从容自信驾轻就熟。胡马认为：《窥豹录》写得飘逸、灵动、活泼、佻达，充分体现了“汉语之美”，处处闪现着思想的火花和闪电。褒扬处，字字珠玑，神采飞扬。针砭时，一语中的，深入骨髓。全书真力弥满，机锋百出，充满言外之意，意外之味，读来妙趣横生不忍释卷。梁平认为：《窥豹录》所收都是小文章，拿去学院，可能都不算成果，但是却具有很高的学术价值。不像有些大块文章，是近亲繁殖的结果。胡亮的确写出了不一样的批评，“怪怪的”，有自己的鲜明，有自己的个性，有自己的语言，——姑且不论是否创造出一种新的语言。胡亮的“自由书写”和“文体革命”，在某种意义上，是对李敬泽先生、谢有顺先生的跟进。丁瑞根认为：胡亮的批评，近年来出现了“豹变”。“君子豹变，其文蔚也。”然则，胡亮何以成为胡亮？我认为，就在于“以诗心解诗”。他的批评，进入了被批评者的创作过程，因而是一种“代入式的批评”。胡亮以诗心进入文本，以审美体验，取代理性判断，造成了批评文体上的巨大差别。胡亮在“必须在场”和“必须缺席”中游刃，小中见大，举轻若重（当然也能举重若轻），填补空白，开启文风，已经在新诗批评中占有一席之地。余旸认为：胡亮主要在两个方面——

"感性批评"和"词条式批评"——强化其批评文体学自觉。我特别羡慕同时也非常敬佩胡亮所具备的批评文体学自觉，以这样一种诗话随笔的方式，苦心孤诣地接续上他所理解认同的古典诗学批评。曹纪祖认为：胡亮既受到西方文论的影响，又受到古典文论的点染，将两者结合得很好，既有现代思维，又有古文笔调。给诗以诗意的解读，是一种"再创作"。在冗长、沉闷、庸常与学究的风气中，胡亮的随笔式批评显现了"文体之新"。熊焱认为：胡亮开创了一种文风，准确，鲜活，乃是有温度的写作。凸凹认为：胡亮的一大批诗学随笔，文法孤茕，文式醒目，文格高成，文字精妙，独步于江湖，收获了文体革命与文体创生的赫然成功。邓翔认为：批评与写作，应该互动。在中国，很长时期，批评都落后于写作。胡亮的出现可望促进批评与写作的互动。当然，胡亮还应更加紧密地关注新诗的先锋性。这是其一，其二就是胡亮的文体。这些方面，也许就是胡亮的"边际贡献"（contribution margin）。批评的至高境界，还是布罗茨基（Joseph Brodsky），——我曾经在剑桥大学参加过他的研讨会。布罗茨基？对胡亮要求是太高了。但是，我相信，胡亮还会做更多的工作，有更大的贡献。

三、随笔、断片与跨文体

蒋蓝认为：我注意到一个问题，胡亮很看重其"随笔作家"的身份，《窥豹录》也正是典型的随笔式批评。"随笔"是一种很伟大的文体。随笔能郁积，能穿透，能突然。随笔不是茶余饭后，也不是抽烟喝酒。随笔以外，还有“断片”（断片也是随笔），我注意到胡亮的《屠龙术》（今天大家较少谈到胡亮的《屠龙术》）就采用了这种形式。在《冷记忆》中，波德里亚（Jean Baudrillard）曾说过：“断片式的文字其实就是民主的文字。”在《一个随笔主义者的世界观》中，我也曾说过：“断片是古希腊以降的演绎思想的最佳的文体。”断片是另一种伟大的文体。随笔和断片要大于和高于散文。鲁迅的文体，比如《热风》，就来自尼采（Friedrich Wilhelm Nietzsche）的断片示范。胡亮的断片式写作，体现了一个诗人非常独到的叙事功能，诗学话语迈向了诗性随笔的大河景观。专业的狭隘的诗学批评，扩展为人生意义上的诗性批评。李健吾，朱大可，耿占春，都能够如此。随笔和断片，不是论文，不是散文，其伟大力量，很多人还不理解，他们更愿意自陷于文学性的散文式的喧嚣。但是，胡亮一直在努力，他必将以随笔的方式展示自己。我个人认为，随笔写作，要变乱散文的节奏，要摇曳多姿，要鱼龙幻象，要静水流深，要在五百个字以内出现至少一个“突然”，要造成“歧义”，要有“变数”，要更厉害更凶险。胡亮已有很深体悟，期待他做得更加漂亮。胡亮回应：这些见解，深获我心。最近读到树才老友翻译的《齐奥朗访谈录》，齐奥朗（Emile Michel Cioran）有说，“只有当哲学是碎片的时候，才是可能的，以爆炸的形式”，“所有系统（哲学）都是专断的，而碎片化思想保持自由”，这些观点，极其深刻，可以呼应蒋蓝兄的“断片诗学”。杨碧薇认为：《窥豹录》采用了札记的形式，是札记的“形”，却有学术的“体”。札记的局限性，在胡亮这里，已经得到了克服，并进而实现了自足性。由《窥豹录》的风格，可以联想到桑塔格（Susan Sontag）的《反对阐释》。安遇认为：茱萸对《屠龙术》有点微词，“缺少前后文的准备”，我却有不同的看法，比如“未知为神”，四个字，足矣，妙就妙在“缺少前后文的准备”。我个人认为，《屠龙术》是胡亮最具“原创性”的作品。尚仲敏认为：胡亮一直坚守民间和先锋的立场，启动了全新的写法，故而能在批评界抢占先机。《虚掩》像侦探小说，《窥豹录》像科普读物。胡亮是批评界的改革派，将给批评尤其是新诗批评带来很大的贡献。喻言认为：胡亮的确善用小说笔法。王国平认为：胡亮的写作，是“跨文体写作”，具有很高的辨识度。沈奇认为：胡亮的写作是“有文体的跨文体写作”。

四、感性批评

柏桦认为：胡亮的“感性批评”，文采斐然，很好看，应了宇文所安（Stephen Owen）所说的“娱乐一个思想”（entertain an idea），也应了巴特（Roland Barthes）所说的“文之悦”（Le Piaisir du texte）。其实，“entertain an idea”可以直接译为“娱思”，用以指认一种充满官能之美的邀请式的让人欢呼的写作，“落霞与孤鹜齐飞，秋水共长天一色”式的写作，具有“一种令人感到好奇与着迷的可能”。范倍认为：胡亮的文字好看，也许还好吃，当然肯定好玩。他让我想起博尔赫斯（Jorges Luis Borges）的“迷宫”，处处都是令人惴惴不安的靡丽的智慧；也让我想起隋炀帝的“迷楼”，处处散布了令人流连忘返的奇异的美。杨碧薇认为：胡亮的批评是肉感的，有呼吸的，甚至是有“指纹”的，读来有一种难得的鲜活之感，可谓“性感批评”。哑石认为：胡亮很注重炼字，炼句，文章好看，好吃，这是“情色主义者”的明显特征。因而可以说，他是一个具有情色意味的批评家。阳飏认为：阅读胡亮的《窥豹录》，我想打个比喻，我们去买“菜”，最后居然买到了“美食”。胡亮直接避免了“生”和“隔”。他的文字如此灵动，具有迷惑的力量，具有不分东西南北的混杂，让人读罢即有大快朵颐之感。在文字麻木的时代，胡亮的感性批评尤为难得。曹纪祖认为：他的文字比较“野”，却有“浸润之美”和“刺激之美”。张杰认为：胡亮写得很高级，文字精灵古怪，是用黄金在阐释黄金。他写任何对象，都要与之竞赛，与之热恋，又能在营养的摄入和输出之间实现快速的平衡。尚仲敏认为：与那些学院派不同，胡亮写得很诚实，很犀利，很直接，很风流，夹杂了顽皮和调侃，可读性很强，乃是典型的“小语种写作”。邓翔认为：《窥豹录》单刀直入，庖丁解牛，“直觉”和“角度”都很好。比如《陈东东》就写得很有意思，说陈东东的决定性因素，乃是两个海（“爱琴海”和“东海”），和两个上海（“玻璃”的上海和“传奇”的上海）。《顾城》也是佳例。丁瑞根认为：胡亮的角度很刁，写得分外妖娆。《梁小斌》可称佳例。刘朝谦认为：胡亮最让我震惊的，还是寓于感性批评中的那种“灵性”。很多学院派，已经丧失了感性的能力。喻言认为：胡亮写得灵动风流，又很幽默，可谓独树一帜。但是，胡亮成不了榜样。他的才气不可复制，他的方法论不可推广，他的批评文本也没有在其他批评家笔下“重现”的可能。胡亮回应：感性批评，是我的小招牌。从德勒兹（Gilles Deleuze），到福柯（Michel Foucault），再到克里斯蒂娃（Julia Kristeva），现代西方文论已经实现了“感性转向”。这个“感性转向”几乎可以与现代西方哲学的“语言学转向”相提并论。我的小招牌，响应了某种大潮流亦未可知。

五、细节、肖像与评传

杨碧薇认为：我对胡亮的“评传写作”印象深刻，从最早读到的《诗人之死》，到后来在《虚掩》中读到的《孙静轩》《“且去填词”——读〈纪弦回忆录〉》《“隐身女诗人”考——关于若干海子诗的传记式批评》，我都能看出评传的特征。评传写作并非易事，“评”和“传”，既要考验抓取的功夫，又要考验叙事的能力。萧红评传那么多，何以唯有葛浩文能脱颖？胡亮的评传写作可谓举重若轻，能够用最简单、最轻松的话，解决最困难、最复杂的问题，迅速揭开某些晦涩作品的“谜底”。写得既古典，又能回应西方评传写作的经典。凸凹认为：胡亮对中国新诗及其个案，作出了令人兴奋不已的考古式查索和田野考察式勘掘。林克认为：《窥豹录》写到九十九位诗人，每篇都可以视为诗人小传或诗人评传。杨碧薇认为：《窥豹录》每篇“选点”都很独特，胡亮就像一位经验丰富的摄影师，总能发掘模特身上的闪光点，他用“镜头”记录它们，并充分结合了胡亮式的理解。在胡亮这里，批评正如独一的镜头，来自个人认知，而非其所面临的某种语境。周东升认为：《窥豹录》描写了诗人的“动态过程”，而不仅仅是单调的“肖像”。王国平认为：胡亮很重视“细节”的力量。喻言认为：《窥豹录》密布着精彩的细节：既有诗歌的关键细节，还有诗人和历史的关键细节。

六、开放式（召唤式）结构

杨碧薇认为：胡亮的批评有“结论”，也有“反结论”。他对研究对象宁可发问，也不轻易下结论。他所剪开的所有“文口”，都处于张开的状态。这是一种对话式的批评、综合式的批评，内含极大的“对话空间”。丁瑞根认为：胡亮经常给出一种“召唤式结构”，邀请读者展开共同判断，试图在语义以外去建构语义。这样的批评，像椅子，像甘泉，让你坐，让你喝。文本，文本读者，批评文本，批评文本读者，可以形成多方互动。沈奇认为：这就应了德里达（Jacques Derrida）的名言：“批评不仅是阐释，更重要的是生产新的意义。”

七、文本中心主义

丁瑞根认为：胡亮是一个“文本中心主义者”，其批评，颇得美国新批评的“细读”（close reading）之长。梁平认为：即便是非常优秀的批评家，很多都还在反复炒作80年代的一批文本。胡亮却长期坚持用心细读文本，并跟进观照最新最年轻的文本，下了大功夫，其对诗人的把握，对诗坛的呈现，才来得更有力更有价值。曹纪祖认为：胡亮对所论及诗人及其作品吃得很透，《窥豹录》每篇，文字很少，却已做到游刃有余。但是对张新泉的“通透”，尚仲敏的“机智”，似有未能尽意之憾。尚仲敏认为：胡亮的阅读量很大，这让他的批评显得既客观，又宽宏大量。写诗要偏执，要极端，评诗却必须具备包容性，尊重丰富性。沈奇认为：好的作者，必定是好的读者。好的老师，必定是好的学生。胡亮就是这样，他一定会更成熟更饱满。

八、问题意识

余旸认为：出于对胡亮在这三部书里展露出来的惊人才华，我就禁不住想从我自己理解的当代诗批评的角度对其提出更高的要求。在阅读《窥豹录》的过程中，为其语言表述心醉神迷之余，同时还有一些隐隐的疑惑。按照我对批评的理解，有一个前提，就是必须清醒地意识到当前批评所处的位置。我个人对臧棣的很多观点颇不认同，但是接受他对当代诗的基本判断，就是迄今仍处于“未完成”的形态。与此相应，当代诗的批评，也处于“未完成”的形态。在这样一种路上状态中，批评的重心并不表现在对诗歌风格的鉴赏，也不表现在对文体的探求，而要将当代诗的写作，放置在变动不居的现实、政治、社会的进程与现场，并在深入历史的过程中敞开文学的问题意识，从而呈现新诗的无穷远景与隐藏在当下的危机。所以，我激赏胡亮的抱负，但又不同意将当代诗批评模糊地指斥为西洋现代诗歌的“影响研究”。当我以这样一种带有较为强烈的个人偏见之眼打量胡亮的诗人论时，非常有意思，我也看到他其实对此已有自觉。他说：“每篇只有一个自然段，每个自然段只有一两千字。所有闪转腾挪，综合也罢，分析也罢，均不得跨出这个小房间。综合者，宏观之论也。分析者，微观之论也；两者，却不可偏废。尤其是词条式批评，更要自相矛盾地实现小角度破门。未能寸铁杀人，或可尺水兴波。”仔细阅读，可以感觉到他寓评于叙，精简的笔墨中，隐含着得体的立场与有分寸的态度。比如他对黄灿然的点评，对郑小琼的点评，一言破局，含蓄而尖锐，既有个人判断，又富含人情味。《窥豹录》全书压卷之句，“干卿底事”，正话反说，颇有未尽之意。虽然如此，我还是觉得，优异的当代诗批评，可能恰好要从胡亮戛然而止的地方重新开始起步：我们需要更强的问题意识。哑石认为：希望胡亮在中西古今之间，不要急于做选择下结论，要有更多的问题意识并得出个人的见解。王学东认为：对我个人的评论事业来说，胡亮是一个绝对绕不过去的重要学者。近几年，在持续主编《元写作》之外，他连续出版了《阐释之雪》《琉璃脆》《虚掩》和《窥豹录》。其阅读强度之大，范围之广，展现出一种全面透视当代诗的野心。其批评实践溢出了学院派的写作模式，以批评者主体汹涌的直率与真诚，融汇激情，直抵繁复而空灵的魂魄，彰显出傲然的风骨与幽邃的诗性。在体系化、理论化、程式化的当代诗学研究中，在我们无法“存在”的困境之中，我期待他更为厚重的“思”，为当代诗学建构走出一条具有平衡之力的开阔之路。熊焱认为：在思想独立性方面，胡亮或可进一步加强。胡亮回应：有问题意识的批评较多，有文体意识的批评家较少。如果两者不能得兼，我会舍问题而取文体。按照我的偏见，文体是个很大——有可能是最大——的问题。沈奇回应：胡亮是一种苦心孤诣的弥补，而不是否定高屋建瓴的、体系化的批评。各自在各自的区域，做各自的贡献。恰如奥威尔（Orwell George）所言：“每个字都是我们逃向自由的小路。”范倍认为：胡亮写过关于新诗现代性的札记，确确实实，现代性蕴含了一种必须的反身性。我们写作，同时，得为我们写作的意义进行必须的辩护。正如胡亮所言，“你是谁，为了谁”，你必须作答。我们为“主体性”发愁，也为“主体间性”发愁，这正是当代诗写作和批评所面对的现代性处境。胡亮以一种关于当代诗写作的写作，一种具有强大行动力的批评，一种深谙现代性之渊薮的实践，反抗甚至打破另一种现代性，也就是以科层化和制度化为表征的现代性的“玻璃铠甲”。他为我们，不，应该是为我，树立了一个特别的榜样。王国平认为：胡亮的诗学随笔，除了对新诗，还有对人类本身的追问。刘朝谦认为：胡亮也能够暗通学院派，比如他写《翟永明》，有谈及翟的“男性或英雄主义纹理”，就暗合了女权主义中的“性别紊乱”理论。周东升认为：胡亮与学院派的相异性，不会大于他们之间的相似度。胡亮有科学精神，也有历史意识，其论述建立于大量的文献基础。他并非依靠体悟或冥想，在骨子里，就是一个学院派。

九、南方性与蜀学传统

蒋蓝认为：胡亮是蜀中当代诗批评的“伟岸式呈现”。在谈胡亮以前，我想先谈扬雄。扬雄在汉代就想到一个问题，并呈现出一种野心：《周易》和《论语》，无关西蜀，于是发奋另著《太玄》和《法言》，用以抵抗北方文化的进攻。可以这样说，扬雄开启了蜀文化的谱系：这是“怪才”的谱系，“百科全书式人物”的谱系。这个谱系，不是在某个领域，而是多向度地显示了光芒。郭沫若、李劼人都属于这个谱系；胡亮也属于这个谱系，他也是一个怪才，也是一个百科全书式的人物。胡亮的写作，具有某种“南方性”，确实呈现为对北方文化的抵抗。其《可能的七里靴》，谈敬隐渔，也正是在弘扬“蜀学传统”。刘朝谦回应：《太玄》和《法言》，其实是在分别仿写《周易》和《论语》。凸凹认为：胡亮颇有蜀人的急智，怪异而陡峭，潮湿而飘逸，诡谲而神秘。其浓茂的故乡情怀，除了所编诗刊《元写作》（已出版八卷），所编诗选《力的前奏：四川新诗99年99家99首》，还将集中展现于正在写作的专著《涪江与唐诗五家》：

该书谈陈子昂，谈李白，谈杜甫，谈贾岛，谈李商隐，谈他们的蜀中诗，也存了这样的心意。胡马认为：欧阳江河与胡亮，同为蜀人，但是《窥豹录》删繁就简，直指人心，与欧阳江河的“过度阐释”，构成了截然相异的景观。沈奇认为：蜀人都不愿意做“类的平均数”。前边有钟鸣、柏桦、欧阳江河和敬文东，现在呢，轮到了胡亮。他们都不是“类的平均数”。余旸认为：对置身其中的地域文化，我自己较为迟钝。对我来说，传统如同白纸，我为此深感沮丧。我在博士毕业以前，一直游学北方，长期接受北方诗和北方风土的影响。我却也很私爱巴蜀当代诗和当代诗批评，在传统诗的现代转化中，除了少数例外，较有成就的诗人及批评家几乎都与巴蜀之地有着莫大关联。他们（包括胡亮）的诗与批评中的传统，非常迷人，但又始终让我感到有些隔阂。

十、古典诗学的现代转型

刘朝谦认为：我的博士生导师曹顺庆教授，主持过一个课题，《中国古代文论的现代转型》。我认为这个课题或已失败，钱理群先生也认为是个错误。但是，这条路值得去冒险。胡亮在尝试，是一位“先行者”。他自称“老派”，自言贴近“学衡派”。他写《顾城》，就用了《庄子》的“混沌说”。拙著《技术与诗》，也曾借以论及“技生神死的原罪”。我的理解有所不同：庄子的混沌说，重在抹去人之为人的主体性。由“混沌”到“倏忽”，就到了胡亮说的“必死”。余英时说庄子是“反智主义”，其实不是，庄子不是“反智主义”，而是“弃智主义”。有智，不用。很有可能，胡亮受了余英时的一些影响。用混沌说，来谈早期顾城，就冒了一个风险。混沌是“无言”，而诗是“有言”。使用古典诗学工具，要顾及其在古代话语中的整体性，以及使用过程中的自洽性。胡亮回应：《技术与诗》，颇有高论与奥义，待我慢慢拜读深思。我用混沌说，是受了顾城某篇文章的明示。我恰好正是在谈整个儿的顾城——而不仅是“早期顾城”——如何一步步抹去了主体性。“必死”以后，复归“无言”。古典诗学工具不应是“眼前之金屑”，而应是“水中之盐味”。看不见盐粒，喝得到咸味：这个境界，虽不能至心向往之。胡马认为：《窥豹录》采用了诗话的体裁，当然其来有自，比如《诗品》《沧浪诗话》《苕溪渔隐丛话》《随园诗话》或《人间词话》。胡亮用这种体裁对当代诗展开批评，丝毫不惧现代语境下的种种障碍和隔阂，真可谓艺高人胆大，快刀斩乱麻，让读者痛快淋漓直呼快哉。喻言认为：胡亮的文体，有其传承，并非全新。比如，司空图或欧阳修的诗话。虽然采用了传统的文本方式，但又并不拒斥先锋的思维方式。传承以外，又有开创，这就很难得。胡亮从中国传统中，找到了一条路径，或者说唤回了一条路径。这就是开创。陶春认为：“诗话”这一古老文体，因胡亮献祭般的创造性书写、投入、拓展与激活，而绽放出崭新的活力与迷人光彩。从《屠龙术》，到《窥豹录》，惜墨如金，言无虚发，兼具叶燮《原诗》所谓“才”“胆”“识”“力”，可视为胡亮续脉或重构诗话传统的成功践行，更是中国当代诗批评的重要成果。

十一、钱锺书作为影响源

庞惊涛认为：胡亮堪称钱锺书的隔代弟子。何以见得呢？胡亮曾耽读钱锺书达数年之久，两者在很多方面都很相似，比如学术立场，行文方式，历史学和考据学功夫，对各种学科的综合运用。钱锺书《谈艺录》自序讲道：“东海西海，心理攸同；南学北学，道术未裂。”胡亮《窥豹录》后记则讲道：“中学西学，道术未裂；今人古人，诗心相通。”我已经看到，胡亮将西方与东方、现代与古典、口语与雅语，做了有意思的“嫁接”。胡亮的天才、眼界和学养成全了这个“嫁接”（也就是钱锺书讲的“骑驿”）。我最近出版的小书，《钱锺书与天府学人》，专章讨论了胡亮。我认为：如果说钱锺书先生的《谈艺录》是中国传统诗话集大成之作，那么胡亮的《窥豹录》可以看成是运用《谈艺录》的评骘方法，对中国新诗及其代表性诗人进行综合评议的开端之作。而且，胡亮的《窥豹录》，本来就蕴含了向《谈艺录》致敬的深意。张杰认为：钱锺书是学院派，还是非学院派？胡亮也是这般的难以归类。胡亮回应：我于钱锺书，“如蚁观山丘”，——这是学衡派吴宓的诗句。

十二、野蛮生长

丁瑞根认为：胡亮待在相对边缘化的遂宁，却有如此成绩，乃是“野蛮生长”的结果。沈奇认为：胡亮实现了“边缘崛起”，并已经获得了与中心对话的资格。梁平认为：胡亮没有待在成都，也没有待在首都，而待在遂宁，但是一直待在中国新诗的现场。他连续不断推出成果，对他自己来说，是个必然，对全省和全国来说，却是个很大的偶然。《琉璃脆》《虚掩》和《窥豹录》，是对中国当代诗批评的巨大贡献。刘朝谦认为：海德格尔（Martin Heidegger）说："方言才是家园。"我是遂宁人，很想说遂宁话，却说了普通话。对于我来说，普通话具有"非家园"的特征。这个也是个悖谬。昔日遂宁"穷凶极恶"，今日遂宁已然是风情万种。但是，遂宁仍然是文化和文学的孤岛。胡亮孤军奋战，在日常生活中，恐怕很难找到对话的对手。这是一个局限性。不管怎么样，还是要祝福胡亮。希望能够真正建立起"胡亮诗学"，从而成为一个中国的胡亮，乃至一个世界的胡亮。

十三、性格、原则与态度

尚仲敏认为：胡亮表面上很谦恭，很低调，但是骨子里很孤傲。他有一颗高贵的心，十分爱惜自己的羽毛。他选择研究对象，认诗不认人，绝对没有情面可讲。我曾经写过一些不该写的评论，这些评论，成了我一生的污点。胡亮不会这样做，会走得更远更高，且让我们拭目以待。刘福春、杨碧薇认为：《窥豹录》对论述对象的选择，十分慎重而严谨。对胡亮来说，放弃某些对象，也变得似乎极其艰难。比如，他最终放弃论述某位老先生，这个决定，却是以用一周时间来深入阅读这位老先生作为前提。马铃薯兄弟认为：胡亮非常严谨，能够坚持自我。《窥豹录》的选人选诗，给出了正当性，避免了随意性。尤其是台湾部分，非常有想法，有见识，堪称公允稳妥。全书具有诗歌史的着眼和用心，大致可以看出当代两岸诗歌史的主线索。沈奇回应：台湾部分，还应该关注大荒。沈奇、喻言、凸凹认为：《窥豹录》还可酌减人选。蒋蓝回应：在论述对象的选择上，我们最好不要干涉胡亮。凸凹认为：胡亮对诗人和文本的选择，无疑是孤傲的、偏执的、我行我素的，完全不看任何人的脸色。他只遵从内心的道德，制定个人化的谱系。他不认可的诗人，即便是老朋友，即便是青花郎侍候，他也绝对不会为他写一个字。王国平认为：胡亮征引诗句也很节制。熊焱认为：胡亮严谨而真诚，从不随波逐流，具有很强的责任感和使命感。陶春认为：胡亮超然于“炼字如煮茶”，正是一位罕见的独行侠或苦行僧。

十四、读者设定与接受可能

刘朝谦认为：《窥豹录》的“隐形读者”是谁？我认为，是小众，是诗人，甚至是专业诗人。有时候，胡亮甚至就是为胡亮而写，在写出某个诗人的同时，还写出了更重要的“在场的自我”（亦即“胡亮”）。《窥豹录》的副标题，“当代诗的九十九张面孔”，已将读者设定为普通读者，这就与我的感受和理解形成了悖论。建议在续写该书时，能有更加周密的考虑，可以面向对当代诗知之不多的普通读者。杨碧薇认为：胡亮已经打破了——并不断打破着——我们的阅读期待（隐含期待）。因而，对胡亮的阅读，就是一种有趣的“双重阅读”甚至“多重阅读”。范倍认为：胡亮以其令人舒爽的脾性，以及迷人的充满智慧的写作，所蕴藏的强大的召唤力，构建了此时此刻这个迷人的场景，使得我们能够面对面而坐，视线交错，心声碰撞，企图揭开胡亮兄的写作之“谜”和存在之“谜”，去发现隐匿在文字的多重面孔之后的那股别有风味的精神源流。胡亮通过他的写作，我们通过对胡亮的阅读，此时此刻，共同构建了一个魏尔伦（Paul Verlaine）所说的“诗人共和国”，一个沉迷于诗之美的“临时共同体”，也举行了一场“嘤其鸣矣，求其友声”的“行为艺术展演”。

十五、结语

沈奇如是总结本次研讨会及胡亮诗学关键词：文人风骨，诗家情怀；民间立场，独立视角；现代理路，古典气质；通合再造，秀出班行。

2018年12月16日

（小文整理）

后　记

这本小书共收有我的二十八篇文章，均为最近六七年所作。其中，最早乃《“他一度而永远就是俄尔甫斯”》，脱稿于2014年4月28日；最晚乃是《换器官指南——以蒋浩〈佛蒙特札记〉为例》，脱稿于2020年6月9日。卷首文《白话诗的狐疑》，虽是少年时旧作，却也改定于这个时间段。这些文章有文论，有书评，有随笔，有序跋，有发言，有致辞，短则一千多字，长则一万多字。虽然文体相殊，篇幅各异，字字句句却都出自真心。真心与匠心的颉颃，在一定程度上，或可呼应《易传》里的古老箴言：“修辞立其诚。”笔者无端地相信：在某个积雪的绝顶，真心与匠心（修辞心），两者总是趋于相互玉成。

小书另收有一篇附录，亦即《胡亮诗学研讨会纪要》。2018年12月9日，在蜀中遂州，《草堂》诗刊等单位举办了这个研讨会。这个研讨会的主角，或非笔者，而是来到现场的若干嘉宾。他们的发言或即兴发言，对笔者的批评试验虽有谬赞，对当代诗学的可能性则更具洞见。比如，汉风的可能性，感性的可能性，文体或跨文体的可能性。这个研讨会呈现出了与笔者关系不大的某种重要性，故而，笔者不敢私有其成果。

小书最终定名为《无果》，看似费解，其实也没什么玄机。

诗也罢，诗学也罢，都应该具有一种开放性结构（亦即召唤式结构）。虽有立论，毕竟无果。换句话来说，笔者虚位以待，乐于听到任何读者的异议和高见。

末了，笔者要感谢以下师友和刊物，他们选发过这本小书的二十九篇文章：虚坻女士、一色真理先生及《诗与思想》（日本），宋琳先生及《今天》（香港），高兴研究员及《世界文学》，商震、李少君先生及《诗刊》，张光昕博士及《新诗评论》，王晴飞博士及《扬子江文学评论》，吴思敬教授及《诗探索》，孙晓娅博士及《中国诗歌研究动态》，柳宗宣先生及《新诗学》，郭晓琦先生及《飞天》，张映姝、方娜女士及《西部》，杨易唯女士及《四川文学》，王菱女士及《星星》，梦也、杨梓先生及《朔方》，荣荣女士及《文学港》，向卫国教授及《特区文学》，巴久乌噶先生及《凉山文学》，王学海先生及《海宁名人》，单永珍先生及《六盘山》，梁积林先生及《甘泉》，凸凹先生及《龙泉驿创作》，蓝紫女士及《南飞雁》，泉子先生及《诗建设》，赵卫峰先生及《端午》，江雪先生及《后天》，广子先生及《中文》，张鹏远、唐依先生及《单行道》，易杉先生及《圭臬》，胡仁泽先生及《屏风》。还要感谢巴金文学院赵智先生，没有他的鼓励和支持，这本小书很可能真会出版无果。

笔者乐于把这本小书献给深埋于内心的两个懊悔。

胡亮

2020年9月3日